Theme, Nation and Identity:
An Investigation on Yeats' Poetry

主题·民族·身份

——叶芝诗歌研究

欧光安 著

南開大學出版社

图书在版编目(CIP)数据

主题·民族·身份 ：叶芝诗歌研究 / 欧光安著. —天津：南开大学出版社，2016.8
ISBN 978-7-310-05164-9

Ⅰ. ①主… Ⅱ. ①欧… Ⅲ. ①叶芝，W.B.(1865－1939)－诗歌研究 Ⅳ. ①I562.072

中国版本图书馆 CIP 数据核字(2016)第 161886 号

南开大学出版社出版发行
出版人：刘立松
地址：天津市南开区卫津路 94 号 邮政编码：300071
营销部电话：(022)23508339 23500755
营销部传真：(022)23508542 邮购部电话：(022)23502200
*
北京楠海印刷厂印刷
全国各地新华书店经销
*
2016 年 8 月第 1 版 2016 年 8 月第 1 次印刷
230×160 毫米 16 开本 17.375 印张 2 插页 230 千字
定价：42.00 元

如遇图书印装质量问题，请与本社营销部联系调换，电话：(022)23507125

本书获得“石河子大学‘中西部高校综合实力提升工程’出版高水平学术专著项目”资助，同时为“石河子大学高层次人才科研启动项目（RCSX201508)”和“2014 年度全国高校外语教学科研项目（2014XJ0002A)”的研究成果。

序

王立新

欧光安副教授的博士学位论文《主题·民族·身份——叶芝诗歌研究》出版在即，希望我能写些什么作为序言。我作为光安攻读博士学位时的导师，当然没有推脱的理由。

正如书名所示，本书是一部对爱尔兰诗人 W. B. 叶芝诗歌创作系统研究的成果。众所周知，近代爱尔兰文学一般被归入英国文学的范畴，而以英国文学为中心对爱尔兰文学的审视首先使以爱尔兰凯尔特语（或爱尔兰盖尔语）创作的爱尔兰文学长期受到忽视。其次，即便是以英语写作的爱尔兰文学（或称英爱文学），与卷帙浩繁的英国本土文学相比也处于边缘地位。可幸的是，在这种边缘语境下，叶芝作为经典英语作家的地位却日益巩固。无论在叶芝的时代还是在其身后的岁月里，对他的持续关注本身其实就说明了问题。且不说庞德那句叶芝是“唯一值得认真研究的当代诗人”在当时引发的争议，另一位现代主义大师艾略特的赞语——“叶芝乃 20 世纪最伟大的英语诗人”更证明了叶芝在现代诗坛上的崇高地位。时至今日，叶芝那幽邃深奥的神秘主义思想仍然如磁石一般，吸引着欧美学者的研究兴趣；像《当你老了》这样的名诗在中文世界除译文众多外，还成为了流行曲目的不竭源泉。

即便如此，综观百余年来的叶芝评论，爱尔兰历史文化语境在整个叶芝研究中依然是相对缺失的一环。早期叶芝研究（1960 年之前）重点有二：一是叶芝与爱尔兰文艺复兴的关系，二是结合叶芝生平对其作品进行传记式研究，代表作就是埃尔曼的《叶芝：其人与面具》。

20 世纪 50 年代之后的二三十年是新批评主导叶芝研究的时期，无论是布鲁克斯等人的叶芝作品解读，还是布鲁姆的专著《叶芝》都基本以文本细读为核心。近 30 年的叶芝研究则转向叶芝思想，注重文化研究角度的切入，例如叶芝与蓝衫运动之间的关系与余绪，以致出现诸如《叶芝与法西斯》《叶芝与暴力》之类的著作。然而，从爱尔兰本身历史文化的经纬来解读叶芝作品的研究成果却基本上付之阙如。事实上，爱尔兰古代神话、民间传说、历史传奇等既是贯穿叶芝终生创作的素材来源，也是其灵感的源泉之一，尤其在他的早期创作阶段，几乎大部分题材都与上述几个方面有关。从诗人的中期创作来看，则与 19 世纪末 20 世纪初爱尔兰历史中的重要人物和事件等紧密相连，例如叶芝与毛德·冈、与阿贝剧院的关系，等等。因此，如果忽略对爱尔兰历史文化的深入理解，在相当的程度上是无法有效进入叶芝及其作品的诠释过程的。本书恰恰是从这一角度切入展开对诗人创作探讨的成果。在此意义上，它不但是对以往研究偏颇富有价值的补充，也显然成为了此项研究一个令人瞩目的亮点。本书的第一章综论叶芝创作、国内外研究以及爱尔兰历史文化。第二章以叶芝早期文本为分析对象，结合宏观的历史文化考察和叶芝传记，得出叶芝试图建构个人身份和爱尔兰文化身份的结论，是很有说服力的论述。第三章从叶芝的百余首诗中梳理出爱情和政治两个主题，并结合历史背景和作家生平，解读叶芝以这两方面为主题的原因，诗人又试图表达出什么样的愿望、观点和思想。第四章的论述以叶芝在诗中展露的哲学观为中心，其中专门辟出一节，分析了叶芝神秘主义哲学观的爱尔兰本土思想来源（即爱尔兰古代神话思想中的“轮回转世”），从中可以见出作者思考问题的深度与广度。

“内外结合”的研究方法和思考路径是本书第二个明显的特色。文学创作是一种关乎审美的艺术书写，也是文化的一部分，既具有自己的独立性，又是一个开放的空间。从文学创作的角度看，文学文本无论以何种体裁呈现，都必然要遵循其内在的结构规律。这一点尤其适用于诗歌这一需要运用语词构成意象、以凝练化的语句表达意义、特别是讲究韵律特点的文体。但是作为研究对象的既成文学文本，其所反映和折射的，又是一个与作者和外部世界相联系的聚合性场域。因而既立足于文本的审美逻辑分析，又将之与诗人的传记研究和时代精神、文化思潮等历史语境的考察相结合就应该是研究方法上的必然选择。本书的研究以叶芝的374首抒情诗和近10首的戏剧诗、叙述诗为对象，一方面深入到诗歌文本的内部结构中展开分析，另一方面又比较充分地考虑到了诗歌文本所产生的具体历史文化因素对文本意义的解读。如在第二章分析文本的具体特点时，光安发挥了其出身英文专业的优势，采用了国际英语学界叶芝研究的通行做法，从诗歌原文特征出发，糅合、化用了多种批评方法，对叶芝诗歌展开了多角度的文本细读。特别应该肯定的是，光安对多首诗歌的分析，没有像通常所见到的诗歌类批评文字那样，显示出碎片化的泛泛评论的弊端，而是以主题为核心，对叶芝众多的诗歌作品进行了合理的分期和归类。在此基础上，他将内部研究与外部研究结合起来，对诗人最具代表性的诗歌予以深度论述，逻辑上相当严谨，内容上不乏洞见，观点上时有创新。

此书的第三个特色可能较难为读者所察觉，但是或许是因为师生之间了解较多的缘故，我在阅读书稿时却常常能够体会到这一点，那就是体现在字里行间的一种现实的、本土化的情怀。换言之，通过对叶芝诗歌的研究，特别是通过探讨叶芝创作与爱尔兰文艺复兴之间的关系，光安希望对当代中国的文化建设、特别是文学创作提供一种经验和借鉴。比如第四章和第五章的部分内容就引发这种联想。在探讨《1916年，复活节》等诗歌时，作者花了较多篇幅来论述叶芝从思想发展到诗歌创作艺术上的转变这一重要问题。他指出，叶芝在现实政治上支持爱尔兰民族独立的立场，是促使其思考如何通过文化上的爱尔兰文艺复兴运动推动民族复兴的一个重要动因，而由此又影响到了叶芝诗歌创作的内容与风格。诗人思考得出的结论之一，是回到本民族的历史传统和文化中去寻觅民族精神的源泉和力量，而在创作上，即表现为诗人身体力行地从爱尔兰古代神话、历史传奇、民间传说中汲取营养。叶芝对待民族文化传统的态度，是一种借古人之酒杯、浇自家之块垒的创造性、叛逆性的吸收。它们成为诗人创作文本的架构或者素材，映照着诗人的现实经验与思考。正是这样的一种创造性对待传统的态度，成就了诗人不朽的诗艺。联系到当前国内文坛上关于传统文化复兴和外国文学界关于域外文学研究对国内文化建设意义的讨论，光安的思考无疑是值得肯定的。

叶芝是1923年诺贝尔文学奖的获得者，概而言之，其获奖的原因在于叶芝以其富有灵感的诗歌，以高度艺术化的形式表达了整个民族的精神。正如获奖词中所言："他在爱尔兰民族中所寻求的不是被现代需求刺激起来的民众，而是从历史中发展而来的精神本质。他希望唤醒它，使之变成更为自觉的生命。""当这种艺术达到最高峰时，它便具备了绝对的魔力，但是却不易把握。它的确常常是相当晦涩的，要理解它还需费一番心思。这种晦涩部分在于实际内容的神秘主义，但也许同样在于凯尔特人的气质。凯尔待人气质的显著特点似乎是热情、细腻和渗透力，而不是清晰明了。然而那个时代的倾向可能也起了相当的作用：象征主义和为艺术而艺术的主张，主要被吸收来完成寻找大胆适用的词语的工作。"[①]叶芝思想的丰富性和复杂性，他对诗歌艺术的孜孜以求和不断探索，以及诗歌这种艺术形式本身在传达和表现"精神本质"上的"含混性"，既给研究者留下了极大的阐释空间，也使研究具有了相当的难度。在叶芝研究、特别是国内研究尚十分匮乏的情况下，光安所做的工作，一方面其学术价值和贡献有目共睹；另一方面，这也决定了本书的内容还有需要进一步完善和深入之处。例如历史循环论是探讨叶芝历史哲学时的一个核心问题，也是本书重点关注的问题之一。在对叶芝历史循环论的思想来源进行论述时，本

① 佩尔·哈尔斯绰姆："颁奖词"，柯彦玢译，载《叶芝诗集》，叶芝著，傅浩译，石家庄：河北教育出版社，2003年，第857，858页。

书对前人与叶芝之间思想关系的梳理还应更加细致和深入，比如普罗提诺的循环论究竟对叶芝循环论产生了哪些具体的影响。

光安给我的一个突出印象是他对学术研究的热情、执着和严谨。在读博时他一心向学，克服了生活和工作上的种种困难。我们之间一次次的交流、讨论，他在境外访学获得收获向我报告时欣喜的语调和表情，这一切都历历如在眼前。如今他的博士学位论文经过修改终于出版了，我向他表示衷心祝贺，也期待他今后坚持读博时的劲头，将叶芝研究（不仅是诗歌，还有戏剧与散文）乃至整个爱尔兰文学研究继续扎扎实实做下去，取得更多高质量成果，在学术上取得更大的成绩。

是为序。

2016 年 6 月 26 日于南开

目　录

第一章 叶芝诗歌研究与爱尔兰历史文化

1923 年诺贝尔文学奖获得者威廉·巴特勒·叶芝（William Butler Yeats, 1865-1939）曾被另一位诺贝尔文学奖获得者 T. S. 艾略特誉为“20 世纪最伟大的英语诗人”，而另一位现代主义文学大家埃兹拉·庞德则称其为“唯一值得认真研究的当代诗人”[①]。叶芝一生共创作 374 首抒情诗、8 首叙事诗和戏剧诗，另有戏剧、散文和小说若干。叶芝的主要艺术成就在于诗歌，诺贝尔奖评审委员会认为他的诗歌以一种高超的艺术形式表现了爱尔兰民族的精神。对于叶芝诗歌的研究，早在 20 世纪 30 年代就已经开始，国外最早的研究者有埃德蒙·威尔逊等。叶芝的诗歌也早在 20 世纪 20 年代被译介到中国，对一些现代诗人产生了影响。时至今日，叶芝诗歌研究经历了从文本细读到文化诗学等阶段，角度涵盖文学批评、历史批评、哲学思考等。相比较而言，国内叶芝诗歌研究在范围、深度上都逊色于国外。

从主题来看，叶芝诗歌可以分为三个阶段：早期诗歌以书写个人艺术和主体身体的焦虑和探求、对民族文化身份的探求为主，中期诗歌以爱情和政治类诗歌为主，后期诗歌则多以哲学思考为主。通过对其不同时期代表性诗作的分析，可以探求出叶芝表现不同身份的努力，

① 叶芝：《叶芝诗集》，傅浩译，石家庄：河北教育出版社，2003，序第 19 页。

即以主题为归类的标准，以身份为分析的指归[①]。本书所用方法为形式诗学与文化诗学的结合，即以叶芝不同阶段的代表性诗作为文本细读的对象，以爱尔兰历史文化和诗人经历为考察的视角。由于历史原因，爱尔兰的历史和文化，尤其是近代以来的文学，往往被视为英国文化或文学的附录而不彰。实际上，爱尔兰古代的神话故事和民间传说异常丰富，在基督教传入之后也一度成为保存因罗马帝国衰亡而逐渐式微的基督教文化的重要据点。虽然自 12 世纪起，爱尔兰屡屡遭受英国侵略，但盖尔文学却并未断绝。1800 年，爱尔兰正式并入英国，成为殖民地，从那时起，争取民族独立和复兴的运动也就从未停歇。正是在这样的历史和文化语境中叶芝开始创作诗歌，并逐渐达至诗艺的顶峰。因此，谈论叶芝诗歌就不得不谈到诗人的经历与爱尔兰的历史文化背景。

第一节　叶芝生平与创作

叶芝于 1865 年 6 月 13 日出生于爱尔兰都柏林，距离对爱尔兰历史和人口产生巨大影响的“爱尔兰大饥荒”开始（1845）大约 20 年的时间。叶芝祖上是从英国移民至爱尔兰的新教徒，有家族地产，历代祖先中多有担任圣职者。叶芝的曾祖自都柏林大学圣三一学院毕业后，曾一度担任斯莱戈郡鼓崖地区的主教。叶芝祖父同样毕业于圣三一学

① 英文 identity 一般译为“身份”，但也有译为“认同”的，这两者有时可以通用，但有时又有区别。保罗·利科认为存在两种类型的认同：其一指“自我在某一个既定的传统与地理环境下，被赋予认定之身份”，即“固定认同”；另一种指的是“通过文化建构、叙事体和实践的积累，通过主题的叙述以再现自我，并在不断流动的建构与斡旋中形成的叙述认同”。参见廖炳惠：《关键词 200：文学与批评研究的通用词汇编》，南京：江苏教育出版社，2006，第 129 页。本书所用的“身份”概念即属于上述第二类，即诗人通过抒写（即某种意义上的叙述）某一类主题的诗歌所表达的思想、感情、态度和观点等。

院，后进入爱尔兰新教教会。叶芝父亲约翰·巴特勒·叶芝步祖辈履迹，入圣三一学院学习，但他对成为教会执事不感兴趣，于是选择法律为专业，之后又厌倦成为律师，转而从事绘画。叶芝外祖家门第显赫，是斯莱戈郡的富家大族，广有航运、磨坊产业。

对幼年叶芝影响至大的是父亲和外祖一家。由于父亲不善经营，以致不断变卖家族地产，家庭收入也日渐拮据，叶芝一家不得不在都柏林、伦敦、斯莱戈之间来回搬移。即便如此，约翰·叶芝也十分重视儿子的教育，往往亲力亲为。与伦敦艺术界颇有联系且受先拉斐尔派[①]影响颇深的约翰自然对儿子艺术观的形成有着潜移默化的影响。斯莱戈地区民风素朴，人们钟爱民间传说，使得少年叶芝对爱尔兰民间故事、神话和传说颇为痴迷。叶芝于 1884 年进入都柏林大都会艺术学校修习绘画等艺术，结识好友乔治·拉塞尔（又名 A. E.）。1885 年叶芝的两首抒情诗发表于当年 3 月的《都柏林大学评论》，肇始了作家一生的写作生涯。受亲友及当时流行于都柏林、伦敦的风气影响，叶芝迷上秘术，其一生诗歌颇具“神秘”韵味。1889 年叶芝出版第一本诗集《乌辛漫游记及其他》（*The Wanderings of Oisin and Other Poems*，该诗集中的全部短诗外加两首谣曲后来结集为《十字路口》出版）。自此之后，叶芝一生笔耕不辍，创作出异常丰富、深邃的抒情诗、叙事诗和戏剧诗[②]。其抒情诗集按时间顺序计有：《十字路口》（*Crossways*, 1889）、《玫瑰》（*The Rose*, 1893）、《苇丛中的风》（*The Wind Among the Reeds*, 1899）、《在那七片树林里》（*In the Seven Woods*, 1904）、《绿盔及其他》（*The Green Helmet and Other Poems*, 1910）、《责任》（*Responsibilities*, 1914）、《库勒的野天鹅》（*The Wild Swan at Coole*,

---

① 即“拉斐尔前派”，本书从董桥先生“先拉斐尔派”之说，详见第 33 页注释①。

② W. B. Yeats, *The Collected Poems of W. B. Yeats*, ed. by R. J. Finneran, New York: Simon & Schuster Inc., 1996, p. xxiv. 叶芝在世时曾不断地对自己的诗歌进行修改，因此不同版本的诗作选集中会出现不同的诗歌顺序，甚至不同的标题。本书采用权威叶芝研究专家费纳然的叶芝诗歌全集为原文依据。

1919）、《麦克尔·罗巴蒂斯与舞者》（*Michael Robartes and the Dancer*, 1921）、《塔堡》（*The Tower*, 1928）、《旋梯及其他》（*The Winding Stair and Other Poems*, 1933）、《帕内尔的葬礼及其他》（*Parnell's Funeral and Other Poems*, 1935）、《新诗》（*New Poems*, 1938）、《最后的诗》（*Last Poems*, 1938-1939）[①]。叶芝代表性的叙事诗和抒情诗有《乌辛漫游记》（*The Wandrings of Oism*）、《梅芙女王的老年》（*The Old Age of Queen Maeve*）等。1923 年因为"他那永远富有灵感的诗歌，以一种高度艺术的形式表现了整个民族的精神"[②]，叶芝被授予诺贝尔文学奖。

除诗歌外，叶芝还创作了大量的戏剧，代表作有《心愿之乡》（*The Land of Heart's Desire*）、《在鹰井畔》(*At the Hawk's Well*)等。叶芝代表性的小说有《红发罕拉汉系列故事》（*Stories of Red Hanrahan*）等，影响广远的散文集则有《凯尔特的薄暮》（*The Celtic Twilight*）和《隐秘的玫瑰》（*The Secret Rose*）等。叶芝于 1925 年出版的《幻象》（*A Vision*）是其一生哲学思想的总结，也是解读其诗学思想的一把钥匙。在这部著作中，可以发现叶芝将印度教思想与佛教密宗、犹太教神秘主义、新柏拉图主义、凯尔特灵魂转世说等融为一体，形成自己独特的哲学观，其核心思想就是历史循环论或"螺旋论"。

叶芝自艺术学校毕业后，曾先后担任过几家报纸的编辑。后来结识格雷戈里夫人，经济方面稍有保障，才开始专心创作。19 世纪末，爱尔兰文艺复兴运动兴起，叶芝与辛格等人逐渐成为运动的领袖。叶芝先是与几位诗友成立"诗人俱乐部"，之后不久成立爱尔兰文学协会。1891 年叶芝等人在都柏林成立民族文学社，由叶芝好友欧李尔瑞任社长。1896 年叶芝加入爱尔兰共和兄弟会，又于 4 年后退出。1897

① 本书所引用的叶芝诗歌汉语译文出自傅浩先生的译本，分别为叶芝：《叶芝诗集》，傅浩译，石家庄：河北教育出版社，2003；叶芝：《叶芝精选集》，傅浩编选，北京：北京燕山出版社，2008；叶芝：《叶芝抒情诗选》，傅浩选译，昆明：云南人民出版社，2011。在引用时对译文的个别字词做了改动。其余尚未有汉语译文的为笔者自译。

② 叶芝：《叶芝精选集》，傅浩编选，北京：北京燕山出版社，2008，编选者序第 1 页。

年叶芝与格雷戈里夫人等筹建爱尔兰民族剧院，并于两年后为首次演出进行彩排。1902 年，爱尔兰民族戏剧社成立，叶芝担任社长。两年后，阿贝剧院开张，叶芝担任剧院经理兼舞台监督。自此，剧院事务成为叶芝主要的社会活动内容。1914 年，英国议会通过《爱尔兰自治法案》，旋即因第一次世界大战爆发而暂停执行。“一战”中叶芝好友格雷戈里夫人之子罗伯特·格雷戈里逝世于意大利前线。1916 年爱尔兰都柏林发生“复活节起义”，叶芝在诗歌中谴责英国，赞颂起义者。1918 年爱尔兰发生“黑褐之乱”，之后又陷入内战。1922 年战争告一段落，爱尔兰成为自由邦。1923 年叶芝成为自由邦参议员，直至 1928 年因健康原因不再担任。

1889 年叶芝初识爱尔兰革命人士毛德·冈，为其美貌所吸引。之后多年叶芝便陷入对毛德·冈无望的恋爱中，多次向其求婚被拒。除格雷戈里夫人之外，叶芝还结识奥莉维亚·莎士比亚、弗洛伦丝·法尔等女性好友。1911 年，叶芝结识乔吉·海德-李斯。1916 年叶芝再次向毛德·冈求婚，被拒。次年叶芝向其女儿伊秀尔特求婚，被拒。1917 年 10 月，叶芝与乔吉在伦敦结婚，终于迎来了稳定的爱情和家庭生活。1919 年，女儿安妮出生。1921 年，儿子麦克尔出生。叶芝晚年经常与妻子在欧洲大陆讲学、旅游。1939 年叶芝在法国开普马丁去世。1948 年，叶芝遗体由爱尔兰海军巡洋舰运回爱尔兰，按照他在诗歌《布尔本山下》中的遗嘱，葬于斯莱戈的鼓崖墓园。

第二节 叶芝诗歌国内外研究综述

国外的叶芝评论兴起于 20 世纪 40 年代，主要阵地在英国和美国。最初的评论集中于“新批评”派诸位大师，如布鲁克斯、布鲁姆等，后来范围日渐广泛，有的从互文性角度研究叶芝与同时代作家的关系，有的从历史诗学的角度研究叶芝与文艺复兴的关系、叶芝诗歌中的希腊和罗马主题，有的从文化角度研究叶芝与现代主义、后殖民主义的关系。21 世纪以来的叶芝研究又有回归文本评论的趋势。国内对叶芝作品的译介起步相对较晚，虽然从 20 世纪 20 年代起就有对叶芝个别诗歌的译介，但真正成规模的译介是从 20 世纪 80 年代末开始的。国内对叶芝及其作品的研究也比较零散，直到 20 世纪 90 年代才有标志性的著作出现，即傅浩于 1999 年出版的《叶芝评传》。进入 21 世纪以来，叶芝诗歌研究的论文、专著日益增多，角度也相对扩大，但仍以研究抒情诗为主，对叙事诗或戏剧诗研究较少。

一、国外研究综述与现状

国外对叶芝诗歌的研究已然成熟，且代表性成果代有出现。在叶芝在世时就有对诗人及其作品的评论，代表性的著作是霍拉修·克兰所著《叶芝与爱尔兰文艺复兴》，初版于 1904 年。就诗歌而言，此书讨论的对象主要集中于叶芝 1900 年之前的作品，也就是后来编辑为《十字路口》《玫瑰》和《苇丛中的风》中的诗歌。在叶芝研究史上，克兰最先提出将爱尔兰文艺复兴作为欣赏叶芝作品的背景。熟悉这一背景，就能明了叶芝如何将爱尔兰生活融入文学，如何为凯尔特文化发出新声。克兰还认为，要想充分理解叶芝作品，就应当对神秘主义和象征主义（mysticism and symbolism）有充分认识[①]。此书只讨论了叶芝的早期诗歌，即使之后出版的版本也没有对叶芝中、后期的作品有所评论。

国外较早研究叶芝且影响较大的是一些新批评学者对叶芝诗歌的研究。

埃德蒙·威尔逊是 20 世纪上半叶美国著名的文学批评家，他于 1931 年出版《阿克瑟尔的城堡》，该书的第一章就是对叶芝及其作品

① H. S. Kran, *Preface: William Butler Yeats and the Irish Literary Revival*, New York: Haskell House, 1966, p. vii.

的评论。威尔逊不能算是严格意义上的新批评家，但他在此书中的分析方法与新批评相近。威尔逊此书主要探讨诗歌中的象征主义（其中又以法国象征主义为主），他认为是叶芝把象征主义带进了爱尔兰，并为其注入新的元素，从而产生特别的风味，与欧洲大陆的象征主义风味不同，但也有些相似之处[①]。威尔逊认为叶芝早期善于从爱尔兰神话中寻找意象，诗歌显得“光影迷离”，后来开始有意识地转变，中期诗歌变得“准确和刚硬”，晚年又回归到爱尔兰神话般的梦境中，而且是“以细腻清晰的形象把它表达出来”[②]。威尔逊主要还是从叶芝诗歌中意象与象征的关系来展开论述的。

英国著名诗人奥登在叶芝去世之后的两年中，以一首诗歌和一篇散文对叶芝有所评述。在名为“纪念叶芝”的挽歌中，奥登认为叶芝描写强烈情感的天赋掩盖了他思维不足的缺陷。在名为“公众与刚去世的叶芝先生”的文章中，奥登也得出了相似的结论[③]。奥登以诗人的身份解读叶芝，聚焦于叶芝作品尤其是诗歌中的叙写技巧，其分析角度主要基于奥登本人的左翼思想。

柯林斯·布鲁克斯是新批评研究中对英语诗歌研究着力较多的学者。他于 1947 年出版《精致的瓮》，其中以专门一章讨论叶芝的诗歌。在此书第十章，布鲁克斯以“肌质”（texture）理论探讨叶芝诗歌，认为叶芝在例如《在学童中间》这样的诗歌中表达了“诗本身的肌质提供了理论所受的任何限制”（即诗歌本身的许多方面是无法用某种固定的理论来进行阐释）的观点[④]。布鲁克斯还用反讽、语境等概念来阐

① 埃德蒙·威尔逊：《阿克瑟尔的城堡》，黄念欣译，南京：江苏教育出版社，2006，第 21 页。

② 埃德蒙·威尔逊：《阿克瑟尔的城堡》，黄念欣译，南京：江苏教育出版社，2006，第 21 页。

③ D. Holdeman, *The Cambridge Introduction to W. B. Yeats*, Shanghai: Shanghai Foreign Language Education Press, 2008, p. 118.

④ 克林斯·布鲁克斯：《精致的瓮》，郭乙瑶等译，上海：上海人民出版社，2008，第 169 页。

述叶芝诗歌，认为“诗歌是一种戏剧化，而非一成不变的公式”，诗歌在于通过逻辑方法得出结论，“而且运用逻辑测试来验证其结论的有效性”[①]。布鲁克斯对叶芝的研究呈现了新批评研究的几个关键概念，也显示出新批评研究者试图把文学研究当作完全的科学研究的努力。

新批评对叶芝研究的集大成之作是詹姆斯·霍尔与马丁·斯坦曼主编的《叶芝之永恒》，此书收罗了当时几乎所有新批评名家如布鲁克斯、兰瑟姆、退特以及 F. R. 利维斯对叶芝的研究。新批评对叶芝作品的研读集中在诗歌，而对其诗歌的研究又聚焦于“文本细读”（close reading）的方式，修辞、张力、意象等是他们常用的术语。新批评只注重文本、忽视作品生成外部因素的做法在 20 世纪 60 年代（即新批评本身式微之后）得到了学者的注意和纠正。

A. 诺曼·杰法里斯是有名的叶芝作品编辑者、研究者和传记家。早在 1961 年，杰法里斯就出版了《叶芝诗歌》一书。这本书篇幅虽小，但内涵丰富，主要是以文本细读的方式对叶芝的每一本诗集进行了解读，其思路与之前的学者较相似，就意象、象征主义、爱尔兰文艺复兴、“螺旋”等贯穿叶芝诗歌创作历程的关键点进行了阐述。杰法里斯在此书的结尾处认为叶芝一生面对的终极挑战是对“生与死投之以冷眼”，诗人以勇气来面对这种挑战，带一丝“英雄式的漠然”，带一种“骑士般高贵的蔑视”[②]。可以看出，杰法里斯在文本细读的同时已经注意结合诗人的传记和思想研究。

哈罗德·布鲁姆可谓 20 世纪后半期影响深远的文学批评家，他于 1970 年出版的专著，书名就叫《叶芝》。此书是布鲁姆毕生推崇的“影响的焦虑”和“误读之图”观念的绝佳解读范本。在书中布鲁姆按照叶芝诗歌创作的年代先后对其一一进行评价和分析，重点在于论述叶芝某一时期的诗歌是如何受前辈作家的影响，叶芝如何感觉到焦虑，

---

① 克林斯·布鲁克斯：《精致的瓮》，郭乙瑶等译，上海：上海人民出版社，2008，第 179-180 页。

② A. N. Jeffares, *The Poetry of W. B. Yeats*, London: Edward Arnold Ltd., 1961, p. 62.

又如何从焦虑中解脱并形成自己独特的文学风格。例如在第六章，布鲁姆以《乌辛漫游记》为例，阐述叶芝早期诗歌如何受浪漫主义诗人的影响，布鲁姆以“想象”为关键词，历数斯宾塞、布莱克、雪莱、华兹华斯、布朗宁对叶芝的影响，以及叶芝与他们的不同。在此章结尾，布鲁姆总结道：与先贤不同的是，叶芝描写的是人的分裂与自我之战，自然之我与想象之我的斗争，两者都不能战胜对方[①]。

S. B. 布诗瑞和提姆·普伦特基于1989年出版的《叶芝诗歌国际导读》是一本工具书式的导读著作。此书以叶芝诗集为线索，选取代表性诗作，分析其中的词汇、主题，列出出版信息，对诗歌进行概括式的评论[②]。菲利普·马库斯于1992年出版的《叶芝与艺术力量》是另一部以文本细读为主分析叶芝诗歌的专著，但同时也注意结合诗人的生平和思想。马科斯认为叶芝一生在诗歌中追求宁静，虽然诗人各个时期的生活和创作绝不平静：早期的耽于梦境，寻求精神支柱；中年的致力于爱尔兰文艺复兴和管理阿贝剧院；晚年的参议员身份以及对各种哲学思想的融会[③]。

自20世纪80年代起，从叶芝与各个文学流派之间关系的角度进行的研究逐渐增多。

C. K. 斯特德从叶芝与庞德、艾略特之间的文学影响关系论述现代主义运动的兴起和发展，认为叶芝并不像有些学者认为的那样“逃离全部的现实”（即不属于现代主义），也不像有些学者认为的那样“在本质上又是浪漫主义的失败者”（即叶芝也不属于浪漫主义），斯特德认为叶芝是以继承浪漫主义的方式启发了庞德和艾略特的现代主义，但叶芝又是独一无二的[④]。1995 年英国学者艾勒克·博埃默出版《殖

---

① H. Bloom, Yeats, New York: Oxford University Press, 1970, p. 103.

② S. B. Bushrui and T. Prentki, *An International Companion to the Poetry of W. B. Yeats*, Gerrards Cross: Colin Smythe Ltd., 1989.

③ P. L. Marcus, *Yeats and Artistic Power*, New York: New York University Press, 1992, p. 235.

④ C. K. Stead, *Pound, Yeats, Eliot and the Modernist Movement*, London: Macmillan Press Ltd., 1986, p. 5.

民与后殖民文学》一书，以部分章节讨论了叶芝的诗歌创作。作者认为，像叶芝这样的民族主义诗人，他们是文化流亡者；叶芝所做的是“试图在本土传统中寻找能使他的国家从英国统治的阴影中重获新生的力量”[①]。叶芝试图使古老的爱尔兰文化艺术重生，焕发新的活力，从中汲取养分来创造一种新的文化艺术，来推动整个民族的复兴。1991年，雪城大学出版社出版了由欧尔主编的《叶芝与后现代主义》，学者们从叶芝诗歌创作中的不同角度对后现代主义的影响做了较为全面的梳理[②]。麦克尔·希德内尔则从与叶芝同时期或稍后的作家之间的关系出发，对比探讨叶芝的诗学特色。他认为早期叶芝受唯美主义和先拉斐尔派的影响较大，注重从意象、象征、书写、音乐性和效果方面经营诗歌；叶芝和乔伊斯，就像一个圆规，各自就如同圆规的一只脚，叶芝耽于幻象却也实际，乔伊斯则任凭意识的流动来营造自己的想象世界。他还指出，叶芝与辛格等乔治时代的诗人、剧作家的关系微妙且具体，叶芝虽指导辛格等人写作，但叶芝心目中的戏剧与辛格等人创作的戏剧之间差距颇大。他认为《乌辛漫游记》是叶芝一生的隐喻，诗人终其一生在追求诗艺的完美，犹如古代神话中英雄乌辛对永恒的青春之国的追求[③]。

叶芝诗歌与哲学、神学思想之间的关系研究也是叶芝研究中重要的部分。

理查德·埃尔曼是较早从弗洛伊德精神分析的角度对叶芝进行研究的学者之一，其代表作是《叶芝：其人与面具》。在此书中，作者认为少年叶芝梦想用魔杖（即浪漫主义梦幻诗歌）控制世界，幼年时因身体孱弱和性格羞涩而滋生出对英雄自我的投射，中年时放大了这种自我分裂，力图寻找到一种“中间地带”，即不至于走入任何一种思想

① 艾勒克·博埃默：《殖民与后殖民文学》，盛宁、韩敏中译，沈阳：辽宁教育出版社，1998，第133页。

② L. Orr, *Yeats and Postmodernism*, New York: Syracuse University Press, 1991.

③ M. Sidnell, *Yeats's Poetry and Poetics*, London: Macmillan Press Ltd., 1996.

的极端，到晚年象征成了建构一切的工具[①]。在作者看来，少年时代的叶芝刻意经营着自己诗歌的“象牙塔”，但他又担心“邻居们”会不欣赏他的建造，同时也担心塔不太牢靠。因此，中年的时候他便到现实中找那些“日常的建筑材料”来代替每一块象牙，最终大厦由坚固的砖石建造。但他依然不确定，因此晚年的时候他用外部世界的各种象征来对房间内部进行装饰。不过，无论如何装饰，这座“象牙塔”依然是他青年时期就着手构造的象牙塔[②]。也就是说，叶芝的诗风经历了从早年的梦幻，到中年的坚实，再到晚年的象征的过程，贯穿其中的就是叶芝“分裂的自我”。

1991 年，韦恩·查普曼发表著作《叶芝与英国文艺复兴文学》，探索英国文艺复兴时期诗歌的形式和主题对叶芝的影响，尤其是文艺复兴时期对中世纪炼金术、幻想术等尚未完全消退的执迷对叶芝诗学思想的影响[③]。2010 年，迈克尔·伍德出版《叶芝与暴力》，探讨叶芝一生对待暴力的态度[④]。叶芝早年受父亲的影响，接触过达尔文、穆勒等人的思想，对正统的基督教没有完全接受，因此怀疑论一直是叶芝思想中的一个重要部分。在结识毛德·冈之后，叶芝逐渐被卷入风起云涌的爱尔兰民族独立运动中，但叶芝一方面支持运动，但另一方面又反对以暴力斗争的形式来实现独立。自始至终，叶芝对暴力都持有一种保守的态度。

21 世纪初，叶芝研究有向形式批评转向的趋势，典型的例子就是 2007 年美国学界叶芝研究权威、被称为“海伦老夫人”的哈佛大学教授海伦·文德勒著作《叶芝与抒情诗形式：我们的诗艺之秘诀》的出

① R. Ellmann, *Yeats: the Man and the Masks, London: Faber and Faber*, 1961, pp.290–296.

② R. Ellmann, *Yeats: the Man and the Masks, London: Faber and Faber*, 1961, p. 295.

③ W. K. Chapman, *Yeats and English Renaissance Literature*, Basingstoke: Macmillan Press Ltd., 1991.

④ M. Wood, *Yeats and Violence*, New York: Oxford University Press, 2010.

版[①]。这部著作的核心内容是通过对叶芝抒情诗形式上的精细解读，展示“叶芝的诗歌形式并不单纯是个形式问题，它同样是诗人文化理念的体现，例如，叶芝诗歌中雅致、宽绰的结构形式与爱尔兰现实生活中的‘大房子’加以类比”[②]。从叶芝诗歌的结构形式解读出“大房子”的文化理念，显示出作者文本细读的精深功夫，这与20世纪后半期兴起的对叶芝的文化诗学式研究迥然相异，但得出的结论却又令人信服。与此相类似的是前一年的一本著作《叶芝与形式主义逻辑》，作者是维瑞尼·贝尔。作者从叶芝的诗歌风格、历史与诗学、身份等方面详细解读了诗人的部分代表性作品，尤其在第五章，以将近30页的篇幅对五首诗歌做了细致入微的解读。作者指出，对叶芝而言，形式主义是一种诡辩或决疑（casuistry），对诗人也好，对“爱人”（诗歌中呈现出来的爱人形象）也罢，都是英勇的行为，因为形式主义也是一种矛盾和危机（contradiction and crisis），诗歌的意义就在于此[③]。

二、国内研究现状

国内对叶芝诗歌的译介比研究要早得多。

20世纪20年代，茅盾、王统照、郑振铎等人翻译过叶芝的部分诗歌和戏剧，并附带有少许评论。在三四十年代则有施蛰存、周煦良、吴兴华、朱光潜、杨宪益等的译诗，袁可嘉于1946年撰写的大学毕业论文《论叶芝的诗》“也许是第一篇中国大学生用英文撰写的关于叶芝的论文”[④]。新中国成立后至20世纪80年代这一段时期国内对叶芝的译介基本处于停滞状态。80年代后，国内对叶芝的译介逐渐兴起。首

① H. Vendler, *Our Secret Discipline: Yeats and Lyric Form*, Cambridge: Harvard University Press, 2007.

② 转引自盛宁：《现代主义·现代派·现代话语——对“现代主义”的再审视》，北京：北京大学出版社，2011，第161页。

③ V. M. Bell, *Yeats and the Logic of Formalism*, Columbia: University of Missouri Press, 2006, p. 179.

④ 傅浩：《叶芝在中国：译介与研究》，《外国文学》，2012年第4期，第52-53页。

先是翻译的增多，质量上乘的代表性译作有1994年傅浩译《叶芝抒情诗全集》、1997年袁可嘉译《叶芝抒情诗精选》。对叶芝作品的研究则主要兴起于20世纪90年代之后，尤其是21世纪以来更是掀起了一股叶芝研究的潮流。虽然如此，译介和研究质量仍参差不齐，同时对叶芝诗歌译介研究较多，对戏剧和小说研究较少。

目前国内对叶芝研究质量最佳、贡献最大的是傅浩先生。傅浩先生自上大学时（20世纪80年代初）就开始翻译叶芝诗歌，译作陆续在《国外文学》等期刊上发表。其本科毕业论文即叶芝早期诗歌研究，题为《早期叶芝：梦想仙境的人》，在文中作者以翔实的论据、谨严的论证反驳了兰瑟姆等人认为叶芝的早期创作是“真空里的发展”和“没有产生任何使他成其为诗人的有价值的东西”的观点，与之相反，作者认为叶芝的诗歌“从技巧到内容都可以看出一条清晰的渐变脉络”[①]。1994年傅浩出版《叶芝抒情诗全集》[②]，1996年再版。1999年傅浩出版国内第一部叶芝研究专著《叶芝评传》[③]，同年另一部内容略有区别的专著《叶芝》也得以出版[④]。作者以叶芝生平为叙述脉络，对叶芝的创作进行了深入独到的分析，结合文本分析和社会历史、诗人思想分析，全面而深刻。2003年，傅浩译《叶芝诗集》出版[⑤]。2008年，傅浩编选的《叶芝精选集》出版[⑥]。2011年，傅浩选译的《叶芝抒情诗选》出版[⑦]。在每部译作的序言部分，对叶芝其人其作都有精到的介绍和分析。傅浩还发表了一系列质量上乘的研究论文，代表性的有《叶芝诗中的东方因素》[⑧]，作者在此文中详细论述了叶芝诗歌中所受

① 转引自傅浩：《说诗解译——中外诗歌与翻译论集》，北京：中国传媒大学出版社，2005，第21、29页。

② 叶芝：《叶芝抒情诗全集》，傅浩译，北京：中国工人出版社，1994。

③ 傅浩：《叶芝评传》，杭州：浙江文艺出版社，1999。

④ 傅浩：《叶芝》，成都：四川人民出版社，1999。

⑤ 叶芝：《叶芝诗集》，傅浩译，石家庄：河北教育出版社，2003。

⑥ 叶芝：《叶芝精选集》，傅浩编选，北京：北京燕山出版社，2008。

⑦ 叶芝：《叶芝抒情诗选》，傅浩选译，昆明：云南人民出版社，2011。

⑧ 傅浩：《叶芝诗中的东方因素》，《外国文学评论》，1996年第3期。

到的印度、日本和中国的文学文化影响；在《叶芝的神秘哲学及其对文学创作的影响》中，作者认为“叶芝通过把神秘哲学与文学统一起来，完成了自我的宗教修行”[①]；在《叶芝作品中的基督教元素》中，作者认为“叶芝把基督教与其他信仰等量齐观，一视同仁地都当作他的神话素材”[②]。《叶芝在中国：译介与研究》是傅浩先生关于叶芝研究在中国的一次全面梳理，详略有致，且语重心长地提出国内研究的不足和展望[③]。傅浩先生此外还有发表在杂志、报纸上的叶芝评介、赏析文字若干。综观傅浩先生的叶芝研究，可以发现，其研究都有翻译作基础，因此有着扎实的文本功底。以《叶芝评传》为代表的评论和研究是一种综合的、传记式的研究，全面而深刻。

国内第二部叶芝研究专著是2006年蒲度戎的英文专著《生命树上凤凰巢——叶芝诗歌象征美学研究》，主要从叶芝象征诗学的角度探讨其来源和表现，作者认为魔幻美和智性美是叶芝象征美学的最显著特征[④]。第三部专著是2010年李静的《叶芝诗歌：灵魂之舞》，在这部著作中，作者把叶芝诗歌分为早、中、晚三个时期，对每一个时期不同诗集的代表性诗歌做逐一分析，主要是结合文本与社会历史背景的解读[⑤]，与《叶芝诗歌国际导读》（*An International Companion to the Poetry of W. B. Yeats*）相近。2014年王珏在著作《叶芝中期抒情诗中的戏剧化叙事策略》中以1914年至1933年间叶芝的五部诗集为研究对象，分析并论述了诗人选择戏剧化呈现的原因，认为这种戏剧化技巧顺应了现代诗人寻求“非私人化”表达方式的创作趋势，旨在实现“存在的统一”的诗学观和哲学立场[⑥]。同年周芳在其著作《“清浊本为邻”：对叶芝诗歌中衰老与灵肉主题的探讨》中系统介绍并分析了爱

① 傅浩：《叶芝的神秘哲学及其对文学创作的影响》，《外国文学评论》，2000年第2期。
② 傅浩：《叶芝作品中的基督教元素》，《外国文学》，2008年第6期。
③ 傅浩：《叶芝在中国：译介与研究》，《外国文学》，2012年第4期，第52-53页。
④ 蒲度戎：《生命树上凤凰巢——叶芝诗歌象征美学研究》，成都：四川人民出版社，2005。
⑤ 李静：《叶芝诗歌：灵魂之舞》，上海：东方出版中心，2010。
⑥ 王珏：《叶芝中期抒情诗中的戏剧化叙事策略》，上海：上海外语教育出版社，2014。

尔兰诗人叶芝以变老为主题的诗歌，认为诗人在这一类诗歌中实现了自我完善以及自我、艺术与信仰三者之间的和谐[①]。此外，一些著作中有个别章节是对叶芝的研究，例如孙彩霞在《西方现代派文学与〈圣经〉》的第二章梳理了叶芝作品中与《圣经》有关的章节和段落。

丁宏为是国内研究叶芝的另一位重要学者，虽然论文不多（只有两篇），却分量很重。在《叶芝与东方思想》一文中，作者对叶芝所受东方思想的影响进行了详细论述；在《叶芝："责任始于梦中"》一文中，作者认为是现实社会和历史事件等让叶芝感受到了"责任"概念带来的压力，诗人以自我辩护或自我开脱的方式抒写诗文，反映出诗人所看到的不同的生活画面和精神空间，不同的"责任"定义之间形成的张力[②]。

叶芝的诗学思想及其来源一直是国内研究者感兴趣的话题，象征主义是其中被研究得比较多的方面。蒲度戎梳理了叶芝的象征主义与文学传统，尤其是与布莱克和雪莱之间的关系[③]；申富英从叶芝的螺旋（Gyre）理论出发探讨其对诗人艺术创作的影响[④]；何宁从叶芝的诗学观点和创作之间的关系，延伸到与现代主义先锋诗人的论述，阐述了叶芝诗歌复杂的现代性[⑤]；胡则远从叶芝对现代主义的影响、对现代主义的看法以及叶芝诗歌中的表现来进行论述，认为叶芝诗歌有着独特的现代性[⑥]。

---

① 周芳：《"清浊本为邻"：对叶芝诗歌中衰老与灵肉主题的探讨》，上海：上海外语教育出版社，2014。

② 丁宏为：《叶芝："责任始于梦中"》，《外国文学评论》，2005 年第 4 期。

③ 蒲度戎：《叶芝的象征主义和文学传统》，《外语与外语教学》，2007 年第 4 期。

④ 申富英：《论叶芝的 GYRE 理论及相关的艺术创作》，《四川外语学院学报》，2005 年第 4 期。

⑤ 何宁：《叶芝的现代性》，《外国文学评论》，2000 年第 3 期。

⑥ 胡则远：《叶芝的现代性再探》，《牡丹江师范学院学报（哲学社会科学版）》，2010 年第 3 期。

三、国内外研究述评

当代叶芝研究，尤其在国外，已经取得较为丰硕的成果，但仍有进一步挖掘的空间。综合国内外的叶芝研究来看，主要存在以下几个方面的问题。

首先是系统地整理叶芝诗学思想中爱尔兰文化传统因素的研究较少。叶芝的祖先是移民爱尔兰的新教徒，叶芝自小接受正规的英语教育，其一生也是用英语写作，这也就造成了人们容易从叶芝受英国文学影响的角度理解叶芝，而忽略了叶芝自小就为之痴迷的爱尔兰文化传统。当然不可否认的是，正是叶芝坚持用英语写作，才在客观上造就了他诗歌影响的范围之广，叶芝的诗学思想也确实受英国正统文学如浪漫主义、唯美主义、先拉斐尔派的影响较深。但仔细考察叶芝诗歌的整体状况，可以发现其诗歌中有一条爱尔兰文化传统的脉络：从早年的痴迷古代爱尔兰神话和传说，到中期对爱尔兰传统文化的创造性改编，再到后期对凯尔特传统灵魂转世说的融会。

其次是系统研究叶芝诗歌形式诗学的较少。这方面国外的研究要更成熟，尤其是上述文德勒和贝尔的研究。叶芝的诗歌之所以成就卓著，之所以独特，其中一个方面就是他在诗歌形式上的独特。他继承了浪漫主义诗人的诗歌形式特点，配之以唯美主义的诗风，用来反对维多利亚时期诗歌的那种“机械性”，那种所谓的“进步”。但叶芝又有自己的创新，绝不是一味的承袭。例如，他的诗行意群的跨度比雪莱、布莱克大得多，有时候甚至用十几个诗行来表达一个意群，因此文德勒称其类似爱尔兰独有的那种“大房子”；他的诗歌韵律比严谨的前辈们更自由，但也不是后来的那种自由诗；他在诗歌中尝试使用意识的自由联想，这种技法比乔伊斯和伍尔夫都要早。

再次就是系统研究叶芝叙事诗和戏剧诗的较少。当然可以说叶芝的主要诗歌成就在于抒情诗，但叙事诗和戏剧诗也是叶芝诗歌不可分割的一部分，对后者的系统研究不仅有助于对前者的理解，更有助于把握叶芝诗学思想的整体观念。

最后，研究叶芝如何以文艺复兴推动民族复兴从而得到借鉴的较少。叶芝研究如今是一门国际学问，除英语国家外，不少其他国家的学者也在研究。例如有日本学者研究叶芝诗歌、戏剧与日本能乐的关系，有印度学者研究叶芝诗学思想中佛教密宗和印度教的因素，也有中国学者比较叶芝对“自动写作”的爱好与我国民间的扶乩现象。有的学者遵循英语国家研究的传统，结合社会历史背景对叶芝诗歌逐一解读。叶芝的中期诗歌可以说完全是与爱尔兰民族独立运动联系在一起的，他对暴力斗争持保守态度，因此极力推动爱尔兰文艺复兴，他以文艺复兴推动民族复兴的努力有很多值得称道的地方。

第三节　叶芝诗歌与爱尔兰历史文化传统

从上可知，到目前为止从爱尔兰历史文化传统的角度对叶芝诗歌进行的研究并不多，只有零散的篇章出现在一些学者的著作中。因为历史原因，爱尔兰文化传统亦被归入凯尔特文化传统。在爱尔兰，除英语外，乡村地区居民还使用盖尔语，因此，爱尔兰文化传统又被称为盖尔传统[①]。历史和语言这两个角度建构了爱尔兰历史上丰富绚烂的文化文学传统。

一、爱尔兰历史

历史学家认为，约公元前8000年左右，在今苏格兰与爱尔兰岛之间有陆地，通过此“路桥”，爱尔兰历史上最早的人类从苏格兰迁徙到

① 盖尔传统因盖尔语而来。主张认为爱尔兰文化传统应被视为凯尔特文化传统的一支的做法是因为除移民外，大部分爱尔兰人的祖先是凯尔特人，而且历史上爱尔兰与同属凯尔特传统的苏格兰、欧洲大陆的其他凯尔特族裔联系密切。

爱尔兰。约公元前3000年，爱尔兰进入新石器时期，这一时期的典型遗迹就是纽格兰奇古墓（Newgrange），是爱尔兰史前文化的重要标记。大约在公元前100年左右，凯尔特人（Celts）跨过海峡来到爱尔兰。凯尔特人中的一支盖尔人（Gaels），分别从欧洲大陆的高卢地区（今法国）和英格兰北部迁移到爱尔兰，因此爱尔兰语也被称为盖尔语[①]。公元前后的西欧是罗马帝国的强盛时期，爱尔兰的邻国不列颠就遭受到罗马军队的侵袭，并成为帝国的一个行省。但由于地理及其他因素，爱尔兰并没有受到罗马的入侵，因此爱尔兰保存完整的凯尔特文化长达数个世纪之久。公元432年圣帕特里克（Saint Patrick）将基督教带入爱尔兰。经过一百多年的时间，爱尔兰的大多数居民皈依了基督教，凯尔特文化便被融入基督教文化，并逐渐式微。之后数百年间，罗马帝国在欧洲发生了分裂，并受到北欧蛮族的入侵，但是战事并没有蔓延到爱尔兰，因此虽然在欧洲大陆基督教文明遭受打击，但在爱尔兰基督教文明却完整地保留了下来，因此后来便有“在中世纪爱尔兰拯救了欧洲”的说法。

在12世纪之前，爱尔兰一直由众多的王国或部落组成，并没有形成统一的王权制国家。那时爱尔兰的土地主要被分为四个大的部分：伦斯特（Leinster，即东部）、蒙斯特（Munster，即南部）、康诺特（Connaught，即西部）、阿尔斯特（Ulster，即北部）。在文学史上关于阿尔斯特的故事成为爱尔兰古代文化的一个重要分支系统。有时这些王国之间会选举一位“高王”（the High King），负责召集临近的部落与他国作战，但实际上其职权有限。公元800年左右，与不列颠一样，爱尔兰遭受到北欧“维京人”（the Vikings）的劫掠，维京人在爱尔兰沿岸建立据点，发展村落和城镇，之后慢慢与当地人融合。由于维京

① 历史学家认为苏格兰的祖先与爱尔兰人的祖先同为凯尔特人，因此苏格兰语也被称为苏格兰盖尔语（Scottish Gaelic），爱尔兰语被称为爱尔兰盖尔语（Irish Gaelic）。英格兰北部的盖尔人后来被盎格鲁·撒克逊人赶到大不列颠岛更北的地区，即现在的苏格兰地区，因此爱尔兰盖尔人和苏格兰盖尔人是同源的。

人经常驾船劫掠，因此在一般人心目中他们被形容为残忍的海盗形象。其实维京人是精明的商人，在入侵爱尔兰后，建立了当今依然存在的大部分主要城市如都柏林、科克、利莫瑞克等，并以其为据点，将爱尔兰的货物运往欧洲各地销售。但维京人的不断入侵也导致了爱尔兰修道院传统的衰落，因为修道院富足的人口和财富往往是维京人劫掠的主要对象①。

1171年，英王亨利二世（1154-1189年在位）带兵进入爱尔兰，开启了英国与爱尔兰长达近千年的领土、主权等争端②。进入爱尔兰的盎格鲁和诺曼移民开始融入当地的文化和风俗，并逐渐与宗主国相分离。1316年英王正式任命爱尔兰总督，是为英国在爱尔兰的最高行政长官。1366年，爱尔兰通过《基尔肯尼法》(*The Statutes of Kilkenny*)，意在阻止英国王室对爱尔兰的进一步侵略。从亨利二世统治时期到16世纪初叶，英国断断续续派兵侵略爱尔兰，但实际的占领地并不多。1509年亨利八世登基，他与罗马教廷决裂，建立英国国教，力促英国国内的宗教改革，但此一改革对爱尔兰影响不大。1558年伊丽莎白一世即位，完成其父肇始的宗教改革，并对爱尔兰发动多次战争，但并未能实现普遍占领。这一时期较多的英国民众移民到爱尔兰，他们依靠英国占领的优势，成为土地领主，而爱尔兰本土的天主教民众则逐渐沦为佃农。从16世纪末开始，天主教佃农与新教地主之间的矛盾和冲突日益激化，多地发生起义。1649年，克伦威尔率军进入爱尔兰，攻占德罗赫达等重要据点，且杀戮严重，被爱尔兰人视为血腥的刽子手。英国资产阶级革命之后的王朝复辟（Restoration）将斯图亚特家族后裔重新扶上王位，为此，新教徒和议会发动“光荣革命”，将奥兰

① 王振华、陈志瑞、李靖堃:《列国志·爱尔兰》，北京：社会科学文献出版社，2007，第32页。

② 在入侵爱尔兰之前，从法国诺曼地区（Norman）渡海而来的诺曼人（Normans）征服了英格兰大部分地区，史称“诺曼征服”（The Norman Conquest）。100年后，诺曼人分两批入侵爱尔兰，一批已经站稳脚跟的英格兰诺曼王朝，领主即亨利二世，这批人因与当地的盎格鲁人已经融合，故称盎格鲁-诺曼人（Anglo-Normans），另一批是从法国诺曼地区来的诺曼人。

治的威廉（William of Orange，即威廉三世）和玛丽公主迎进英国，是为共主。威廉三世在爱尔兰的博因河战役中将逃亡的詹姆斯二世击败，大量的新教徒也随之进入爱尔兰，成为新的地主。爱尔兰历来是农业国家，而大部分人口也散居乡村。1695 年，爱尔兰的天主教徒拥有大约 14%的爱尔兰土地，而到了 1714 年，比例则降低至 7%[①]，大部分土地集中在新教地主手中，土地问题也成为近代英、爱冲突的主要原因和导火索。

1800 年，《合并法案》（*Act of Union*）通过，爱尔兰正式成为英国的殖民地，法案于 1801 年 1 月 1 日生效。此后三四十年间，争取自治的运动逐渐兴起，代表人物是卓有影响的丹尼尔·奥康纳，他被誉为 19 世纪上半叶爱尔兰民族运动的灵魂，与后半叶的代表人物帕内尔交相辉映。1828 年，《天主教解放法案》（*Roman Catholic Relief Act*）通过，天主教佃农的状况稍有改善。1845 年，爱尔兰大面积土豆因真菌疫病（phytophtbora infestans）而绝收，导致爱尔兰大饥荒（Great Famine）的爆发。人们对这种真菌疫病尚缺乏认识，且由于英国政府主事者的拖延，大饥荒一直延续到 1849 年才告结束。大饥荒使爱尔兰尤其是佃农灾情惨重，将近 5 年的饥荒使约 100 万爱尔兰人死亡，大多数因饥饿而死，约近 200 万人移民海外[②]。

大饥荒爆发后爱尔兰本土的政治斗争稍有平息，人们还沉浸在饥荒的痛苦和缓慢的生产恢复中。而移民至其他国家尤其是英、美的爱尔兰人开始在国外掀起反对英国政府的斗争，1856 年曾逃亡法国的斯蒂芬斯在美国建立芬尼亚兄弟会[③]，后来发展为爱尔兰共和兄弟会（Irish Republican Brotherhood, I.R.B.）。1861 年美国内战爆发，不少移民美国的爱尔兰人参军参战，成为北方联盟军中的一支劲旅。内战结

① 罗伯特·基：《爱尔兰史》，潘兴明译，上海：东方出版中心，2010，第 3 页。

② 罗伯特·基：《爱尔兰史》，潘兴明译，上海：东方出版中心，2010，第 112 页。

③ 当时斯蒂芬斯并没有给这个组织起名字，但一般都将其称作芬尼亚兄弟会（Fenians），名字来源于古代爱尔兰神话传说中的勇士部族。

束后，曾参战的爱尔兰士兵将战场转移到爱尔兰，试图发动起义谋求独立。1870年之后，英国政府中格莱斯顿领导的自由党政府和迪斯累里领导的保守党政府相继轮流执政，而又以格莱斯顿政府的政策对爱尔兰影响最大。格莱斯顿三次提出《土地法》(*Land Act*)，以缓解爱尔兰国内日趋高涨的民族情绪和佃农与地主之间的冲突。19世纪80年代，爱尔兰民族运动的实际领袖是出身新教地主的国会议员帕内尔，他领导英国议会中约80位爱尔兰议员，组成爱尔兰议会党，成为左右自由党与保守党谁能组阁的关键因素[①]。帕内尔虽然与土地运动以及爱尔兰共和兄弟会等有着复杂的关系，但他本人主张在当时的情况下爱尔兰更好的选择是自治（Home Rule），而不是独立。1890年帕内尔与奥谢夫人的"丑闻"曝光，自此被推下政治舞台中心。第二年帕内尔逝世。

帕内尔的去世、佃农土地问题的缓解使得爱尔兰国内的政治运动有所停歇，不少青年人转而从事文艺创作，希望以复兴凯尔特文化的方式实现民族复兴，自此开启近半个世纪的爱尔兰文艺复兴运动[②]（Irish Literary Revival）。叶芝逐渐成为这一运动的领袖与核心。

此后，在爱尔兰国内，主张自治与主张独立的两种力量互相依存也互相牵制，对自治的主张占据民意的多数（至少表面上是如此）。1912年第三版的《爱尔兰自治法案》(*Irish Home Rule Bill*)在英国下院获得通过，并于1914年正式成为法律，即将付诸实施。1913年阿尔斯特签署《庄严盟约》(*Solemn League and Covenant*)，计划将爱尔兰北部地区划归在自治之外。正在爱尔兰自治（南部诸郡）初现曙光之时，第一次世界大战爆发，《爱尔兰自治法案》推后实行，自此爱尔兰历史

---

① 例如在1885年的选举中，英国议会中爱尔兰议员占85席，其数目虽然与自由党、保守党相比比例较小，但在自由党与保守党议员人数不相上下的时候，帕内尔领导的爱尔兰议会党往往成为谁能组阁的关键因素。

② 又称爱尔兰（文艺）复兴（Irish Renaissance），或塞尔特（即凯尔特）复兴（Celtic Renaissance）。参见吴潜诚:《航向爱尔兰：叶芝与塞尔特想象》，台北：立绪文化事业有限公司，1999，序第23页。

被改变。“一战”期间爱尔兰士兵作为英国军队的一部分参战。1916年在都柏林发生试图谋求爱尔兰独立的“复活节起义”。起义被镇压，起义领袖被枪决。之后民意开始向独立方向转变，“一战”后爱尔兰陷入内战，1922年爱尔兰成为自由邦（北部六郡依然保留在英国主权之下）。1923年内战结束，《爱尔兰宪法》通过。1948年爱尔兰正式宣布成为共和国。但南北分裂之后纷争、战事一直不断。到2002年时，南北纷争才逐渐停息。

叶芝于1865年出生，1939年去世，身处近代爱尔兰历史中波诡云谲的变化时期。叶芝早期积极融入爱尔兰文艺复兴运动，并逐渐成为运动领袖，在推动爱尔兰文艺发展方面厥功至伟。在中期叶芝希望艺术与政治保持一定距离，但终究受时代的裹挟。晚年叶芝身任参议员，参与公众事务，其作品臻于形而上学的思考。他的作品是历史的反映，也是历史的结晶。

二、爱尔兰文化（以文学为中心）

在爱尔兰历史上，古代凯尔特人创造了灿烂的文化，在口传诗歌、雕塑、建筑等方面都有杰出的成就，其中位于纽格兰奇古墓的仙冢（Sidhe）是古代凯尔特文化的一个典型。凯尔特文化历经与北欧文化、英国文化等的碰撞与融合，形成了独具特质的爱尔兰文化，而其中最具代表性的就是爱尔兰文学。

爱尔兰文学分为两部分：一部分是以爱尔兰语创作的文学；另一部分是以英语创作的文学。在爱尔兰，爱尔兰语文学（又称盖尔文学）历史悠久，它脱胎于渡海而来的凯尔特文化，至今不衰。古代爱尔兰文学最重要的成就是神话与传说，主要由三个神话或传说系统组成，分别是达努神族与深海巨人族的斗争神话系列（Tuatha Dé Danann against Fomorii）、以英雄库丘林为主的阿尔斯特传说系列（Cuchulainn and other Ulster heroes）、芬恩与费奥纳英雄们的传奇故事系列（Fionn mac Cumhaill and Fianna）。这些神话和传说有时候内容互相交叉，但基本自成系统。在这些传说中，乌辛的故事广为流传，叶芝据此创作了自己的第一部成名作《乌辛漫游记》。民间传说也构成古代爱尔兰文学的重要部分，这些传说或与历史人物有关（如“高王”麦克·阿特，High King Mac Airt），或与武士有关［如《夺牛记》（*The Cattle-Raid of Cooley*）的主人公库 Cu］，或与圣徒有关（如圣帕特里克）。

自基督教传入爱尔兰后，基督教文明逐渐与凯尔特文化相融合，形成了独特的祭司文化[①]。公元 6 世纪到 9 世纪祭司文化的繁荣创造了早期爱尔兰文学的黄金时代，文学的主要样式是口传诗歌[②]。因为凯尔特时期的祭司传艺是口口相传，因此早期爱尔兰文学虽然灿烂丰富，但直到 12 世纪才出现爱尔兰语手稿。之前的文学虽然未形成文字，但在《入侵志》（*The Book of Invasion*）、《伦斯特志》（*The Book of Leinster*）等书籍中能找到其内容。维京人的入侵使爱尔兰修道院受到冲击，文学发展相对缓慢，留存至今有名的作品有据传由多布兰恩所著圣经诗集《赞美诗集》（*Saltair na Rann*，即 *Psalter of Verses*）、讽刺作品《麦克·科恩·格里呐之梦》（*The Dream of Mac Con Glinne*）等。

12 世纪之后，随着英国文化影响的到来[③]，爱尔兰文学再次发展，职业诗人出现并成为文学创作的主体，也有大量的宗教性诗歌保留下来。著名的职业诗人有莫尔·奥达莱、阿尔巴纳赫·奥达莱、芬恩·奥达莱等。12～17 世纪，爱尔兰诗歌主要分为三大类：宫廷诗歌、抒情

---

① 祭司文化也可以称作德鲁伊文化，德鲁伊（Druid）就是凯尔特文化中的祭司，其负有占卜、医药、教育、顾问、军师等多重任务或角色，是凯尔特文化的主要传承载体，基督教传入后，德鲁伊也逐渐成为宗教领袖。

② 古代时期的凯尔特文化以口口相传为特点，在古代爱尔兰，盖尔语没有书面文字，只有口口相传的口头文学，重要的盖尔文化口头传承者即德鲁伊。在基督教传入后，盖尔语才慢慢发展出书写文字。

③ 鉴于 12 世纪时侵占爱尔兰的是诺曼王朝（1066 年征服者威廉率军击败盎格鲁·撒克逊王，开启英国王室制度），因此这一时期的英国文化也被称为盎格鲁–诺曼文化（Anglo-Norman Culture）。

诗和莪相民谣[①]。在这一时期，关于乌辛的传说成为诗人们竞相吟诵的题材，芬恩、乌辛和帕特里克成为诗歌中常见的角色。由于与苏格兰在血统和文化上有着近亲关系，乌辛的故事在苏格兰也广为流传，苏格兰诗人迈克菲森声称自己发现了原初手稿，而将其翻译成英语，从此乌辛的故事在英语世界得到广泛传播[②]。

自 17 世纪开始，英国王室对爱尔兰的统治逐渐加强，盖尔语文化也受到较为严重的打击，因此试图保存盖尔文学乃至整个盖尔文化的努力成为这一时期的主流。在 17 世纪，有两部历史著作被相继编纂：一部是 1632 年至 1636 年间编纂而成的《爱尔兰国王年鉴》（*Annála Ríoghachta Éireann*）[③]，主其事者为迈克尔·奥科雷瑞；另一部是 1634 年完成的《爱尔兰史》（*Foras Feasa ar Éirinn*）[④]，作者是著名诗人杰弗里·基廷。受英国王室宗教改革以及英国移民的影响，职业诗人的地位衰落，也不再受到贵族的庇护和资助。这些职业诗人便转入民间，反而从那里获得了民间文学的养分，其诗歌主题不再局限于对神灵和英雄的赞颂，而是更为广泛地涉及家庭、农村、爱情、婚姻、饮食等。

到 18 世纪，贵族的赞助和庇护完全停止，但原来的职业诗人转而受地方人士如教士、农夫或工匠们的支持，从而以抄写的方式保存了许多文学材料。这些诗人力图保存并在一定程度上恢复爱尔兰语文学，但受时代的影响，对文学的保存有余而发展不足。一般认为，默里曼和拉夫特里是爱尔兰语文学传统中最后的两位代表。随着 1801 年《合并法案》的生效，英语文化在爱尔兰的影响日益增强，爱尔兰语文学在社会主流上层已趋式微，其继续发展的阵地也只能转移到乡间。从

---

① 王振华、陈志瑞、李靖堃：《列国志·爱尔兰》，北京：社会科学文献出版社，2007，第 201 页。

② Oisin 是爱尔兰语，威尔士语写作 Osian，英语一般写作 Ossian 或 Osheen，因此有的文学史中将其译为莪相。汉语译文中的乌辛即莪相。

③ 英译为 *Annals of the Kingdom of Ireland*。

④ 字面意思是“爱尔兰知识基础”（the Foundation of Knowledge on Ireland），一般译作《爱尔兰史》（*The History of Ireland*）。

创作角度而言，18 世纪下半叶到 19 世纪上半叶的文学创作远远落后于之前的黄金时代。从保存现有文学、挖掘古代文学的角度而言，这一时期的成就史无前例。19 世纪初期奥康纳等人引导的民族运动就意识到保存民族文学的重要性。在 19 世纪，除部分诗人仍从事爱尔兰语的创作外，大量的精力被用在盖尔文学的保存和挖掘上。自 19 世纪中叶以后，保存盖尔语言和文化的呼声日益高涨，年轻时候的叶芝也成为这一潮流中的主要人物。1893 年，民族运动领袖道格拉斯·海德与麦克尼尔等人成立“盖尔语联盟”（the Gaelic League），以保存盖尔语言和文化为己任，组织对盖尔语言、历史、文化的学习。在保存爱尔兰民间文学方面，叶芝好友格雷戈里夫人做出了卓绝的贡献。

20 世纪初叶，爱尔兰文艺复兴运动使得盖尔语文学得以保存，并且在民间文学创作方面有了一定发展。这一运动的主要人物中除格雷戈里夫人能熟读盖尔语外，像叶芝等人都不谙盖尔语，创作语言也大都是英语。虽然英、爱之间的矛盾加剧，但英语文学与爱尔兰语文学之间的互动却更为活跃。与叶芝同时代或稍后的爱尔兰语文学家借鉴欧美象征主义、现代主义等思潮，创作出有所突破和发展的新爱尔兰文学，体裁则更为多元化，有诗歌，有小说，也有戏剧和散文。奥来里和皮尔斯等被认为是这一时期的代表作家。从成立自由邦到此时，爱尔兰语文学的创作得到了新的发展机遇，参与文学创作的人数增多，文学作品数量增多。但不可否认的是，受近代数百年英国殖民统治的影响，到这时说爱尔兰语的人已不多，又主要集中在偏远乡村或山区，加上英语文化的强势影响，爱尔兰语文学能否再现辉煌尚难以预料。

爱尔兰文学的另一个主要分支就是英语文学，或称英爱文学[①]。英爱文学可以分为四个阶段：殖民地时期文学，地方文学，争取民族

① 为区别英国本土文学和爱尔兰语文学，爱尔兰作家用英语创作的文学一般被称为英爱文学（Anglo-Irish Literature）。

独立时期文学与当代爱尔兰文学[①]。

殖民地时期文学的时间跨度为 12 世纪至 18 世纪。虽然亨利二世在 11 世纪已率军侵占爱尔兰,但这一时期英爱文学真正为人关注则要到 17 世纪复辟时期喜剧作家群以及斯威夫特等大作家的出现。复辟时期(Restoration)的戏剧在 17 世纪初中断一段时间后在 17 世纪中后期有所发展,尤其是戏剧,取得了不俗的成就。其中爱尔兰作家有乔治·法夸尔、威廉·康格里夫和查尔斯·麦克林,其中又以康格里夫的影响最大[②]。康格里夫的《为爱而爱》(*Love for Love*)和《如此世道》(*The Way of the World*)成为风俗戏剧的代表之作,在伦敦与都柏林曾轰动一时。英爱文学的这一戏剧传统延续到 18 世纪,出现了两位更为重要的戏剧家哥尔德斯密斯与谢里丹。哥尔德斯密斯的《好心人》(*The Good-Natur'd Man*)以及《屈身求爱》(*She Stoops to Conquer*)延续先辈传统,并开始在戏剧中探讨社会习俗、礼仪等问题。谢里丹的《情敌》(*The Rivals*)和《丑闻学校》(*The School for Scandal*)进一步探讨社会问题,影响较大[③]。

这一时期,英国报纸行业的开拓者之一爱尔兰作家斯蒂尔为英语散文的发展做出了重要贡献。比他稍早的伯克则成为爱尔兰思想家的重要代表。伯克颂扬美国独立战争,将之与爱尔兰所受的殖民苦难相联系,成为影响后来众多英国和爱尔兰作家的思想家[④]。斯威夫特是这一时期影响最大的爱尔兰作家。斯威夫特在《一个温和的建议》(*A*

---

① 王振华、陈志瑞、李靖堃:《列国志·爱尔兰》,北京:社会科学文献出版社,2007,第 210 页至 217 页。该书虽然指明英爱文学分为四个阶段,但只列出了三个阶段,似为笔误。

② 康格里夫出生于并去世于英国,但他小时候直至大学都在爱尔兰度过,之后也断断续续在爱尔兰居停,与斯威夫特成为好友,因此爱尔兰文学史视其为英爱文学的代表人物之一。

③ 有些著作在谈论英爱文学时也涉及 18 世纪重要作家斯特恩(Laurence Sterne)。斯特恩童年和少年时期因为父亲是英国驻爱尔兰低级军官的缘故而长年在爱尔兰居住。但斯特恩成年之后基本在英国生活,而且其著作题材也以英国为背景,因此文学史上更多地将其视为英国作家。其代表作有《项狄传》和《感伤之旅》。

④ 除政治、社会思想观点外,伯克还是重要的美学思想家,代表作是 1756 年出版的《论崇高与美》。

Modest Proposal）和《布商信札》（*Drapier's Letters*）中直面爱尔兰问题，讽刺爱尔兰和英国上层社会对底层百姓的漠视，讽刺英国议会对爱尔兰问题的强制施压等。这一时期还有诗人布鲁克著有《爱尔兰诗歌遗珠》（*Reliques of Irish Poetry*），是乌辛诗歌传统的延续。

19 世纪上半叶是英爱文学中的“地方文学”阶段，这一时期文学的主要成就是小说，代表人物是埃奇沃斯和卡尔顿。埃奇沃斯受父亲的影响，书写与苏格兰问题相似的爱尔兰主题，其代表作《拉克伦特堡》（*Castle Rackrent*）探讨爱尔兰新教地主的身份认同问题，并试图以地方文学的形式来探讨爱尔兰文化传统。卡尔顿著有《爱尔兰农村：特质与故事》（*Traits and Stories of the Irish Peasantry*），描述了爱尔兰乡间生活，尤其是农村穷苦人生活的真实场景，对 19 世纪中叶兴起的民族运动起到了推动作用。受民族运动的影响，英爱文学在 19 世纪中叶发生转折，文学成为争取民族独立的媒介和途径。

在民族运动早期，戴维斯是作家兼政治家的典型，他创办报纸提倡民族独立，是“青年爱尔兰人运动”（Young Irelander）的领袖。19 世纪初叶在爱尔兰还掀起了整理、研究盖尔语手稿的风潮，代表学者有奥多诺万，代表诗人有佛格森，后者对叶芝影响较大。19 世纪后半叶，随着民族运动的日益深入，爱尔兰文艺复兴运动兴起，代表人物有道格拉斯、叶芝、拉塞尔、辛格、格雷戈里夫人等。道格拉斯除组织“盖尔语联盟”外，还创作富于爱尔兰地方特色的诗歌、小说，代表诗集有《炉火边》（*Beside the Fire*）。拉塞尔早期诗歌歌颂爱尔兰的土地、故乡，后期转向神秘主义。辛格是爱尔兰文艺复兴运动中心阿贝剧院（Abbey Theater）的创始人之一，其代表性戏剧为《西部浪子》（*The Playboy of the Western World*），对爱尔兰西部人情世俗有着深刻的描绘[①]。格雷戈里夫人最初以翻译盖尔文学为主，整理和翻译了多部爱尔兰民间故事、小说集，后来受到叶芝等人的鼓励，也参与创作，

① 此剧也被译为《西部世界的花花公子》，因语涉粗俗等问题，演出时引起较大争议，参见本书第五章中的分析。

尤其以戏剧创作贡献较大。这一时期戏剧家奥凯西的创作也有较大影响。

19 世纪末 20 世纪初，爱尔兰诞生了几位占据英语文学史上重要地位的作家：王尔德、萧伯纳和乔伊斯。王尔德作为唯美主义思潮的代表，以唯美至上的散文、机锋百出的戏剧和略带惊悚的小说在文坛立足[①]。萧伯纳的主要成就在于戏剧，其“愉悦戏剧”和“不悦戏剧”常常以社会问题为题材，针砭时弊，讨论深刻[②]。乔伊斯是英语文学史上“意识流小说”的代表之一，其著作富于现代主义特征，探讨社会与人性[③]。与叶芝一样，他们已成为英语文学中的经典作家[④]。

20 世纪中后期英爱文学继续发展，适应时代需要，英爱文学与爱尔兰语文学进一步融合，诗歌、小说、戏剧都有不俗的成就，尤其是诗歌方面，秉承爱尔兰古代诗歌传统、融合当代文艺思潮的新一代爱尔兰英语诗人人才辈出，代表人物就是 1995 年获诺贝尔文学奖的谢默斯·希尼，其重要诗作有《一位自然主义者之死》和《挖掘》等。

三、叶芝诗歌与爱尔兰历史文化

叶芝身为英国新教后裔，却在早年时就形成了较强的爱尔兰民族意识，这与其小学与中学时在伦敦学校的经历不无关系。身处 19 世纪后半叶兴起的民族运动潮流中，叶芝有意或无意地将自己的身份认同与民族身份认同相联系，早年以整理爱尔兰民间文学为己任。在艺术探索方面，叶芝在高中毕业后，没有按照父亲的意愿进入都柏林圣三

① 王尔德的代表性散文有《夜莺与玫瑰》，戏剧有《不可儿戏》，小说有《道林·格雷的画像》等。

② 萧伯纳的代表性剧作有《华伦夫人的职业》《芭芭拉少校》《苹果车》《圣女贞德》等。

③ 乔伊斯的代表作有短篇小说集《都柏林人》，长篇小说《一幅青年艺术家的肖像》《尤利西斯》和《芬尼根守灵夜》等。

④ 有的文学史及其他相关著作将王尔德、萧伯纳和乔伊斯也归入爱尔兰文艺复兴作家行列（如王振华等编著《列国志·爱尔兰》，第 215-216 页；吴潜诚著《航向爱尔兰：叶芝与塞尔特想象·自序》，第 23-26 页）。但笔者以为，从爱尔兰文艺复兴的性质以及文艺复兴与民族运动的关系而言，不应将这三位作家归入爱尔兰文艺复兴作家群。

一学院（Trinity College），而是入学都柏林首府艺术学校，希望成为一名画家，但入学不久，就受到友人影响，转而立志成为诗人。通过阅读前辈诗人如佛格森等的作品，叶芝早期诗歌有着强烈的爱尔兰身份认同与建构的痕迹。叶芝中期的诗歌则明显体现出叶芝本人与政治的“若即若离”关系，虽然他极力避免陷入政治的漩涡，主张艺术的相对独立，却无法不受时代、历史、文化的裹挟，而后者又对其诗歌发生了积极作用。叶芝后期诗歌以印证其诗学思想为特点，主题却关乎时代、政治和自身经历。

毋庸置疑，叶芝以英语为创作语言，有着自己的考虑：毕竟英语的影响力是巨大的。以英语创作可以使之拥有更为广泛的受众。身为新教徒后裔的叶芝在情感上对英国既爱又恨。叶芝热爱英国璀璨的文学传统，喜爱英语语言，但又憎恨宗主国对爱尔兰的欺压。细观叶芝诗歌全貌，诗人在经历早期的模仿和借鉴后，自中期开始便冀图创立有影响的爱尔兰文学和文艺，即使创作语言依然是英语。叶芝的诗歌渗透了他对爱尔兰传统文化的崇拜与理解，及至其晚年，诗人更是冀望以爱尔兰文化传统为核心，铸就自己独特的诗学和历史观念。

对叶芝诗歌的分期，有过不同观点。早在20世纪60年代，较早研究叶芝诗歌的学者杰法里斯持如下观点：

> 叶芝诗歌的第一个阶段上起1883年发表在《都柏林大学评论》上的早期作品，下至1899年收进《苇丛中的风》的诗作。[①]

杰法里斯在该书的第8章开始以《幻象》为叶芝中后期时期的分水岭[②]。根据他的这一论点，从《麦克尔·罗巴蒂斯与舞者》之后的

① *A. N. Jeffares*, *The Poetry of W. B. Yeats*, London: Edward Arnold Ltd., 1961, p.7.

② 《幻象》于1925年初版，1929年底叶芝对其进行了修改，1937年其修订本出版。现在国内外通行的研究版本为1937年版，但观察两个版本之间的差别可以看出叶芝晚年思想发展的一个轨迹。

诗集归为叶芝的后期诗作。

当代叶芝研究较有成就的霍尔德曼（David Holdeman）承续杰法里斯的做法，明确地将叶芝作品分为早、中、晚三个时期①。霍尔德曼以对叶芝诗歌的探讨为主，将之与戏剧和小说对照观察，结合叶芝生平，对叶芝诗学思想的形成背景和特点有精到分析。国内叶芝研究专家傅浩也大致将叶芝诗歌分为三个阶段②。

本书以上述传统为参照，以主题为考量的主要维度，将叶芝诗歌分为早、中、后三个时期。早期诗歌包括诗集《十字路口》《玫瑰》与《苇丛中的风》。中期诗歌包括诗集《在那七片树林里》《绿盔及其他》《责任》《库勒的野天鹅》和《麦克尔·罗巴蒂斯与舞者》。后期诗歌包括《塔堡》《旋梯及其他》《帕内尔的葬礼及其他》《新诗》和《最后的诗》。

除了传统的依据外，本书以叶芝诗歌文本为核心，以爱尔兰历史文化和叶芝生平为视角，探讨叶芝不同阶段诗歌的特点。本书将以三个专章来论述叶芝三个时期诗歌的特点。早期诗歌专章以“艺术、主体、民族文化身份”为关键词，重点论述叶芝在早期诗歌中如何从模仿到逐渐自觉确立自己的艺术和主体身份。从早期诗歌的三部诗集中

---

① 按照霍尔德曼的分法，叶芝早期作品（Early Yeats）包括诗集《十字路口》《玫瑰》与《苇丛中的风》，戏剧《凯瑟琳女伯爵》（*The Countess Cathleen*），小说集《隐秘的玫瑰》（*The Secret Rose*）。中期作品（Middle Yeats）包括诗集《在那七片树林里》《绿盔及其他》《责任》，戏剧《胡里汉的凯瑟琳》（*Cathleen ni Houlihan*）、《贝里海滩》（On Baile's Strand）、《国王的门槛》（*The King's Threshold*）。后期作品（Late Yeats）包括诗集《库勒的野天鹅》《麦克尔·罗巴蒂斯与舞者》《塔堡》《旋梯及其他》，戏剧《为舞者而作的四部戏剧》（*Four Plays for Dancers*）。霍尔德曼的分法在叶芝后期作品部分未能讨论诗集《帕内尔的葬礼及其他》《新诗》与《最后的诗》。参见 Holdeman, D. *The Cambridge Introduction to W. B. Yeats*, Shanghai: Shanghai Foreign Language Education Press, 2008.

② 在《叶芝精选集》一书的“编选者序”第二节，傅浩将《乌辛漫游记及其他》（即后来通行的《十字路口》）、《女伯爵凯瑟琳及各种传说和抒情诗》（即后来的《玫瑰》）和《苇丛中的风》（即《苇丛中的风》）作为一个阶段探讨，将《在那七片树林里》《责任》和《库勒的野天鹅》作为叶芝现代主义风格形成阶段的作品，将《塔堡》《旋梯与其他》归为叶芝晚年思想集成阶段的作品。参看《叶芝精选集》编选者序，第 2-8 页。

选取有代表性的诗歌作为分析对象，深入其中进行探讨。通过分析来说明，叶芝在早期诗歌中运用鲜明的意象群，通过模仿浪漫主义诗人的诗歌形式以达到：（1）自觉运用爱尔兰文化传统素材来与浪漫主义者对话，从而确立自己的艺术身份；（2）运用上述素材与唯美主义者对话，即试图摆脱父亲的影响，从而确立自己的个体身份；（3）运用上述素材与古希腊文明、印度文明、大英帝国文明对话，试图逐步确立爱尔兰的文化身份。早期诗歌中的叶芝，无论是试图确立自己的艺术和主体身份，还是试图建构一种民族文化身份，都与那个民族独立复兴运动风起云涌的时代关系不大，诗人似乎在筑造一个自己的梦境，避免被时代洪流裹卷。

中期诗歌专章以“爱情”与“政治”为关键词，试图在叶芝中期的诗歌中探讨叶芝如何表现其爱情与政治身份以及在这两者态度上发生的转变。叶芝中期诗歌的一个明显特点是：叶芝试图以诗歌创作来表达自己理想中的爱情和政治。叶芝中期诗歌中的爱情诗多数抒写爱情的无望（当然从创作心理上反映了对爱情的渴望），是现实中毛德·冈对叶芝多次拒绝的艺术表现。但是，到写作《麦克尔·罗巴蒂斯与舞者》时，诗人的爱情态度发生了重要的转变，诗人转而更多抒写爱情、婚姻带来的满足感，带来这一变化的是诗人的婚姻。在政治类诗歌方面，也发生了类似的转折，叶芝的态度发生了从谴责暴力、反对使用激进方式实现民族独立到认为必要时可以使用武力的转变。而导致这一转变的主要原因是第一次世界大战和“复活节起义”的发生。可以说，这一时期的叶芝，经历了一个从无望的爱情和保守的民族主义中“惊醒”的过程。

后期诗歌专章以“哲学思想”为关键词，以叶芝后期诗歌为分析对象，重点选取其中的代表诗作对叶芝哲学思想进行分析。与早期直接选取爱尔兰文化素材、中期以爱情和政治为重点不同，叶芝后期诗歌的创作特点之一是试图建立自己的哲学体系：历史循环论或螺旋（Gyre）理论。当然，叶芝这种试图建立自己独特哲学思想的观念在早年就开始了，之后也一直在探索。但叶芝哲学体系的最终成熟建构是在后期，以《幻象》和后期代表性诗作如《再度降临》《丽达与天鹅》等为表现。叶芝螺旋（Gyre）理论的来源是多元的：佛教密宗，印度哲学，犹太教神秘主义（卡巴拉），贝克莱、维科的哲学、新柏拉图主义等，当然还有凯尔特传统中的灵魂转世说。叶芝综合运用上述理论来源形成的独特思想体系，也是爱尔兰文艺复兴思想的延续[①]。虽然是一己的思想体系，却也是爱尔兰不可多得的宝贵文化财产，因此也成为叶芝后期诗歌对爱尔兰文化传统的独特贡献。叶芝写作《幻象》的直接素材是叶芝夫人“自动写作”后留下的记录，叶芝试图对这些符号做哲学式的解释，从而建构出自己的哲学体系。如果说这些符号指向一个神秘的梦境，那么叶芝通过对这些符号的解读而构建哲学体系的努力就是对这神秘梦境的“解释”。

无论是确立艺术、主体、民族文化身份，还是抒写爱情、政治和哲学身份，叶芝心心系念的还是自己的爱尔兰身份。无论从纵向的爱尔兰历史文化角度来考量，还是将其放入同时代的爱尔兰作家群中去观察，叶芝诗歌中表现的爱尔兰性和爱尔兰身份都是独一无二的。

① 纵观爱尔兰历史，像叶芝这样以诗歌创作闻名于世，且以诗歌创作为注脚形成在欧洲思想史上有影响的思想体系的作家凤毛麟角。这一点，笔者以为，乔伊斯、王尔德、萧伯纳等都没能做到。

第二章　叶芝早期诗歌中的个体与民族文化身份

第一节　从《十字路口》到《苇丛中的风》——个体身份的寻求

一、"我们是最后的浪漫主义者"——个体艺术身份的寻求

较早研究叶芝的美国著名文评家埃德蒙·威尔逊曾经断言：叶芝最早的诗歌是先拉斐尔派与浪漫派的[①]。的确，叶芝早期的诗歌中可以看到明显的浪漫主义诗歌影响。

叶芝受浪漫主义作品的影响可以追溯到儿童和少年时期叶芝父亲的教导。约翰·叶芝在大学毕业后放弃家族传统，没有成为一名牧师或律师，反而把精力投向艺术，希望成为一名有名的画家。但在最初几年他的才能并没有得到认可，而且也极少有雇主雇用他进行插图或其他艺术形式的创作，因此在客观上他有足够的时间来对孩子们进行教育。约翰尤其注意对长子威廉的教育，除送他进正规学校接受常规

① 埃德蒙·威尔逊：《阿克瑟尔的城堡》，黄念欣译，南京：江苏教育出版社，2006，第21页。当代著名散文家董桥曾在文中写道：英汉字典多用"拉斐尔前派"为译名，我跟随金庸先生做事那些年他教我译为"先拉斐尔派"，说是套用"先秦诸子"的说法，英文"Pre-Raphaelite"的"Pre"字宜用"先"字才合中文语法。真是译林高手！（董桥：《旧日红》，北京：中华书局，2012，第264页。）本书从董桥先生之说。

教育外，约翰还亲自对威廉进行家庭式教育。1874 年，在叶芝 9 岁时，父亲给他大声地朗诵了巴尔扎克的《驴皮记》(*La Peau de chagrin*)[①]，自此引起了儿子对文学的兴趣。1879 年夏天，叶芝一家在德文郡的布拉斯科比（Branscombe）度假，父亲给他朗读了狄更斯的《大卫·科波菲尔》(*David Copperfield*)、司各特的《修墓老人》(*Old Immortality*)和《古董商人》(*The Antiquary*)[②]。之后父亲给叶芝朗诵较多的是司各特的《末代行吟诗人之歌》(*The Lay of the Last Minstrel*)以及麦考莱的《古罗马之歌》(*The Lays of Ancient Rome*)。叶芝后来回忆说，自己少年时期最喜欢阅读的作家是司各特和麦考莱。晚年得子后，叶芝竟然也在无意识中以司各特的《末代行吟诗人之歌》来教育自己的子女[③]。可见上述作家，尤其是浪漫主义作家司各特对少年叶芝的影响。

早期叶芝诗歌受浪漫主义风格影响的另一个印证在于叶芝对“想象”的重视。重视想象的力量也正好是浪漫主义尤其是英国浪漫主义诗歌的一个重要特点[④]。研究者认为，叶芝的作品，尤其是早期作品，是具有浪漫主义气质的，属于浪漫主义风格……而浪漫主义的一个特

① R. F. Foster, *W. B. Yeats: A Life, I: the Apprentice Mage*, Oxford: Oxford University Press, 1998, p. 17. 在此书中作者福斯特将《驴皮记》题目写作 *Le Peau de chagrin*。

② R. F. Foster, *W. B. Yeats: A Life*,《修墓老人》也被译为《清教徒》,《古董商人》也被译为《古董家》。

③ R. F. Foster, *W. B. Yeats: A Life*,《末代行吟诗人之歌》被认为是司各特第一部重要的原创性作品，是一部包括 6 章的格律浪漫传奇诗，诗节长度并不统一，于 1805 年出版。参见 Margaret Drabble, *The Oxford Companion to English Literature*, Beijing: Foreign Language Teaching and Research Press, Oxford: Oxford University Press, 2005, p. 580. 《古罗马之歌》是英国诗人、散文家、历史学家、政治家麦考莱（Thomas Babington Macaulay）于 1842 年发表的一部诗歌集。这部诗歌集被认为是麦考莱诗歌中“最好的著作……是用司格脱（即司各特）格调写成的歌谣汇编”。参见金东雷:《英国文学史纲》，长春：吉林出版集团有限责任公司，2010，第 331 页。由此可见，上述两部作品都可以归为浪漫主义诗歌。

④ 美国学者卡顿认为浪漫主义的特点之一就是对“想象力量的逐渐重视”(increasing importance attached to the power of imagination)，见 J. A. Cuddon, *Dictionary of Literary Terms & Literary Theory*, London: Penguin Books, 1999, p. 769.

点是“特重想象力”[①]。少年叶芝钟情“想象”的原因有二：一是无人交流的家庭社会环境，二是个性使然。少年叶芝的大部分时间在斯莱戈外祖家度过，身材孱弱的小叶芝在崇尚健壮的波莱克斯芬家族看来弱不禁风，因此叶芝经常被嘲笑。开始识字的叶芝感觉拼写和语法特别难以记忆，以致一度被家人认为其患有诵读困难症（Dyslexia）。基于这两点，叶芝在外祖家几乎无人可以交流，而逐渐学会阅读的叶芝在阅读书本后对书中的异域世界充满了想象。少年叶芝的性格本身也为想象力的滋生提供了土壤。成长中的叶芝“身形颀长而行动笨拙，不事收拾，稍微带些近视，而且是出奇的瘦。在心理方面，他形成了鲜明的性格：格外憎恶被嘲笑和一种不可救药的故意的模糊感”[②]。被嘲笑使得本来就格外敏感的叶芝更倾向于户外与想象，而那种模糊感更是一种想象的生发地。

对异域的想象催生了叶芝最早的几首诗歌，例如第一部诗集《十字路口》中的“牧人”组诗和“印度”组诗。显然叶芝没有到过这些地方，但他凭借自己的想象和阅读得来的知识把这些地方描写得惟妙惟肖，就好像诗人亲自到过那些地方似的。例如在《阿娜殊雅与维迦亚》一诗中，诗人想象“黄金时代的一座印度小庙。庙外花园环绕，园外森林环抱”，那里太阳将他的下颌搁在了灰暗的林梢，周围环绕着朵朵罂粟花，庙里还来了一些神圣的老火烈鸟，徘徊漫游于迂曲的路径[③]。这些精细的细节描写显示了诗人丰富的想象力。叶芝不仅想象异域，他还善于将真实融于想象之中，这其中最典型的例子是《被拐走的孩子》。诗歌发生的地方在斯利什森林（Sleuth Wood）附近的湖泊和小岛，这是斯莱戈郡一个实有的地名。这个地方流传一种传说，

---

① 傅浩：《窃火传薪：英语诗歌与翻译教学实录》，上海：上海外语教育出版社，2011，第129页。

② *R. F. Foster, W. B. Yeats: A Life, I: the Apprentice Mage*, Oxford: Oxford University Press, 1998, p. 16.

③ 叶芝：《叶芝诗集》，傅浩译，石家庄：河北教育出版社，2003，第11-14页。

在罗西斯角这个地方的岩石周围有仙女巡游，哪家的小孩子要是在岩石上睡着了，醒过来就会变成痴呆，因为他们的灵魂被仙女们拿走了。叶芝将传说与实地结合，想象出了仙女们在银色沙滩上彻夜踏脚舞蹈的浪漫场景：

在极远的罗西斯角岸边，
那月光的浪潮
冲洗着朦胧的银色沙滩；
在那里我们彻夜踏着脚，
把古老的舞步编织；
交流着眼神，交缠着手臂，
直到月亮飞逃；
……[①]

虽然早在 1885 年叶芝就在《都柏林大学评论》上发表了他最早的两首诗——《仙灵歌》与《人声》[②]，但真正让诗人声名鹊起的是长篇叙事诗《乌辛漫游记》，此诗也被认为是叶芝浪漫主义风格最典型的作品。在主题上，此诗明显地有着模仿布莱克、雪莱等创作的漫游诗的痕迹。哈罗德·布鲁姆认为就“想象”这一角度而言，叶芝感受到了远至斯宾塞近至布朗宁等前辈诗人“影响的焦虑”，尤其是布莱克和雪莱。叶芝在前辈诗人的“阴影”中挣扎，力图挣脱他们的影响。布鲁姆认为叶芝此诗的主题得自《乌辛协会会刊》（*Transactions of the Ossianic Society*）上发表的一首诗歌译文，原文是 18 世纪诗人迈克尔·柯敏写的以乌辛为主题的一首诗。叶芝本人不懂盖尔语（即爱尔兰语，布鲁姆还认为叶芝压根就没想过要学盖尔语），他读到的译文是一个版本传过来的另一个版本（a version of a version）。布鲁姆认为叶

① 叶芝：《叶芝诗集》，傅浩译，石家庄：河北教育出版社，2003，第 31 页。
② 傅浩：《叶芝评传》，杭州：浙江文艺出版社，1999，第 19 页。

芝其实离古代爱尔兰神话很远，实际上离爱尔兰也很远，因此尽管《乌辛漫游记》带有凯尔特色彩，却本质上属于英国浪漫主义传统，更确切地说，属于浪漫主义传统中的“追寻传奇的内化”（internalization of quest-romance）[①]。

此诗题献给埃德温·艾里斯。艾里斯是和叶芝一起编辑《布莱克诗集》的叶芝父亲的好友。诗集于 1889 年开始编纂，1893 年出版。从题献上或也可看出叶芝对布莱克的仰慕。

此诗在风格上确实有刻意模仿浪漫主义诗人诗作的痕迹。例如在措辞上不惜雕琢，刻意追求美学效果。在诗歌的前两行，诗人就连用了两个头韵：**b**ent, and **b**ald, and **b**lind（L1），a **h**eavy **h**eart。类似的例子在此诗中不断出现，例如 **s**ea-born **s**cales、**p**earl-**p**ale 等。在此诗中，叶芝不惮其烦地运用强烈的颜色对比来烘托气氛。例如在第一节中描写仙女的出现，就描述得如画一般：

在那浅灰色的海岸边
出现一位如珍珠般白皙的高贵淑女，
骑一匹带白铜色笼头的骏马；
嘴唇如夕阳般颜色，
遭厄的船只遇到的那种风暴中的夕阳；
秀发中闪烁着香橼色彩，
白色纱衣流泻至脚边，
那摇曳的深红如光般映射
是那许多人物的刺绣；
那躯体如裹在一片珍珠般的贝壳里
摇曳如夏日的溪流，

① H. Bloom, *Yeats*, New York: Oxford University Press, 1970, p. 87.

柔软的胸腹起伏徜徉。[①]

上述选段中这种对比强烈的颜色描写，也可以看出先拉斐尔派对叶芝的影响。这种强烈的画面感、对读者视觉的冲击感是先拉斐尔画家们孜孜以求的效果，最有名的要数奥伯里·比尔兹里了。叶芝在此段诗中展现的画面感完全可以与比尔兹里的名画对照以观。

虽然在主题、风格等方面早期的叶芝对浪漫主义诗人有着强烈的模仿倾向，但同时他也以自己的思考来与他们对话。以《乌辛漫游记》为例，首先其主题题材便不同于先辈们诗作中的题材。乌辛（Oisin）是爱尔兰古神话中的著名诗人，也是“芬尼亚故事集”（Fennia Cycle）[②]中的勇士之一。叶芝早年在斯莱戈听来的神话故事以及逐渐意识到的民族感使他在选择题材时会不自觉地选择爱尔兰题材。从某个角度而言，乌辛就是诗人。《乌辛漫游记》在正文和献语之前有一句题词：

如果你愿意，请给我整个世界，但至少请给我一座我感情的庇护所[③]。

叶芝自小体弱，在学校经常受欺负，但在内心里他希望能够在智力上胜过那些欺凌者，而实际情况又往往不如意，叶芝在中小学的拼写和语法都比较糟糕。叶芝生就一颗敏感的心，在斯莱戈外祖家时，更是喜欢把自己的感情深藏起来，醉心于那些农夫、渔民讲的民间故事。在青少年时期，母亲对他的影响较少，叶芝的教育主要由其父亲

---

① 出自 W. B. Yeats, *The Collected Poems of W. B. Yeats*, ed. by R. J. Finneran, New York: Simon & Schuster Inc., 1996, p. 355. 此诗为笔者所译。

② Oisin 在英语中亦可拼写为 Ossian 或 Osheen。爱尔兰古神话（亦称凯尔特神话）是一个庞杂的系统，主要有阿尔斯特故事集（Ulster Cycle）、芬尼亚故事集（Fenian Cycle）、历史故事集（Historical Cycle）以及神话故事集（Mythological Cycle）等各分支组成。

③ 原文是 Give me the world if Thou wilt, but grant me an asylum for my affection. 原文作者涂尔干（Tulka）之身份已不可考。

负责。约翰·叶芝受先拉斐尔派影响较深，因此给少年叶芝读了较多诸如但丁·罗塞蒂的诗歌。逐渐形成的自我意识使得在都柏林艺术学校时期的叶芝与父亲在艺术观点上分歧日益增大，有时不免争执。早年的叶芝可以说其敏感的感情没有一个特别“温馨的港湾”供其停靠，因此他只有在写诗的过程中来安置这种情感。

在风格上，早期叶芝对浪漫主义诗人有着较多的模仿，但在主题和题材上叶芝毋宁说是在与前辈们对话。仍然以《乌辛漫游记》为例。乌辛在“仙国”生活了300年后，因为依然怀念往日的勇士们，希望回到故乡去看一看。在一般的版本中，乌辛因为顾念一位老人而忘记了仙女的嘱告，双脚沾地，从而一下老去300年，最终死在了圣帕特里克的怀里。但在《乌辛漫游记》中叶芝把侧重点放在了乌辛与圣帕特里克对话的部分。从整首诗的结构来看，可以说乌辛象征了古代凯尔特英雄精神，而圣帕特里克则无疑是宗教救赎的象征。从另一个象征角度来看，可以将乌辛视作爱尔兰，而圣帕特里克则成了英国的象征。在此诗的结尾，诗人写道：

乌辛：啊，我，一具残躯，咳嗽不停，老病在身
　　没有欢笑，如一幕儿戏，在会议与恐惧中孤独；
　　消泯了一切荣光，就如雨中一具乞丐的破衣，
　　亦如洪水中的野雀，如那卷入河坝涡流的狼。
　　看着有福者让人伤痛，我挚爱的老友都已逝去；
　　我扔下细小石块的链子！躯体里的生命已然停歇，
　　我要去找凯利特、柯南、布兰、斯科里南和罗麦尔[①]，
　　要住在那芬尼亚勇士们的宫殿里，无论那里是燃烧的火焰还是宴席满满。

① 芬尼亚故事集中有名的勇士。

叶芝在诗歌的结尾处表明：英勇奋斗的生活才是值得过的生活。在这首诗中，诗人已经不自觉地把民族故事作为主题来象征当时的爱尔兰状况。圣帕特里克已不再是宗教救赎的积极力量，而是那迷惑、麻痹爱尔兰人的殖民者的象征。爱尔兰人只有起来奋斗，才能赢得有意义的生命存在方式。如此的象征，如此的创作，也是叶芝与浪漫主义诗人的对话：诗歌可以从民族神话故事中取材，诗歌不仅仅是“强烈感情的自然流露”，也可以是民族状态的象征和隐喻。在这一点上，叶芝倒是和浪漫主义小说家司各特较为相似。叶芝这样做也在无意识中希望确立自己的艺术身份。

在确立艺术身份方面，与前辈浪漫主义诗人不同的是，或者说叶芝希望与之对话的方式之一，就是早期的叶芝以谣曲的方式改编和创作了不少佳作。《欧哈特神父谣曲》和《茉儿·梅吉谣曲》是较早的两首谣曲形式的诗歌，且都改编自民间的故事或传说。在形式上这两首谣曲没有用反复的手法，而是以叙述的方式将故事内容一一呈现，格调却恰好相反。前一首以反衬的手法烘托神父的虚伪，后一首借主人公之口叙述其可怜。在诗集《玫瑰》中也有一首有名的谣曲——《吉里根神父谣曲》。这首诗的格调与布莱克的一系列写实诗，如《扫烟囱的孩子》较为相似：

有一回，他坐在椅上打盹儿，
在傍晚飞蛾出现的时辰，
又一个贫苦人前来请他去，
他不禁黯然伤神。[①]

叶芝在谣曲里更多地关注现实。借此叶芝希望与前辈诗人们对话，诗歌可以在自然中放纵想象的力量，但诗歌也可以关注现实。换言之，

① 叶芝：《叶芝精选集》，傅浩编选，北京：北京燕山出版社，2008，第 32 页。

如果说叶芝诗歌的风格是浪漫主义的，则不能不说其内容和象征却是现实主义的。

“漫游”（Wandering）作为英国浪漫主义诗歌的一个主题，在众多诗人笔下都有所呈现，典型的如上述之布莱克和雪莱，当然还有拜伦的《唐·璜》（*Don Juan*）。早期叶芝诗歌中“漫游”也是一个重要的主题和关键词。

在早期的三部诗集中，“漫游”一词在叶芝诗歌中反复出现。如《阿娜殊雅与维迦亚》中：他在森林里漫游时（L3）；你们前导着“漫游的寂静”（L43）。在《蜉蝣》（*Ephemera*）中：情热常常消损我们漂泊的心（wandering hearts, L12）。《苇丛中的风》中一首诗歌的题目就叫《漫游的安格斯之歌》。其他的还有例如《他听见蒲苇的呼喊》：我信步漫游/在这荒凉湖畔（L1-2）等。从某种角度而言，“漫游”意味着逃离和寻觅。少年叶芝希望逃离学校，逃离崇尚矫健的外祖家的嘲弄。青年叶芝寻觅的是一种身份，就艺术风格而言，他希望寻觅到一种自己的风格，即使其前提意味着模仿。

正如叶芝所言，年轻时候的他认为“美丽的东西才应该被画下来，而只有古代的事物和梦中的意象才是美丽的”①。如果将这一观点用于分析叶芝早期的两部诗集《十字路口》与《玫瑰》，真是名副其实。《十字路口》中主要诗歌的主题关乎古代希腊罗马（2 首）、古代印度（3 首）和古代爱尔兰（《郭尔王之疯癫》以及最后部分的 3 首谣曲），还有与梦幻或梦想中的意象有关的 2 首（《被拐走的孩子》与《老渔夫的幽思》）。《玫瑰》中的诗歌则大部分属于古代爱尔兰和梦幻主题，属于前者的有关于佛格斯、库胡林、女伯爵凯瑟琳的诗歌和几首谣曲，而其他的诗作则大多与梦幻主题有关（最典型的是《梦想仙境的人》）。到第三部诗集《苇丛中的风》，叶芝不仅在主题上，更重要的是从风格上确立了自己的身份。

① 叶芝：《帷幕的颤抖》，徐天辰、潘攀译，南京：江苏文艺出版社，2010，第 58 页。

有研究者认为,《苇丛中的风》标志着欧美文学中现代主义(后期象征主义)诗歌的开端,好比一百年前华兹华斯和柯勒律治合著的《抒情歌谣集》标志着英国浪漫主义诗歌的开端[①]。论者也认为叶芝受浪漫主义诗人布莱克、雪莱等的影响,主张"向后看"[②]。叶芝曾在名为《库勒与巴利里,1931》的诗中宣称:

我们是最后的浪漫主义者——曾选择
传统的圣洁和美好,
……[③]

由此可见,叶芝以承续前辈艺术为己任。从《苇丛中的风》中诗歌的主题来看,也延续了之前两部诗集的一些主题如民间传说(如《希神的出征》《空中的魔军》《漫游的安格斯之歌》《黑猪谷》等)、玫瑰与爱情(如《恋人述说他心中的玫瑰》《恋人伤悼失恋》《隐秘的玫瑰》等)等,但在风格上《苇丛中的风》确实已经迈出了试验的一步[④]。

论者认为,19世纪最后十年至20世纪最初几年,叶芝在写作的态度和主题上都发生了显著的变化。尤其是1899年至1903年期间发生了确定的变化(definite change),《苇丛中的风》成为试验的一个成果。在技巧方面,论者认为《苇丛中的风》体现了三个方面的变化:

(1)更多地使用较短的8音节诗行,而不是标准的10音节诗;

① 转引自叶芝:《叶芝精选集》,傅浩编选,北京:北京燕山出版社,2008,第2页。

② 叶芝:《叶芝精选集》,第2页。

③ 叶芝:《叶芝诗集》,傅浩译,石家庄:河北教育出版社,2003,第591页。

④ 论者指出,人们不应截然将叶芝创作生涯的前、后期断开,因为在愿意试验新形式、新内容的背后往往是对旧主题的重新塑造(reworkings of old themes),是对已经以印刷形式获得某种知名度的诗歌的一种延续。参看 H. Orel, *The Development of William Butler Yeats: 1885-1900*, Lawrence: University of Kansas Publications, 1968, p. 81. 奥瑞尔的这一说法也从反面证明了叶芝在《苇丛中的风》中确实进行了风格上的试验,即使其中某些诗歌的主题依然是旧主题。

（2）更多地强调重点词汇的音读和节奏，而不是遵守节奏的规律性；

（3）去除文学古语（archaisms），更多地尝试使用口语[①]。

综观叶芝早期的三部诗集，对上述变化的概括基本准确，而且后两点体现得更为突出[②]。

在《十字路口》中，诗行长短分明，模仿民谣体的诗作一般都较短，如《被拐走的孩子》：

Where dips /the rocky /**highland**
Of Sleuth /Wood in /the **lake**,
There lies /a leafy /**island**
Where flapp/ing her/ons **wake**
The drow/sy wa/ter-**rats;**
……[③]

此诗以 6 音节诗行（3 音步）为主（个别多出来的音节归入相邻音步），格律基本上是抑扬格[④]。《十字路口》最后部分的民谣体诗歌，都是以音节较短的诗行为主的诗作，如《欧哈特神父谣曲》：

Good Fath/er John /O'Hart
In pen/al days /rode **out**

① H. Orel, *The Development of William Butler Yeats: 1885-1900*, Lawrence: University of Kansas Publications, 1968, p.84.

② 本书在引用叶芝作品时，以汉语译文为主要引用对象，必要时附有英文原文；但在分析叶芝原诗的风格特点时，则直接引用原文。

③ W. B. Yeats, *The Collected Poems of W. B. Yeats*, ed. by Richard J. Finneran, New York: Simon & Schuster Inc., 1996, p.18.

④ 叶芝在诗歌创作上遵循英诗传统，基本可以分出格律、韵律来，但已经有所变化，不是严格意义上的如莎士比亚体、华兹华斯式的英诗了。

To a /shoneen /who had /free lands
And his /own snipe /and **trout.**[①]

除此类诗歌外,《十字路口》的多数诗歌是音节较多、诗行较长的诗歌，如《经柳园而下》:

Down by/ the sa/lly gar/dens my love /and I /did **meet**;
She passed /the sa/lly gar/dens with/ little snow-/white **feet**.
She bid/ me take/ love ea/sy, as /the leaves/ grow on/ the **tree**;
But I/, being young/ and foo/lish, with/ her would/ not **agree**.[②]

此诗每一行为 12 个音节（6 音步），尾韵韵脚为 aabb。

与《十字路口》相似,《玫瑰》中的诗歌也以 5 个或 6 个音步诗行为主，如《当你年老时》:

When you /are old /and grey/ and full /of **sleep**,
And no/dding by/ the fire, /take down /this **book**,
And slow/ly read, /and dream/ of the /soft **look**
Your eyes/ had once, /and of /their sha/dows **deep;**
……[③]

而民谣体或仿民谣体诗歌则短至 2 个或 3 个音步，如《摇篮曲》:

---

① W. B. Yeats, *The Collected Poems of W. B. Yeats*, ed. by Richard J. Finneran, New York: Simon & Schuster Inc., 1996, p. 21.

② W. B. Yeats, *The Collected Poems of W. B. Yeats*, ed. by Richard J. Finneran, New York: Simon & Schuster Inc., 1996, p. 19.

③ W. B. Yeats, *The Collected Poems of W. B. Yeats*, ed. by Richard J. Finneran, New York: Simon & Schuster Inc., 1996, p. 41.

The angles /are **stoo/ping**
Above /your **bed**;
They wea/ry of /**trooping**
With the /whimper/ring **dead**.①

从数量上看,《十字路口》与《玫瑰》中较长音节诗行（10-12 音节，5-6 音步）的诗歌约占三分之二，较短音节诗行（4-6 音节，2-3 音步）约占三分之一。到《苇丛中的风》，长短音节诗行诗歌的数量比例为一比一。较多音节诗行的诗歌如《老母之歌》:

I rise /in the /dawn, and /I kneel /and **blow**
Till the /seed of /the fire/ flicker /and **glow**;
And then /I must /scrub and /bake and /**sweep**
Till stars /are be/ginning /to blink /and **peep**;
……②

较短音节诗行的诗歌如《情绪》:

Time drops /in **decay**,
Like a candle burnt **out**,
And the mountains and **woods**
Have their day, have their **day**;
What one in the **rout**
Of the fire-born **moods**

① W. B. Yeats, *The Collected Poems of W. B. Yeats*, ed. by Richard J. Finneran, New York: Simon & Schuster Inc., 1996, p. 39.

② W. B. Yeats, *The Collected Poems of W. B. Yeats*, ed. by Richard J. Finneran, New York: Simon & Schuster Inc., 1996, p. 60.

Has fallen **away**?[①]

从诗歌本身来看，叶芝早期创作确实存在从长音节诗到短音节诗过渡的趋势，这反映出叶芝从模仿前辈诗人到自觉建构自身艺术身份的努力。从早期三部诗集中的短诗来看，其内容或形式基本与爱尔兰有关，或是叶芝直接使用爱尔兰民间题材，或是叶芝套用民谣体，或是模仿民谣体。这也反映出爱尔兰历史文化在叶芝早期诗歌中的重要位置。

从叶芝早期三部诗集中诗歌节奏、格律的角度看，从《十字路口》到《苇丛中的风》确实存在一条从遵循传统规律到强调重点词汇而加以重读的轨迹。换言之，《十字路口》中的大部分诗歌遵循传统的韵律、格律传统，而到了《苇丛中的风》，叶芝试图打破传统，将重音放在了需要强调的字词之上，使得诗歌意象更为突出。

《快乐的牧人之歌》是叶芝最早的代表作之一，其诗行的格律、韵律、节奏等反映出叶芝早期诗歌遵循传统的特征：

The woods /of Ar/cady /are **dead**,
And ov/er is /their an/tique **joy**;
Of old /the world /on drea/ming **fed**;
Grey Truth /is now /her paint/ed **toy**;
……[②]

此诗是较为典型的抑扬格四音步诗（iambic tetrameter），尾韵韵脚为 abab，第二和第三行用了倒装的修辞手法（Inversion）。这样的诗

① W. B. Yeats, *The Collected Poems of W. B. Yeats*, ed. by Richard J. Finneran, New York: Simon & Schuster Inc., 1996, p. 56.

② W. B. Yeats, *The Collected Poems of W. B. Yeats*, ed. by Richard J. Finneran, New York: Simon & Schuster Inc., 1996, p. 7.

歌容易使人想起拜伦的《唐·璜》、雪莱的短诗等，也是叶芝早年在诗歌风格上受浪漫主义影响的结果。

如果说在《十字路口》和《玫瑰》中大部分诗歌属于节奏谨严的传统英诗，那么《苇丛中的风》中诗歌的节奏以强调为主，而不是均匀地分布音节，如《饰铃帽》：

The jes/ter wal/ked in /the gar/den:
The gar/den had /fallen /**still**;
He bade /his soul /rise up/ward
And stand/ on her/ window/-**sill**.①

从此诗可以看出，已经不能划分出严谨的格律了，尽管在押韵上第二、四行押尾韵。诗行的重心已经从均分音节转移到对字词的着重上，例如第一行中的 jester、walked、garden 和第二行的 garden、fallen、still 都是重读的对象，从而凸显这些词带来的意义和意象。这是叶芝在早期诗歌中进行诗歌试验的第二个方面。

从较多使用古语到更多使用口语是叶芝早期诗歌试验的第三个主要方面。在《十字路口》中能经常碰到诸如 twain、hapless 等古英语②，而 thou、thy、thee 等用法更为常见。《玫瑰》扉页即引圣奥古斯丁（S. Augustine, 354–430）的话：

Sero te amavi, Pulchritudo tam antiqua et tam nova! Sero te amavi.③

---

① W. B. Yeats, *The Collected Poems of W. B. Yeats*, ed. by Richard J. Finneran, New York: Simon & Schuster Inc., 1996, p. 64.

② 出自 "The Song of the Happy Shepherd"，twain 即现代英语的 two，hapless 为 unhappy。《十字路口》中其他古英语用法还有 ere (before, "The Falling of the Leaves"), faery (fairy, "The Stolen Child"), sup (supper or dinner, "The Ballad of Father O'Hart")等。

③ W. B. Yeats, *The Collected Poems of W. B. Yeats*, ed. by Richard J. Finneran, New York: Simon & Schuster Inc., 1996, p. 28.

（英译：Too late came I to love you, O beauty both so ancient and so new, too late came I to love you.

汉译：我爱你太迟，亘古常新的美，我爱你太迟！）[①]

如果说叶芝在《十字路口》扉页表达的是对浪漫主义诗人尤其是先浪漫主义诗人布莱克的崇拜[②]，那么叶芝在《玫瑰》扉页引用此句意在慨叹自己对美的追求“太迟”，反映出诗人这一时期受到时代思潮尤其是唯美主义的影响。与先拉斐尔派主张回到拉斐尔之前的艺术主张相似，唯美主义也试图从文艺复兴或之前的文艺中寻找灵感[③]，以古为美或以仿古为美成为一时风潮。叶芝受其影响，《玫瑰》中的诗歌使用了不少的古代题材。在题材上，《玫瑰》中将近三分之二的诗歌关乎古代，如古代爱尔兰神话（佛格斯、库胡林等）、15 世纪秘术修道团、民谣、中世纪爱尔兰传说。有意思的是，虽然题材上《玫瑰》引用古代较多，但词汇上已较少使用古英语词，甚至连诗歌中常用的 thy、thou 等也已很少见到。

到《苇丛中的风》时，叶芝已经从使用古语、古代题材转到口语化的风格了。诗人已经更多使用常见语气词如 O、Ah 等，不常见的古词、大词已很少使用，更多的是日常口语化的词汇，如《恋人伤悼失

① http://www.eudict.com/. 出自圣奥古斯丁《忏悔录》第 10 卷第 27 章。汉译为笔者所译。

②《玫瑰》扉页的引语为：The stars are threshed, and the souls are threshed from their husks（群星脱去外壳，灵魂脱去外衣）。出自布莱克的《四天神》（*The Four Zoas*，Zoa 是布莱克自创神话系统中的天神名称）。叶芝在与父亲好友埃里斯（Edwin John Ellis, 1848-1916）合编的《布莱克作品集》（*The Works of William Blake*）的题记中也引了上述句子（个别字词做了改动）：And all the Nations were threshed out, and the stars threshed from their husks（所有国家都裸露面目，所有星星脱去外壳）。可见早年叶芝对布莱克的推崇。布莱克在作品中自创神话系统的做法也深深影响了叶芝，叶芝在《幻象》中创造了自己的神话、哲学思想系统。

③ 唯美主义的先驱佩特（Walter Pater）就极力宣称应该从古希腊罗马、中世纪、文艺复兴时期寻找文艺创作的灵感，所著作品如《文艺复兴》（*The Renaissance*）、《享乐主义者马里乌斯》（*Marius the Epicurean*）、《想象的肖像画》（*Imaginary Portraits*）、《柏拉图与柏拉图主义赏鉴》（*Appreciations of Plato and Platonism*）、《古希腊研究文集》（*Greek Studies*）等都是关于古代文艺、哲学的研究。

恋》:

Pale brows, still hands and dim hair,
I had a beautiful friend
And dreamed that the old despair
Would end in love in the end:
She looked in my heart one day
And saw your image was there;
She has gone weeping away.[①]

从上述论述中可以看出，叶芝早期诗歌创作在风格上有一条从模仿到自立的轨迹。如果说《十字路口》和《玫瑰》中的诗歌还有较强的模仿痕迹（主要模仿浪漫主义诗歌并模仿民谣形式），那么《苇丛中的风》可以说是叶芝开始形成自己风格的作品，其风格变化的内容已如上所述。导致这种变化的原因可以分为两个方面：一是叶芝内心求变、寻求确立自己身份的愿望，再者就是当时伦敦、都柏林文艺圈对他的影响。在伦敦，叶芝甚至“强迫自己参加各种文艺聚会、沙龙或俱乐部”[②]。正是在这些聚会中叶芝认识了王尔德、斯蒂芬森、佩特等前辈。叶芝诗歌日趋精练，亦日趋复杂，其复杂得自于王尔德和佩特的影响[③]。另一方面，叶芝也经常与年龄相当的诗人们切磋诗艺，并于 1891 年成立“诗人俱乐部”（The Rhymers' Club），主要成员除叶芝外，还有约翰逊、道森、西蒙斯等，其中西蒙斯对叶芝影响最大。这批志同道合的诗人朋友定期在伦敦一家名为“柴郡奶酪”（The Cheshire Cheese）的老酒馆的二楼聚会，赏析成员的新作品，探讨诗艺。这些

① W. B. Yeats, *The Collected Poems of W. B. Yeats*, ed. by Richard J. Finneran, New York: Simon & Schuster Inc., 1996, p. 61.

② S. Gilbert, *The Poetry of William Butler Yeats*, New York: Monarch Press, 1965, p. 6.

③ A. N. Jeffares, *The Poetry of W. B. Yeats*, London: Edward Arnold Ltd., 1961, p. 16.

诗人都赞赏罗塞蒂和佩特的作品。对叶芝风格影响较大的西蒙斯除了诗人身份外，还是有名的批评家。他向叶芝介绍了当时风靡欧洲的法国象征主义诗人如马拉美、魏尔伦等的作品和诗学思想，使叶芝接触到系统的象征主义理论与实践，从而发展出自己的象征系统[①]。

从《十字路口》到《苇丛中的风》，叶芝始于模仿、学习前辈经验，止于自身艺术身份的寻求与确立，在20世纪初开启了欧美诗坛现代主义的先声。

二、影响与挣脱——个人主体身份的寻求

1865年叶芝出生于都柏林桑迪蒙特大街乔治维尔1号，两年后叶芝父亲弃法从艺，并且全家迁居至伦敦瑞金公园菲茨罗伊路 23 号。1868 年叶芝全家在斯莱戈外祖家度假，这是叶芝第一次到斯莱戈。1871年，在叶芝6岁时，父亲开始对其进行“人格”教育[②]，主要形式是阅读莎士比亚和司各特的作品，这样的“教育”一直持续到1875年叶芝入学。1874年，叶芝一家又搬家至肯辛顿区伊迪斯14号，叶芝于次年入汉默史密斯区的哥德尔芬小学就读。因为爱尔兰身份和身材瘦弱，叶芝在学校经常受英国同学的欺负。1876年，叶芝全家再一次搬家，这次搬至伦敦切斯维克区贝德福德公园伍德斯多克路8号。在伦敦的几次搬家是叶芝家庭经济状况日益拮据的表现，叶芝一家靠祖传的地产租赁为主要收入。从1869年至1880年，叶芝好几次与家人到外祖家度假。19世纪70年代，爱尔兰土地运动风起云涌，1879年，爱尔兰土地同盟（Irish Land Union）建立，佃农要求减租和获得土地。1880年，因为土地租金收入急剧下降，叶芝一家搬回都柏林，住在海滨渔村厚斯（Howth），叶芝入读伊拉斯谟·史密斯中学。此后

① 西蒙斯著有《文学象征主义运动》（*The Symbolist Movement in Literature*）一书，出版于1899年。作者在此书扉页声明“题献给叶芝”，可知此一运动对叶芝的影响。叶芝于1900年写有《诗歌的象征》（*The Symbolism of Poetry*）一文对自己的诗歌象征（理论与实践）做了阐释。

② 叶芝：《叶芝精选集》，傅浩编选，北京：北京燕山出版社，2008，第677页。

叶芝家在吉尔达尔的祖传地产状况日益恶化，直至被叶芝父亲抵押出售。1882 年叶芝开始写诗，两年后就读都柏林大都会艺术学校，攻读绘画。1885 年叶芝的两首诗在《都柏林大学评论》上发表。1886 年叶芝弃画从文，发表戏剧诗《摩萨达》(*Mosada*)，并开始写作《乌辛漫游记》。自此，叶芝步入写作生涯，诗集相继发表，足迹也在都柏林、伦敦和斯莱戈之间来回穿梭。

叶芝在《自传》(*Autobiographies*)[①]中曾回忆，自己已记不清 2 岁前在都柏林的事情，只模模糊糊记得自己从一扇爱尔兰式的窗户盯着外面的一睹墙看。对菲茨罗伊则已经有较为清楚的记忆，印象最深的是一个吹哨子的“电报男孩”[②]。之后就是斯莱戈了。在斯莱戈，叶芝对自家经济拮据和外祖家经济富裕、自家祖上新教地主背景与外祖家船商背景有着敏锐的感受，所以过得并不是特别愉快。叶芝最初的教育来自舅父和姨母们，但生性敏感的叶芝并未得到他们的赏识，童年时的反应迟钝被他们怀疑“智力有问题”[③]。好在仆人、渔夫、农夫们的乡间故事和传说给了小叶芝的心灵以自由想象的空间。

自 6 岁起，叶芝的父亲亲自对儿子进行教育。在叶芝记忆中：

> 父亲是个“暴君”老师，脾气很大，一不耐烦，就把硬皮书

---

① 叶芝在世时曾写过几部自己的回忆录，包括《青少年时期之遐想》(*Reveries over Childhood and Youth*, 1914)、《帷幕的颤抖》(*The Trembling of the Veil*, 1922)、获诺贝尔文学奖时的演讲词《爱尔兰戏剧运动》(*The Irish Dramatic Movement*, 1923)、《瑞典的奖金》(*The Bounty of Sweden*, 1925)、《陌生》(*Estrangement*, 1926)、《辛格之死》(*The Death of Synge*, 1928) 和《戏剧人物：1896—1902》(*Dramatis Personae: 1896-1902*, 1935)。前两部作品曾在 1926 年被结集为《自传》(*Autobiographies: Reveries over Childhood and Youth and The Trembling of the Vail*)，由麦克米兰公司出版。后来以上所有作品于 1935 年首次结集为《叶芝自传》(*The Autobiography of William Butler Yeats*)。1965 年麦克米兰公司根据 1935 年版本进行修订，再改为《自传》(*Autobiographies*)，成为叶芝自传的权威版本，此后几次印刷对个别字词有所更正。

② W. B. Yeats, *Autobiographies: Reveries over Childhood and Youth and the Trembling of the Veil*, London: Macmillan and Co. Ltd., 1926, p. 5.

③ 傅浩：《叶芝评传》，杭州：浙江文艺出版社，1999，第 7 页。

> 砸到他头上，甚至把他推搡得在屋子里团团转。[①]

少年叶芝就在这样的气氛中对莎士比亚（主要是《哈姆雷特》）和司各特的作品（主要是《艾凡赫》和《末代行吟诗人之歌》）得到初步了解，他也从一位邻居老夫人那里学会了拼写和语法[②]。上小学以后，父亲在晚上还要检查叶芝的功课，并给他读美国作家库柏的小说[③]。在中学叶芝因一贯的“思维不能集中”而感觉功课吃力，兴趣也不在学业上。叶芝真正对写作和艺术有着自觉的兴趣是在 17 岁左右，原因有二：一是“性的觉醒”，再者就是父亲“不再给他读故事”，而是“开始和儿子讨论文体”[④]。作为受先拉斐尔派影响较大的画家，约翰·叶芝对儿子艺术观的形成首先是言传身教式的。

叶芝在自传中曾这样回忆少年时代居住过的伦敦贝德福德地区：

> 那时候，弯弯曲曲的街道两边大树林立，浓荫如盖，风景如画，显示出一股新的热情：拉斐尔前派运动终于影响了现实生活。……那时候，我仿佛处于拉斐尔前派（即先拉斐尔派）的包围之中。[⑤]

在那个时期，伦敦到处可见先拉斐尔派艺术的影响，例如酒馆、商店的招牌都会请这一派的艺术家来设计，叶芝印象较深的是此派画

---

① 傅浩：《叶芝评传》，杭州：浙江文艺出版社，1999，第 7 页。

② 傅浩：《叶芝评传》，杭州：浙江文艺出版社，1999，第 8 页。

③ 傅浩：《叶芝评传》，杭州：浙江文艺出版社，1999，第 11 页。库柏（James Fenimore Cooper），19 世纪上半叶美国著名小说家，作品以西部拓疆前线和印第安人为主要题材，代表作品有《最后的莫西干人》等。

④ 傅浩：《叶芝评传》，杭州：浙江文艺出版社，1999，第 16-17 页。

⑤ 叶芝：《叶芝精选集》，傅浩编选，北京：北京燕山出版社，2008，第 597 页。

家茹克设计的巨大的“号手”招牌[①]。叶芝回忆在自己十五六岁的时候，父亲给他“讲罗塞蒂和布雷克[②]，还把他们的诗歌拿给我读。”罗塞蒂是建立先拉斐尔派的元勋之一，其文艺思想对当时的伦敦和都柏林影响深远。布莱克的诗歌和画作在生前不被认可，但到19世纪时已被公认为先浪漫主义重要诗人，其诗学思想对先拉斐尔派影响至深。

叶芝受先拉斐尔派的影响主要来自绘画方面。叶芝曾回忆自己在少年时期有一次从利物浦去斯莱戈，在路途中参观过一个画廊，对画廊里展出的罗塞蒂的画作《但丁之梦》记忆深刻。虽然叶芝后来声称到他写自传的时候已经不喜欢那幅画（原因是叶芝认为《但丁之梦》是罗塞蒂失去“激动人心的力量之后的作品”），但少年时候的他还是被其深深吸引，认为“它的色彩、人物以及浪漫的风格，使画廊里所

① 根据叶芝的描述，此处的茹克应该为托马斯·马修斯·茹克（Thomas Matthews Rooke），他是先拉斐尔派名画家伯恩-琼斯（Edward Burne-Jones）的好友，在琼斯去世前的三年中，茹克与其展开艺术对话，并将对话录音，于画家去世后交给琼斯夫人，是珍贵的艺术史史料，成为艺林佳话。茹克的儿子诺尔·茹克（Noel Rooke）也是有名的艺术家，主攻木刻。叶芝父亲与莫里斯（William Morris）、伯恩-琼斯等先拉斐尔派艺术家熟识，而且那个时候的贝德福德公园地区是先锋艺术的聚居区，虽地处郊区，却是人文荟萃之地。参看 S. Gilbert, *The Poetry of William Butler Yeats*, New York: Monarch Press, 1965, p. 5。

② 罗塞蒂即但丁·加布里尔·罗塞蒂（Dante Gabriel Rossetti, 1828-1882），先拉斐尔派代表画家之一，他从米雷（John Everett Millais）和亨特（William Holman Hunt）学画。他们三人与威廉·迈克尔·罗塞蒂（William Michael Rossetti, 罗塞蒂之弟）、伍尔勒（Thomas Woolner）、斯蒂芬斯（Frederic George Stephens）、柯林森（James Collinson）于1849年成立先拉斐尔兄弟会（Pre-Raphaelite Brotherhood）。此派在艺术上追求忠于自然（例如在绘画中对花卉清晰度、明亮度的强调，以及对细节的第一手观察），对道德的严肃思考（一些画家倾向于从宗教中寻找这种思考，而另一些画家则从象征和神秘的角度去寻找）。不少艺术家从中世纪寻找题材。此派运动的兴起被视作对当时丑陋的生活与服饰的反叛，因此其艺术产品让人产生怀旧之念。参看德拉布尔主编：《牛津英国文学词典》（第6版），北京：外语教学与研究出版社，牛津：牛津大学出版社2005年第一版，第813页。此外，罗塞蒂之妹克里斯蒂娜·乔治安娜·罗塞蒂（Christina Georgina Rossetti）也是与先拉斐尔派渊源甚深的维多利亚诗人，早期的她受其兄影响接受此派艺术观，但后来她越来越注重宗教思考，以致晚年经常批判先拉斐尔派诗歌和绘画中对肉欲冲动的典型描写。参见 S. Greenblatt, M. Abrams, C. Christ, et al, *The Norton Anthology of English Literature, 8th ed.* New York: W. W. Norton & Company, 2006, p. 1460. 布雷克（通译布莱克，William Blake, 1757-1827），英国先浪漫主义诗人，以在诗中构建神秘之神话体系闻名，对先拉斐尔派和叶芝影响巨大。

有其他作品都黯然失色”[①]。追求色彩的强烈表现和突出的人物形象无疑是先拉斐尔派最鲜明的特点之一。

从叶芝早期诗歌中可以直接看出受先拉斐尔派影响的诗作是《受难之苦》，收集在第三部诗集《苇丛中的风》的稍后部分：

当那光焰四射琴瑟齐鸣的天使之门开敞；
一股不朽的激情呼吸在必朽的泥土里面；
我们的心忍受着鞭笞、荆棘冠冕、挤满
愁苦面孔的道路、手掌和腰胁处的创伤、
浸满醋液的海绵、基仲溪畔的野花之时，
我们将躬身俯首，披散开长发把你遮护，
让发丝滴沥淡淡幽香，沉甸甸沾满甘露，
死白的希望之百合，激情的梦想之玫瑰。[②]

此诗在风格上与克里斯蒂娜·罗塞蒂的早期诗歌极为相近，除去宗教主题外（题目中“受难”即“Passion”，也可指耶稣受难），诗歌的意象和色彩极为鲜明。“不朽的激情”与“必朽的泥土”形成鲜明对照。“发丝滴沥淡淡幽香”“沉甸甸沾满甘露”“死白的希望之百合”（Lilies of death-pale hope）等描写都让人想起先拉斐尔派的艺术主张：鲜明的色彩，浪漫甚至接近滥情、颓废的格调。尤其是最后三行［从诗的整体来看，诗歌中的说话者（speaker）是一个眼看耶稣受难的路人，他与其他旁观者一样伤悼耶稣］：“我们将躬身俯首，披散开长发把你遮护”，这是先拉斐尔派绘画中常见的场景；“让发丝滴沥淡淡幽香，沉甸甸沾满甘露”则极容易让人联想起罗塞蒂那些被当时评论界斥为“肉欲派”的作品；“死白”和“激情的梦想之玫瑰”（红色甚至是血红）形成强烈的颜色对比，是先拉斐尔派对诗歌具有强烈画面感

① 叶芝：《叶芝精选集》，傅浩编选，北京：北京燕山出版社，2008，第598页。

② 叶芝：《叶芝诗集》，傅浩译，石家庄：河北教育出版社，2003，第159页。

的要求。此诗的主题倒是更接近克里斯蒂娜·罗塞蒂的一贯题材：宗教。从前面几行的提示来看，最后三行暗指圣维罗妮卡(Saint Veronica)的典故。根据天主教和英国国教传统，圣维罗妮卡是公元1世纪耶路撒冷的一位富有善心的妇女，她看见肩负十字架的耶稣便心生同情，将自己的头巾递给耶稣让他擦汗，耶稣接受了头巾并将它还给圣维罗妮卡。这时奇迹出现了，头巾上立即出现了耶稣的头像。有研究认为，在这三行中，诗人想象出奉献与祝福、披散开的长发、发丝滴沥幽香以及因为露珠、玫瑰和百合变得沉重的发丝等意象似乎都是抚摸过圣体之后的结果[①]。在暗指宗教典故的同时，最后三行字里行间的意象也与19世纪90年代唯美主义唯美至上的主张接近，甚至可以说是接近王尔德式的"颓废"[②]。

在叶芝的早期诗歌中，《乌辛漫游记》的部分段落也显示出先拉斐尔派的影响。如上文所述，叶芝正式出版的第一部诗集即名为《乌辛漫游记及其他》，于1889年1月由伦敦凯根·保尔出版社出版[③]。

就主题而言，研究认为此诗中乌辛与圣帕特里克之间的对话很容易使人联想到历史与现实中的爱尔兰与英格兰，"苍老的、历经三百年风霜的乌辛象征着有着悠久历史而又饱受磨难的爱尔兰，而圣帕特里克则象征着企图抹杀爱尔兰人民全部记忆，歪曲其历史的英格兰殖民者"[④]。当然，从叶芝写作此诗的时代背景来考察，不难看出当时爱尔兰文艺复兴的影响，当时不少文人主张借恢复盖尔语言和传统（包括盖尔神话）来实现爱尔兰的民族独立与复兴，因此也可以说乌辛象征

① D. A. Ross, *Critical Companion to William Butler Yeats*, New York: Facts On File, Inc., 2009, p260.

② D. A. Ross, *Critical Companion to William Butler Yeats*, New York: Facts On File, Inc., 2009, p260.

③ 叶芝中后期对自己的诗歌经常删改，因此后来《乌辛漫游记与其他》中除《乌辛漫游记》之外的十四首抒情诗被结集为《十字路口》出版。《乌辛漫游记》是在1886年开始写作的，1889年完成并出版，是叶芝最长的一首诗（915行）。

④ 丁秉伟：《记忆恢复与历史重建：浅析〈乌辛漫游记〉》，《世界文学评论》，2007第2期，第133页。

的是爱尔兰文化传统，而圣帕特里克象征的以英国为代表的基督教文化传统。但是在风格上，此诗的部分段落有着明显的先拉斐尔派痕迹：强烈的色彩对比与突出的人物形象。

在《乌辛漫游记》第一卷的中间部分，有一个诗段写乌辛叙述自己受妮阿芙引导，与她骑马去往“舞乐之岛”：

我们骑马跨过光滑的海面：
我不知道消逝的是天数还是小时，
妮阿芙歌声不断
唱那达南之歌，那沉思的微笑
如露珠阵阵，仙界的声音，
受诱的疲倦，她雪白的双手
将我尘世的伤悲抚慰。
我们跨马过海；如今一只无角的鹿
从身旁走过，被一只珍珠白皙的幻影猎犬
追逐，只那一只耳朵是红色；
如今仙女骑马如风
颠动的手中一只金黄的苹果；
一位英俊青年步步紧随，
无法平息的凝视，飘扬的头发。

在这一段中，诗人使用了较为雕琢的修辞和修饰，如头韵（gallop … glossy），“光滑的海面”（glossy sea），“露珠般的阵阵笑声”（dewy showers of pensive laughter），“受诱的疲倦”（lulled weariness）。但更为突出的风格在于颜色的强烈对比，“雪白的双手”“珍珠白皙的幻影猎犬”“耳朵是红色”“金黄的苹果”等的并置展现出一幅色彩鲜明的画面，犹如一幅色彩浓烈的先拉斐尔派画作。

叶芝与父亲之间的关系着实微妙：叶芝一方面受其影响至深；另

一方面却逐渐与父亲在思想上对话，冀图超脱后者的思想禁锢，而确立起自己的主体身份。

叶芝在晚年撰写的自传中，对父亲的回忆充满着矛盾。一方面，他宣称："在文学方面，他则总是个前拉斐尔派（即先拉斐尔派）主义者。"[①]另一方面，他又说："我父亲的朋友里，没有一个前拉斐尔派成员。"[②]声称父亲是先拉斐尔派成员，叶芝有着充足的理由：父亲对拉斐尔为代表的学院派的反对。在叶芝 17 岁那年，他认为父亲对他思想的影响达到了顶峰。叶芝一家住在都柏林的郊区，老叶芝每天早上坐火车去都柏林，然后在他自己的画室里吃早餐。叶芝也会跟着父亲去那个宽敞的画室。在那里老叶芝会给儿子阅读一些"激情澎湃的诗歌或戏剧片段"，例如《解放了的普罗米修斯》[③]的第一幕，因为这一幕充满了激情。但是老叶芝不给儿子念此剧的第四幕，因为那一幕有过多的充满思辨的篇章。由此可见，在老叶芝那里，文艺中的"激情"要胜过"思辨"。老叶芝还经常给儿子念《科利奥兰纳斯》[④]中的一个场景：科利奥兰纳斯来至奥菲迪乌斯（Aufidius）家中，告知那无礼仆人，他家的房子已经装好屋顶。叶芝后来回忆，《科利奥兰纳斯》在剧院里上演过不少次，叶芝本人也读过其剧本不止一次，但只有上述那个场景在其脑海里印象至深。多年后萦绕在叶芝脑海中的是老叶芝朗读的声音，而不是知名戏剧演员欧文或本森的声音。

叶芝后来回忆父亲当年为他朗诵诗歌的情形，朗诵较多的是拜伦

① 叶芝：《帷幕的颤抖》，徐天辰、潘攀译，南京：江苏文艺出版社，2010，第 46 页。

② 叶芝：《帷幕的颤抖》，徐天辰、潘攀译，南京：江苏文艺出版社，2010，第 83 页。

③《解放了的普罗米修斯》（*Prometheus Unbound*）是雪莱最有名的诗剧之一，在此剧开头，雪莱向古希腊悲剧作家埃斯库罗斯（Aeschylus）致意，认为自己的剧作是受到后者的戏剧《被缚的普罗米修斯》（*Prometheus Bound*）的启发。

④《科利奥兰纳斯》（*Coriolanus*）是莎士比亚于 1607 年创作的一出悲剧，讲述傲慢的罗马将军科利奥兰纳斯因为傲慢与直言而受到责罚，投向敌营，在兵临城下时被母亲的一番话打动从而转念放弃攻城，回到阵营时被控以叛敌罪而处死。此剧出现在 1623 年莎剧第一对折本（*Folio*）。

和雪莱的诗歌。拜伦所写《曼弗雷德》[①]中的片段是经常被朗诵的章节。从叶芝后来的回忆看，老叶芝明显地对曼弗雷德感兴趣，因为在这个人物身上似乎有着“实际的内容”。而叶芝最感兴趣的是诗剧中那些被主人公召集来的宇宙精灵（spirits of the universe），后者曾在剧中对主人公表示鄙夷，在这些鄙夷声中，叶芝判断出这些“精灵纵使身陷愤怒之中，也褪不下可爱的外衣”[②]。由此可见，老叶芝感兴趣的是那些较为实际的内容，而叶芝本人对那些精灵或神灵感兴趣，当然这个兴趣是叶芝一生的兴趣，其产生的原因也是多方面的，远不止父亲在朗读中带给儿子的乐趣。叶芝曾回忆父亲说过这样一个观点：济慈比雪莱更伟大，因为前者在诗歌中运用的抽象较少。如果真是如此，那么叶芝父亲喜爱文学中的具体和实际的观点可以落实，而实际上叶芝又说他不记得父亲曾经读过济慈，那么济慈和雪莱的比较就无从谈起，叶芝父亲说那样的话只不过要突出雪莱诗作的过于“抽象”，而“抽象”以及雪莱诗歌却是叶芝一生为之痴迷的对象。叶芝在自传中曾反复宣称父亲是先拉斐尔派[③]，但自主意识逐渐觉醒的叶芝开始审慎地接受父亲的观点。

在少年时期，叶芝对待父亲教育的态度基本上以接受为主，但到了 17 岁以后，叶芝开始对父亲的文艺观点表示怀疑，甚至当场反驳父亲。叶芝中学毕业后，没有像祖父和父辈那样进入神学院或法学院，而是进入一所艺术学校——都柏林大都会艺术学校，在那里修习绘画，叶芝与父亲在艺术观念上的分歧与争执是从那里开始的。在艺术学校里，叶芝与同学曾被雕塑课上的模特震惊过，也尝试理解当时的法国雕塑家，如罗丹等。叶芝认为当时法国的影响非常之大，甚至有一两名学者去过法国，但对于英国的影响，则似乎只有叶芝一人对其“无

---

① 《曼弗雷德》（*Manfred*）是拜伦发表于 1817 年的一部诗剧，写一个浮士德式人物曼弗雷德挣扎于伦理道德与精神反叛之间。

② 叶芝：《帷幕的颤抖》，徐天辰、潘攀译，南京：江苏文艺出版社，2010，第 45 页。

③ 例如《帷幕的颤抖》中的第 46、81、83 页等。

所不知”。叶芝回忆，在自己的努力下，一些英国诗歌进入艺术学校，代表性的就是布朗宁[①]的诗歌，因为后者的诗歌“极具智慧”。叶芝也试图创作一些诗作，但觉得不尽如人意，并且写起诗来虎头蛇尾。每当他独自一人，他便会迷恋上某种图案，渴望先拉斐尔主义的影响，并且向往一种与诗歌有关的艺术形式，每每这时他便跑到国家艺术馆，在那里凝视特纳的画作《金枝》[②]。叶芝回忆道：尽管知道如何去挣脱枷锁，但怯懦还是让我无法摆脱父亲和周围人风格的影响；我总希望父亲可以重现他年轻时的风格，描绘出消失已久而又独具匠心的创意[③]。这时的叶芝有时候试图跟父亲争论，因为就艺术而言，叶芝认为父亲和父亲的画家朋友们着迷于维多利亚时期科学带来的“具体”和“实际”，而叶芝本人则对这种科学持有一种“僧侣式的敌意”。在那个时候的叶芝看来，“只有美丽的东西才应该被画下来，而只有古代的事物和梦中的意象才是美丽的”。为此，当老叶芝为一位患肺痨的行乞小女孩画水粉画像时，叶芝差点和父亲吵起来。当然，逐渐长大的叶芝也意识到自己与父亲之间艺术观念的分歧不是谁胜过谁的问题，因此他有时在与父亲争论后，“甚至会收回自己说过的话，装作不懂的样子”[④]。

在绘画的艺术观念上叶芝也许不敢宣称自己独立[⑤]，但在诗歌艺

① 罗伯特·布朗宁（Robert Browning），英国维多利亚时期著名诗人，教育主要来自其父亲硕大而精致的图书室。其主要作品有诗集《男人和女人》《剧中人》《指环与书》以及著名的戏剧独白诗《我那刚逝去的公爵夫人》。布朗宁夫人（Elizabeth Barrett Browning）也是英国18世纪中叶著名的诗人，代表性作品有《葡萄牙十四行诗集》。布朗宁与夫人之间的爱情故事在英国文学史上传为佳话。

② 约瑟夫·特纳（Joseph Mallord William Turner），18世纪英国著名风景画家，是英国艺术史上将风景画提高到与宗教画与肖像画同等地位的重要人物。他也是著名的插图作家，晚年曾经为弥尔顿、拜伦、司各特、坎贝尔等人的作品做过插图。叶芝此处回忆自己所看到的应该是特纳为著名人类学家弗雷泽（Sir James George Frazer）名著《金枝》所做的同名插图。

③ 叶芝：《帷幕的颤抖》，徐天辰、潘攀译，南京：江苏文艺出版社，2010，第58页。

④ 叶芝：《帷幕的颤抖》，徐天辰、潘攀译，南京：江苏文艺出版社，2010，第58页。

⑤ 叶芝后来弃画从诗，晚年回忆也说自己只会画肖像，他认为艺术创作应该是有意识的，但他自己的绘画则仅限于对父亲的模仿。见《帷幕的颤抖》，第59页。

术上叶芝完全挣脱了父亲的影响，确立了自己的主体身份。

在思想方面，尤其是宗教观念方面，叶芝体现了典型的“影响与挣脱”的特点。少年时期的叶芝受父亲宗教怀疑论的影响，并没有完全接受祖传的新教思想，成年后叶芝将怀疑论作为方法论，从不完全接受任何一种思想或观念到将这些观念融会一体，形成自己的诗学思想。

叶芝曾经说过，“没有宗教我就活不下去”[①]。因为父亲宗教怀疑论者的态度，叶芝小时候曾力图寻找到宗教存在的证据，最初的时候他试图从圣经图画中找到灵感。后来有一次在斯莱戈，一次母牛分娩生小牛的事情，使叶芝模模糊糊感觉到上帝的存在。而之后一个大他几岁的小男孩给他讲述了“性行为的全部机制”，他又对宗教的神圣产生疑虑[②]。少年时期的叶芝无论是在斯莱戈，还是在伦敦或都柏林，所接触的基本都是新教徒，所以如果说叶芝在宗教上属于哪一派的话，那么说他是新教徒是有一定道理的，这在他诗歌中所使用的宗教词汇和意象看得出来。如《和平的玫瑰》一诗：

假如在天堂和地狱相遇之时，
上帝的天兵之帅米迦勒
从天国的门柱旁俯身凝视你，
那他就会忘记他的功业。
……
上帝将会下令停止他的战争，
说，一切都是好的，
且轻柔地造出一个玫瑰色的和平，

① 转引自傅浩：《叶芝评传》，杭州：浙江文艺出版社，1999，第 8 页。
② 参见傅浩：《叶芝评传》，杭州：浙江文艺出版社，1999，第 8-9 页。

一个天堂与地狱的媾和。①

但受父亲影响的叶芝并不能完全接受某一种特定的思想，即使是宗教也是这样。叶芝诗中的宗教（新教思想）往往与他所接触到的其他思想如新柏拉图主义交织在一起，如《摇篮曲》：

上帝在天大笑
看你这般健美；
那巡行的七曜
也因之而欣慰。②

"巡行的七曜"之原文为"The Sailing Seven"，即"昴宿星团"（Pleiades），又称"七姐妹星团"（Seven Sisters）③。将星宿运行与基督教思想相联系是中世纪之前就有的做法④，叶芝受其影响，很自如

① 叶芝：《叶芝诗集》，傅浩译，石家庄：河北教育出版社，2003，第 68、69 页。第一段第二行原文为 When Heaven and Hell are met, 第二段第四行原文为 A peace of Heaven with Hell. 这两行诗所展示的意象容易使人想起布莱克的散文作品《天堂与地狱的婚姻》（*The Marriage of Heaven and Hell*），也是早期叶芝受布莱克影响的一个表现。论者认为，在上述作品中，布莱克颠覆了传统的基督教道德观（turns conventional morality on its head），传统的道德观认为人有双重性（duality），即灵魂（soul，即理性 reason）和肉体（body，即恶性 evil）。布莱克认为人的肉体与灵魂没有截然之区别（Man has no Body distinct from his Soul）。M. Drabble, *The Oxford companion to English literature*, Beijing: Foreign Language Teaching and Research Press; Oxford: Oxford University Press, 2005, p. 645.

② 叶芝：《叶芝诗集》，傅浩译，石家庄：河北教育出版社，2003，第 77 页。

③ 源于希腊神话中擎天之神阿特拉斯（Atlas）与海洋女神普雷奥妮（Pleione）的七个女儿，后来的星团即以其母亲名字命名。昴宿星团中的这七颗星从 5 月中旬到 11 月上旬的地中海，晚上能看得很清楚，而这一段时间又是地中海繁忙的航海季节（sailing season），因此又称"巡行七星"（sailing seven）。

④ 据公元二世纪的古埃及希腊裔天文学家托勒密（Claudius Ptolemaeus, c.90-168）的地心说，天有九重，环绕地球。后世增加至十一重，据日耳曼人彼得·阿皮安（Peter Apian, 1495-1552）著《宇宙志》（1524）所载天体图所示，依次为太阴天、水星天、金星天、太阳天、火星天、木星天、土星天、穹窿天、水晶天、原动天、火精天。基督教认为，地狱位于地球中心，为魔鬼和堕落的灵魂所居；天堂位于火精天，为上帝、天使和有福的灵魂所居。

地将其运用到诗歌当中，也体现了叶芝不拘泥一家思想、而是融会贯通的特点。

叶芝父亲熟读达尔文、穆勒等思想家的著作，其对宗教怀疑的观点较之后来的叶芝更为突出。换言之，叶芝从受父亲的影响，到超出父亲的影响，而终于达至自己的哲学思维。这种过渡也可以从《十字路口》到《苇丛中的风》中看出来。

在《十字路口》中，叶芝诗歌的主题是较为纯粹的，即某一首诗歌即以某一类主题或思想为主，例如“牧人”主题诗歌、“印度”主题诗歌、爱尔兰民间谣曲。到《玫瑰》时，某些诗歌中的主题或思想就有交织的现象，例如上述的《摇篮曲》，再如《女伯爵凯瑟琳在天堂》：

圣母马利亚的亲吻可曾否
使她的脸上荡漾起音乐？
但她依然小心地款款移步，
优雅中透着尘世的羞怯。

在那七大天使的脚步中间，
一位舞者何等飘忽闪烁！
诸天的众神齐向上帝礼赞，
光焰交射，羽翼相衔接。①

女伯爵凯瑟琳本来是爱尔兰传说中的人物，她为了拯救百姓免于饥馑，宁愿将自己的灵魂出卖给魔鬼。在叶芝的诗中，爱尔兰传说与基督教思想不但没有严格的区隔，反而融洽在一起。同样还有《吉里根神父谣曲》：

① 叶芝：《叶芝诗集》，傅浩译，石家庄：河北教育出版社，2003，第87-88页。

那看护运行的群星，
身披绛红袍的主，
也曾怜悯在椅上熟睡的
最卑微的生物。[①]

到《苇丛中的风》，这种融会贯通的技巧在叶芝那里更臻成熟。如《不绝的话音》：

呵，甜美的不绝的话音，静一静；
去找那些护卫天国的羊栏的看守，
命他们遵从你们的意愿漫游巡行，
光焰叠光焰，直到时间不再存在；
……[②]

诗中“甜美的不绝的话音”既可以指爱尔兰神话中仙人的声音，而根据第二行“护卫天国的羊栏”的提示，也可以指天使的声音，二者不仅不矛盾，反而融洽贴切。如《无法平息的大军》：

妲娜的孩子们在纯金制造的摇篮中大笑，
拍合着他们的手掌，半闭着他们的眼睛，
因为他们将驰往北方，当那秃鹰扇动
沉重的白翼和一颗冷却了的心飞起之时：
……[③]

妲娜是古代爱尔兰神话中象征母亲女神的名字（在此诗中象征爱

① 叶芝：《叶芝诗集》，傅浩译，石家庄：河北教育出版社，2003，第 99-100 页。
② 叶芝：《叶芝诗集》，傅浩译，石家庄：河北教育出版社，2003，第 113 页。
③ 叶芝：《叶芝诗集》，傅浩译，石家庄：河北教育出版社，2003，第 121 页。

尔兰)，秃鹰则象征基督教和大英帝国[①]，词语所象征的不同文化在叶芝这里被自如运用和自如展现。此外如《恋人因心绪无常而请求宽恕》则将爱尔兰神话传说、古埃及神话熔铸在一起。

从叶芝青少年时期的教育来看，叶芝所受的最大影响来自家庭教育，即叶芝父亲对叶芝的教育。在叶芝十几岁时，父亲依然坚持给他阅读莎士比亚等大师的作品，而身为与先拉斐尔派渊源甚深的画家其艺术观、人生观、世界观必然在叶芝思想成长的过程中起着重要的作用。逐渐长大的叶芝并不是对此全盘接受而毫无疑义，在哥德尔芬高中时，叶芝已开始与父亲有所争辩。之后，叶芝与父亲的分歧日益增大，有时甚至发生激烈的争论。至高中毕业，叶芝放弃入学都柏林学院而进入大都会艺术学校，这一事情成为叶芝对抗其父亲影响的典型事件。有研究认为，叶芝在《乌辛漫游记》和《库胡林与大海之战》中借乌辛与玛南南之间的争吵、库胡林与儿子之间的决斗来反映自己与父亲的关系，"是叶芝与父亲争吵的艺术表达"[②]。叶芝于艺术学校学习期间又弃画从文，这是叶芝父亲对儿子既然不能遵循祖辈传统当牧师、但能成为一个好画家的希望的又一次失望。自艺术学校毕业后，叶芝曾一度担任两家美国驻爱尔兰报纸的记者，经济和生活上也逐渐自立。自接触革命人士欧李尔瑞、爱国贵族格雷戈里夫人、一生的诗歌缪斯毛德·冈等人之后，叶芝的生活日益丰富复杂，无论是人生观、

---

① 在圣经旧约的《利未记》和《申命记》中，秃鹰被描写为不洁净的一种鸟。参看叶芝：《叶芝诗集》，傅浩译，石家庄：河北教育出版社，2003，第 121 页注释③。

② 参看 H. Orel, *The Development of William Butler Yeats: 1885-1900*, Lawrence: University of Kansas Publications, 1968, p.47. 玛南南（Manannán mac Lir）是爱尔兰神话中的海神，mac Lir 即"海神之子"（son of the sea），多次出现在红枝英雄神话系统与阿尔斯特神话系统中。在《乌辛漫游记》的第二卷中，叶芝将其塑造为一个邪恶的海神，它有一座废弃的城堡。它监禁了一位女子，乌辛于是与其开战，经过一百年终于将其杀死。《库胡林与大海之战》以库胡林弑子故事为线索，库胡林爱上了年轻情人艾瑟娜·因古巴，曾被她俘虏的女子艾玛与库胡林生有一子，听到此消息后，艾玛命令其儿子前去挑战，但未言明挑战的对象是谁。库胡林与儿子一场恶战，在将刀架在儿子脖子上即将杀死他时命其说出自己的身份。虽然真相大白，但无法挽回悲剧，因为在战场上不问姓名，某一方只能在咽气之前说出自己的名字，这就是古代凯尔特勇士准则。以上两种关系均可以看出叶芝在当时对自己与父亲之间关系的处理。

艺术观都与父亲渐离渐远。到19世纪末的几年里，叶芝已俨然成为爱尔兰文艺复兴的精神领袖，已完全挣脱父亲对自己的影响，建构了自己的个人主体身份。

三、民族身份初探——《乌辛漫游记》解读

与抒情诗相比，叶芝创作的叙事诗比例相当小[①]。但从功能的角度而言，叙事诗有着不可替代的作用，甚至在某个层面能更好地揭示作者的创作意图。在这些叙事诗中，最有名也最重要的是《乌辛漫游记》。《乌辛漫游记》不仅是叶芝的成名作，也是叶芝早期诗艺探索的一个标志。以对话为主的叙事方式不仅为叶芝后来从事戏剧创作打下基础，也为诗人在中后期的抒情诗中运用戏剧性叙事技巧做了铺垫。叶芝早期诗歌深受先拉斐尔派影响，但叶芝试图挣脱这派艺术家日趋“为艺术而艺术”的窠臼，在所受影响的基础上试验不同的诗歌写作方式。

综观国内外的研究，对叶芝抒情诗的研究成果远远多于对其叙事诗和戏剧诗的研究，而就对后者的研究而言，国外又较国内更胜一筹。国内对《乌辛漫游记》的研究，其角度局限于民族历史、身份和殖民话语，如丁秉伟认为此诗乃叶芝利用爱尔兰古代神话以及以“讲述故事”的方式来唤起民族的集体记忆，从而重构本民族的历史，这种对神话和民间传说的重写帮助了殖民地国家的人民恢复民族的集体记忆，“从而瓦解了殖民话语”[②]。杨秋娟从创作的题材和语言风格考量，认为《乌辛漫游记》反映了叶芝通过文学创作建构民族文化身份的努力，“显示了诗人对民族和自我在身份认同上的认识”[③]。上述文章虽

① 据费纳然，叶芝共创作374首抒情诗，8首叙事诗和戏剧诗，参见 W. B. Yeats, *The Collected Poems of W. B. Yeats* ed. by Richard J. Finneran, new York: Simon & Schuster Inc., 1996。

② 丁秉伟：《记忆恢复与历史重建：浅析〈乌辛漫游记〉》，《世界文学评论》，2007年第2期，第133-134页。

③ 杨秋娟：《民族文化身份的建构——读叶芝的〈乌辛漫游记及其他〉》，《飞天》，2010年第24期，第49-50页。

然指出了叶芝此诗的若干方面，但嫌过于理论先行，且分析趋于表面和简单，缺乏对文本和写作背景的足够分析做支撑。

国外对《乌辛漫游记》的研究则更广、更深。较早研究叶芝的大师威尔逊认为此诗具有雪莱式的流畅与济慈式的繁复[①]。埃尔曼认为此诗虽借用爱尔兰神话，诗中风景也暗喻爱尔兰，但其风格近于先拉斐尔派，技法上取象征主义，且叶芝在此诗中自觉运用象征手法是为了补偿其心理缺陷，并逐渐确信象征的价值远远超过这种补偿[②]。杰法里斯认为叶芝在此诗中融合了柯勒律治式的超自然主义和丁尼生式的安逸慵懒，诗人需要象征所赋予的隐秘与安全感来掩饰自身的不安，得以保持自身之外的存在[③]。布鲁姆考察《乌辛漫游记》中的“漫游与追寻”主题，认为其与华兹华斯、雪莱等诗中的追寻主题一脉相承，表面上富于浓重的凯尔特色彩，本质上却属于英国浪漫主义传统，是一种“追寻传奇的内化”[④]。霍尔德曼把此诗视作年轻的诗人对爱尔兰文化民族主义的逐渐意识与认同，诗人将爱尔兰与传统的英雄、美相联系，借此反抗英国文化[⑤]。罗斯将目光投向诗中的对话形式，认为诗歌结尾处乌辛与圣帕特里克的对话表达了如下观点：英雄对生活的热切拥抱是对人类生存悲剧最有力的反抗，也是唯一的救赎[⑥]。

上述研究都各有创获，但也都局限于某个方面，如理论阐释、意象分析、形式分析等。正如韦勒克所言，文学研究应当注重“外部研究”（历史文化传统、作者与写作背景等）与“内部研究”（文本细读）

---

① E. Wilson, *Axel's Castle: A Study in the Imaginative Literature of 1870–1931*, New York: Charles Scriber's Sons, 1931, p. 26.

② Richard Ellmann, *Yeats: the Man and the Masks,* London: Faber and Faber, 1961, pp. 52–56.

③ A. N. Jeffares, *A New Commentary on the Poems of W. B. Yeats*, London: Macmillan, 1984, pp. 9–10.

④ H. Bloom, *Yeats*, New York: Oxford University Press, 1970, p. 87.

⑤ David holdeman, *The Cambridge Introduction to W. B. Yeats*, Shanghai: Shaghai Foreign Language Education Press, 2008, pp. 9–10.

⑥ D. A. Ross, *Critical Companion to William Butler Yeats*, New York: Facts On File, Inc., 2009, pp. 282, 281.

相结合[①]，对《乌辛漫游记》的解读也应当注意文本形式，与此诗写作时的时代、个人背景相结合。笔者认为，《乌辛漫游记》最重要的文本形式就是价值主体乌辛与圣帕特里克之间的对话，而在这个大的对话框架内诗人又并置了几个小的对话。《乌辛漫游记》写作中最重要的个人背景是诗人对个人艺术与主体身份的追求（如上两节所述），而最重要的时代背景是 19 世纪 80 年代末爱尔兰民族运动从政治到文艺的转向。

《乌辛漫游记》的文本形式是二人对话体，对话的一方是爱尔兰神话中的英雄乌辛，另一方则是将基督教带入爱尔兰的圣帕特里克。无论是之后的叙事诗，还是抒情诗，叶芝一生钟情于二人对话的形式[②]。叶芝对这种对话体形式的钟爱与其早年接受的“二元思维”有关，而对这种思维的接受主要受印度哲学与犹太教卡巴拉神秘主义的影响。如上节所述，叶芝少年时受父亲影响，成为宗教方面的怀疑论者。怀疑论使得叶芝不能完全拥抱祖辈代代相传的新教，但成长中的叶芝需要一种新的“精神支柱”。对此，除了自身身份寻求的需要外，当时欧洲兴起的对东方思想引介的热潮提供了此诗创作的时代背景。

自 19 世纪中叶开始，欧洲便兴起了一股对东方思想引介和研究的热潮。叔本华曾将梵文与《奥义书》的发现与文艺复兴时对古希腊罗马的文化再现相提并论，当时欧洲有学者希望借助印度哲学与思想的引入产生“第二次欧洲文艺复兴”。伴随印度思想的传入，犹太教神秘主义、婆罗门教、佛教以及中国古代思想（如老子）等在欧洲相继被引介，其中做出最大贡献的是缪勒。缪勒主编的《东方圣书》成为引介东方思想的集大成之作。此外，中世纪的秘术著作也被重新翻译，例如埃里法斯·列维的《秘术之神秘》和阔涅琉斯·阿格里帕的《秘术哲学》。如上文所述，叶芝除接触到上述著作外，其受印度、佛教思

① 勒内·韦勒克、奥斯汀·沃伦：《文学理论》，刘象愚等译，南京：江苏教育出版社，2009。

② 如《阿娜殊雅与维迦亚》《佛格斯与祭司》《圣徒与驼背》《自性与灵魂的对话》《三从灌木》《人与回声》等。

想的影响主要来自查特基与《佛教密宗》,其核心影响就是轮回转世说。轮回转世说中的“一世与另一世”的概念成为叶芝“二元思维”的来源之一，二元的循环往复、生生息息则成为叶芝“二元对立统一”思维的来源。之后叶芝受神智学与通灵学影响，接触到犹太卡巴拉神秘主义，卡巴拉冥想修行方式中有类似于中国古代阴阳两极的观念，被叶芝融合为自己的“二元思维”。

在《乌辛漫游记》中，这种“二元思维”除表现在二元对话方面，还有尘世与仙境的对比、年轻与年老的对比等。虽然是二元对话，但这是一次极不均衡的对话。在长达 31 页的诗中，圣帕特里克的发言只有六次，其篇幅加起来还不到一页，诗歌的主要内容是通过乌辛的叙述来完成的。有研究认为历经三百年风霜的乌辛象征着历史悠久却饱经磨难的爱尔兰，圣帕特里克象征着企图抹杀爱尔兰人民全部记忆且歪曲历史的英国殖民者[①]。此种看法固然不错，但未免简略。对《乌辛漫游记》的解读，应当从乌辛和圣帕特里克对话的具体内容和形式上去考察，尽量避免个别语句呈现的表面观感。

文学理论家巴赫金认为，文本中不同的人物代表着不同的思想或文化价值，作家笔下的人物不是任意摆布的玩偶，而是几乎与作者同等重要。作品中人物的议论与作者本人的议论一样，具有同样的分量和价值，因此，一个文本中并不只有一个统一的“意识”或“思想”，而是“由具有充分价值的不同声音组成真正的复调”[②]。据此可知，在《乌辛漫游记》中乌辛代表的是民族的地方的文化价值（爱尔兰文化价值），圣帕特里克代表的是基督教文化价值（即大英帝国文化价值）。从诗歌来看，这显然是一次失效的价值之间的对话：乌辛大段诉说自己在仙境的历程，圣帕特里克漠然不闻，有时甚至就说两个字：

① 丁秉伟:《记忆恢复与历史重建：浅析〈乌辛漫游记〉》,《世界文学评论》, 2007 年第 2 期，第 133 页。

② 巴赫金:《陀思妥耶夫斯基诗学问题》, 白春仁等译，石家庄：河北教育出版社，1998, 第 4-5 页。

继续（tell on）。乌辛的激情和圣者的冷漠形成鲜明的对照。有意思的是，理应"悲天悯人"的基督教文化价值在这里完全失效，并不能"规约"地方性的文化价值。乌辛借仙境里仙子之口说：

你们（星星）那上帝的奴隶，
他用铁棒治理你们，
用铁圈圈住你们。①

在第一卷最后，乌辛甚至说：

但如今，有两事吞噬了我的生命；
我最憎恨的两件事：
斋戒和祈祷。②

在诗歌最后，乌辛明言自己不会随圣帕特里克而去，而是将追随英勇的芬尼亚勇士们。由此可知乌辛代表的文化价值或身份不仅没有被强势价值所规约，而且向后者发出挑战，这也应和了19世纪80年代对爱尔兰民族身份的诉求。正如第一章所指出，自1800年英爱《合并法案》生效后，爱尔兰国内就没有停止过争取民族独立或自治的斗争。19世纪初叶的民族运动以为天主教徒和佃农争取更多的权利为主要内容，斗争方式则有明有暗③。至19世纪中叶，占爱尔兰人口多数

① W. B. Yeats, *The Collected Poems of W. B. Yeats*, ed. by Richard J. Finneran, New York: Simon & Schuster Inc., 1996, p.364.

② W. B. Yeats, *The Collected Poems of W. B. Yeats*, ed. by Richard J. Finneran, New York: Simon & Schuster Inc., 1996, p. 365.

③ 19世纪初兴起的爱尔兰民族运动有两种斗争方式：明与暗，或者说和平手段与暴力手段。明的方式就是创办报纸、结社、游行、参加议会等，暗的方式就包括暴力斗争、暗杀等。在爱尔兰民族运动中这两种方式同时存在，只不过在某一时期某种方式成为主流，另一种方式成为暗流。

的天主教徒其宗教和政治权利得到一定程度的改善。爱尔兰大饥荒之后，民族运动的焦点转向佃农和土地问题，至 19 世纪 80 年代时通过时任英国首相的格莱斯顿和爱尔兰议会党领袖帕内尔等的努力也得到较大的缓解。上述两个方面问题的缓解使爱尔兰民族问题和英、爱矛盾稍有缓和，但实质性的问题仍然没有解决，那就是民族身份问题（自治还是独立）及如何确立自己的民族身份问题。

叶芝在早期诗歌中更多地将努力放在对第二个问题的思考上，即如何确立一种与英国文化不一样的独立民族身份。具体到《乌辛漫游记》，叶芝认为应该从古代爱尔兰文化传统中汲取养分，创造一种独特的爱尔兰文化身份。而这一点又通过在大框架对话中并置的几个价值主体来呈现，例如仙女妮阿芙就是古代爱尔兰文化价值的代表，而诗歌末尾部分那须发皆白的老人则是 19 世纪末普通爱尔兰百姓的代表。

仙女妮阿芙无疑是诗中一个重要的价值主体，诗人对她的描写程度不亚于对乌辛的描写。诗歌一开头就写这位“珍珠般白皙的高贵淑女”，骑着骏马，来到芬尼亚勇士中间，她向乌辛歌唱神仙国度里美好无忧的生活。她告诉乌辛自己的父亲是安格斯，母亲是依婵[①]。她看不上仙境里那些追求她的国王，一心向往达南族诗人口口诵唱的英雄乌辛。乌辛跟随妮阿芙进入仙境，那里没有争斗、憎恨，只有无忧无虑的快乐生活。在第二卷妮阿芙歌唱那上帝存在之前或古老的宗族开始之前的仙子和精灵，无疑指的是基督教文明传入之前的凯尔特文明。在第三卷中，妮阿芙反复告诫希望回到人间一探的乌辛不要双脚沾地，并反复吟诵“最远的海边那些岛屿”（即爱尔兰）的美好[②]。由此可知，妮阿芙是作为爱尔兰史前神话中那理想、美好的世界的象征被诗人所描写，诗人热望能回溯到那种文化中，通过改造使之像依婵那样能转

① 爱尔兰神话中的角色，其故事版本不一。较为流行的版本是依婵幻化转世与安格斯相爱的故事。依婵幻化转世是爱尔兰古代转世（transfiguration）说的一个重要底本。

② 爱尔兰地处欧洲最西端，以欧洲大陆而言，是遥远海边的岛屿，因此欧洲文学中称“最远海边的岛屿”即指爱尔兰。

世重生。

在诗歌最后，乌辛在回到人世间的路上碰到了一位须发皆白的老者。当时，乌辛骑着妮阿芙的骏马一路飞驰，只见到处是“编条和木头筑就的教堂，神圣的石丘和石堡已无人看守”[①]，暗示基督教在爱尔兰的地位已经确立，而古代的爱尔兰（或凯尔特）文明早已湮没不彰。乌辛看到人迹稀少，路边只有一小队虚弱的人群弯腰劳作，或手执鹤嘴锄，或拿铁锨，要么在除杂草，要么在耕地，饱经风霜的脸上满是汗水。乌辛疾驰而过，高声疾呼芬尼亚勇士在哪里，只听到一个声音说：芬尼亚勇士早已不在。声音就出自这位须发皆白的老人：

脸上的肉像干草，
眼角和嘴边褶皱深深，
他像一个无乳可吃的孩童一样悲伤。[②]

乌辛又询问那些“在诸神的宫殿里飨宴的勇士们哪去了”，老人回答那些“凯尔特神祇也早已消逝”。老人是那一群耕作之人的代表，而他们又是19世纪末爱尔兰普通佃农的代表。在他们看来，自己民族古老的文化早已消逝，苦楚何日可尽？这一文化价值主体与妮阿芙代表的价值主体相对照，更可看出诗人对现实的焦虑和希望复兴民族文化的渴望。

《乌辛漫游记》的创作反映了叶芝对民族身份，尤其是如何形塑民族身份的思考，从之后的创作来看，无论是诗歌还是戏剧，无论是小说还是散文，叶芝都基本取材于爱尔兰神话或传说，《乌辛漫游记》滥觞了叶芝一生塑造自我身份与民族身份的努力。

① 石丘是爱尔兰史前时期用以纪念的石堆或界标，石堡则是古代爱尔兰部落族长居住的地方。

② W. B. Yeats, *The Collected Poems of W. B. Yeats*, ed. by Richard J. Finneran, New York: Simon & Schuster Inc., 1996, p. 384.

第二节　“走向曙光”——民族文化身份的寻求

在进行个人的艺术、主体身份建构的同时，早年叶芝也试图建构一种“迥异于英国文明等其他一切文明”的爱尔兰民族文化身份。就早期的三部诗集而言，叶芝建构民族文化身份的努力是在与东方文明（主要是印度文明）、古希腊罗马文明的对话中展开的[①]。

一、遥远的回响——叶芝早期诗歌与东方文明

如果以主题来为叶芝早期诗歌分类，则基本可以将其分为四大块：古希腊罗马主题的诗歌、印度主题的诗歌、爱尔兰主题诗歌和其他（主要为爱情主题）。从叶芝早年（1865-1900）所接触的思想与观念而言，印度哲学思想无疑是相当重要的一个因素。

在叶芝早期的三部诗集中，直接以印度为主题的诗歌有3首，它们是《阿娜殊雅与维迦亚》《印度人论上帝》《印度人致所爱》，都被收入其第一部诗集《十字路口》。

《阿娜殊雅与维迦亚》是一首戏剧诗。叶芝曾经想写一部以古代印度为背景的戏剧，但最终没有写成，只留下了如上的一首诗。诗歌以“黄金时代的一座印度小庙”为背景，以女祭司阿娜殊雅和青年男子维迦亚的对话为主线[②]。阿娜殊雅跪在庙里祈祷，希望自己的爱人“没爱别的人”，但愿“他（维迦亚）在森林里漫游时，宁静陪伴着他”，

① 虽然叶芝以英语创作，但对英国文明、文化持对立的态度，其诗歌基本没有涉及英国主题，除非是将英国当作爱尔兰的对立面来描写。叶芝在其诗歌中曾涉及亚瑟王故事，但亚瑟王故事本身就属于凯尔特神话系统，与爱尔兰文化是一脉相承的关系。

② 叶芝：《叶芝诗集》，傅浩译，石家庄：河北教育出版社，2003，第11页。“阿娜殊雅”梵语意为“无怨”，“维迦亚”意为“得胜”。“阿娜殊雅”也是印度神话中一位仙女的名字，在古印度经典《沙恭达罗》中也出现过。

但如果爱人“爱上另一个”，她希望“群豹将他结果”。维迦亚走进庙中与她对话，一起谈论在庙门口觅食的火烈鸟：

看，那些神圣的老火烈鸟来了，
在所有的石阶上涂满了阴影；
它们年老睿智，在庙里寻找
它们惯常的栖处，供它们忧郁的心绪
徘徊漫游的迂曲的路径。①

阿娜殊雅一边为国土祈祷，一边担心维迦亚爱上了一个人。维迦亚承认是曾爱过另一个人，但如今却只爱阿娜殊雅一个：

在这森林古木的枯枝败叶间
住着你；在那边村头上住着她，
守着她年老的父亲，那盲目的伐木人。②

阿娜殊雅要求维迦亚发誓，不再爱那“另一个人”。维迦亚在最后“凭着万神始祖的名义”发誓。诗歌在阿娜殊雅以祭司身份为国土祈祷、并且希望他爱人“梦见她”的双重祈愿中结束。

叶芝曾在晚年对此诗有过自注，声称原本想写的戏剧其主题是“一个男人为两个女人所爱”，这个男子在两个女子之间“有一个灵魂”，一个女子睡着的时候另一个醒着，一个只知道白天而另一个只知道黑夜。叶芝说自己这样写的灵感得自一次在斯莱戈海边罗西斯角看到“一个男人拎着两条鲑鱼”，这时他脑中就泛起一个念头“一个人有两个灵魂”。后来叶芝在写作《幻象》时也承认自己再次忙于这种思想：昼与

① 叶芝：《叶芝诗集》，傅浩译，石家庄：河北教育出版社，2003，第 14-15 页。
② 叶芝：《叶芝诗集》，傅浩译，石家庄：河北教育出版社，2003，第 15 页。

夜、日与月的对立[①]。毋庸置疑，虽然叶芝声称想写戏剧的灵感来自自己在罗西斯角见过的一个场景，但《阿娜殊雅与维迦亚》表现的的确是地地道道的古印度哲学思想，即二元对立统一观，事物既是二元对立的（如一个灵魂分为两个对象，昼与夜、日与月的对立），但又是统一的（事物的两个方面相互转化，合二为一）。

《印度人论上帝》与晚年另一首以印度为主题的诗歌《摩希尼·查特基》同属于叶芝受“神智学”（Theosophy）影响的诗歌。诗中的主人公“我”想象自己沿着湖岸漫步闲行：

我的魂魄摇荡在暮霭里，双膝深陷在水草丛中，
我的魂魄摇荡在睡眠和叹息中；
……[②]

这时，“我”看见一群水鸡在湿漉漉的草坡上踱步嬉戏，又停下来绕圈追逐，突然那最年老的水鸡开口说：

把这世界衔在喙间并把我辈造就得或弱或强者，
是一只不死的水鸡，他居住在九天之上；
月光洒自他的眼睛，雨水降自他的翅膀。[③]

“我”继续往前走，听见一朵荷花在开口说：

世界的创造和统治者他悬挂在一根茎端，
因为我就是依他的形象塑造的，这叮咚的潮水
不过是他宽阔的花瓣间一颗滚动的雨滴。[①]

---

① 叶芝：《叶芝诗集》，傅浩译，石家庄：河北教育出版社，2003，第 11 页注释①。
② 叶芝：《叶芝诗集》，傅浩译，石家庄：河北教育出版社，2003，第 18 页。
③ 叶芝：《叶芝诗集》，傅浩译，石家庄：河北教育出版社，2003，第 18 页。

“我”突然看见不远处的黑暗中，一只雄獐眨着满含星光的眼睛开口说：

重重天穹的铸造者
是一只高雅的獐鹿；否则的话，请问，他怎能
构想出如此多愁善感，像我这样的高雅的生灵？②

诗歌最后，“我”继续往前走不远，听见一只孔雀在说：

那创造百草、千虫和我的悦目的羽毛者
是一只巨大的孔雀，他整夜在我们的头顶上面
挥动疲倦的尾羽，上面亮着成千上万个光斑。③

此诗是叶芝最早发表的诗歌之一，于1886年10月发表于《都柏林大学评论》。最初发表时题为“论上帝的本质”，后收入《乌辛漫游记及其他》时更名为“印度人坎瓦论上帝”。诗歌中水鸡、荷花、雄獐和孔雀分别认为创造世间万物的是自己一类，也就是说它们分别从各自的角度来探讨对上帝的认知④。这种通过自身冥想、祈祷等直接体验来认知上帝的观念，即印度思想中的“神智学”。叶芝1885年在都柏林见到查特基，受后者影响，叶芝接受古印度哲学中“轮回转世”与“神智学”的思想。除此诗外，《摩希尼·查特基》也是一个显著的例子。

《印度人致所爱》最初于1886年12月发表于《都柏林大学评论》。相比于上述两首诗，此诗哲理思考较少，语言和风格却更为唯美：

---

① 叶芝：《叶芝诗集》，傅浩译，石家庄：河北教育出版社，2003，第18-19页。
② 叶芝：《叶芝诗集》，傅浩译，石家庄：河北教育出版社，2003，第19页。
③ 叶芝：《叶芝诗集》，傅浩译，石家庄：河北教育出版社，2003，第19页。
④ 这里的“上帝”当然指古印度神话中的上帝。

海岛在晨光下做梦，
粗大的树枝滴沥着静谧；
孔雀群舞在柔滑的草坪，
一只鹦鹉在树梢摇摆，
朝如镜的海面上自己的身影怒啼。①

如上所述，叶芝对印度思想的兴趣是伴随着欧洲对东方思想感兴趣的潮流而兴起的。19世纪末，由于达尔文、穆勒等思想家的影响，基督教思想一统天下的局面被打破，以致哲学家尼采宣称"上帝死了"。一家独大局面的被打散，客观上导致了当时的欧洲对异域思想尤其是东方思想感兴趣，而当时大量输入欧洲的东方思想著作中，印度思想是重要分支。

叶芝究竟最早在什么时候对印度思想或题材发生兴趣已不可明确考知，但最迟在1884年叶芝已明确地接触到印度思想。是年叶芝中学毕业，收到姨母伊莎贝拉寄来的《佛教密宗》一书，对其大感兴趣。次年6月，叶芝与好友成立"都柏林秘术研究会"，后来与伦敦的通灵学权威布拉瓦茨基夫人取得联系，通过后者，叶芝邀请到查特基到都柏林讲演。是年，《都柏林大学评论》8月号刊出一则消息，称查特基即将到访都柏林。1886年5月号，《评论》刊出查特基的文章"神智学常识"。而就在1886年，叶芝关于印度的几首诗发表在《评论》上，由此可见查特基对叶芝的影响。在印度古典文学方面，叶芝曾读过《奥义书》(*Upanishads*)、古印度大诗人卡利达撒(Kalidasa, c. 5th century)的部分诗作和诗剧②。而当时讨论古代神话的两部作品，即弗雷泽的

① 叶芝：《叶芝诗集》，傅浩译，石家庄：河北教育出版社，2003，第20页。

② 《奥义书》，古印度哲学思想的重要作品，其中包含了印度教的一些核心观念如"终极现实"等。卡利达撒被认为是印度历史上最伟大的诗人之一，其生平事迹已不可考，大约活跃于公元5世纪。他的代表性诗剧是《沙昆塔拉》(*Shakuntala*, 或译 *Recognition of Shakuntala*)。

《金枝》（*The Golden Bough*）和尤班维尔的《爱尔兰神话周期》（*Le Cycle Mythologique Irlandais*）[①]使叶芝对古代神话发生兴趣，尤其是印度神话以及东方神话与凯尔特神话的比较[②]。

除正面接触到印度思想外，叶芝还从当时的几位小说家和诗人那里获得对于印度的理解。吉普林和福斯特是将印度介绍给当时欧洲的英国名小说家，吉普林从大英帝国角度出发，对英国在印度的统治做了辩护，与之相反，福斯特在小说中直面英帝国对印度的殖民统治，对印度人民抱持人道主义的同情态度[③]。叶芝在19世纪八九十年代还读到了几位旅英的印度诗人的作品，其中包括托鲁·杜特、奈都夫人和果斯等[④]。这些小说家和诗人使叶芝对印度历史文化、现实国情有一定了解，但对叶芝创作以及思想的形成影响并不大，无论在自传还是散文中叶芝都极少提到他们。

如上所述，叶芝在接受印度思想方面是选择性的。他接受了神智学、藏传佛教密宗中的神秘修行、轮回转世说等，对印度哲学、现实中的其他方面却并不感兴趣。叶芝对神秘主义的终生痴迷与叶芝早年接触印度思想有着不可分割的联系，也与叶芝少年时期的成长经历有关。叶芝在斯莱戈外祖家度假时就对民间传说、精灵仙子感兴趣，精灵们的世界是叶芝回避现实世界的一个梦想的庇护所。儿时的叶芝竟有好几次感觉自己能听到仙子们的说话。乔治舅父对冥想式沟通的喜

---

① 尤班维尔，法国著名历史学家，晚年专注于凯尔特文学、语言研究，是凯尔特神话研究的权威。《爱尔兰神话周期》只是其凯尔特研究中诸多著作的一种，其法语题目译为英文是 *The Cycle of Irish Mythology*。

② 奎尼：《印度对叶芝的影响》，徐进夫译，台北：成文出版社，1997，第9-10页。

③ 吉普林关于印度的代表性作品有诗歌《营房歌谣》（*Barrack-Room Ballads*，歌颂英国士兵在殖民地的“英勇”战斗）和小说《基姆》（*Kim*，以19世纪末英俄在中东的争夺为背景，小说中对印度各地风土人情有详细描述）。福斯特的代表作《走进印度》（*A Passage to India*）以英国对印度的殖民统治和印度独立运动为背景，寄予了作者对殖民统治的谴责与对被压迫者的同情。这两位作家关于印度的作品在当时的欧洲风靡一时，但对叶芝的影响并不大，也许是因为叶芝的兴趣在于印度哲学思想。

④ 奎尼：《印度对叶芝的影响》，徐进夫译，台北：成文出版社，1997，第11页。

爱，以及他们数次在斯莱戈的海边试验相隔一段距离冥想沟通的做法，也影响了叶芝。少年叶芝对“梦幻世界”以及未知神秘的向往，往往又夹杂着父亲怀疑论的影响，为此他急需在逐渐成年的时候找到一种信仰，或者与未知沟通的方式，而佛教密宗的修行方式就提供了实践与未知相沟通的途径。

叶芝对印度思想的选择性接受还表现在叶芝对印度思想的“自我修正”。在《摩希尼·查特基》一诗中，叶芝回顾了早年接触到的轮回转世说，但在诗歌最后，诗人对轮回转世说做了自己的解释。

> 我加以解说阐释：
> “年老的恋人还会拥有
> 时光所拒绝的一切——
> 坟墓堆积在坟墓上头，
> 他们或许得到慰藉——
> 在这变暗的大地之上，
> 那古老队伍行进的所在；
> 诞生堆积在诞生之上，
> 如此连番的轰炸
> 有可能把时光轰跑；
> 生与死的时刻相遇，
> 或者，如伟大圣哲所说，
> 人们以不死的双脚跳舞。[①]

在佛教和印度教中，轮回是苦。对于佛教徒或印度教徒而言，修行的最高境界是超脱轮回，“归于寂灭，即所谓‘涅槃’，或曰‘无生’

① 叶芝：《叶芝诗集》，傅浩译，石家庄：河北教育出版社，2003，第600页。

境界”[①]。在轮回中，世俗生活是挂累，只有去除一切世俗，才能明佛见性。但叶芝在这里显然反其意而用之，他认为轮回带来的是希望，即使时光拒绝的东西在轮回的“年老的恋人”那里还能得到，不断的轮回、“堆积”能把无情的“时光轰跑”。这是叶芝对印度哲学的“拿来主义”，也是叶芝后来为之实践的一条原则。如论者所言：“对叶慈（按：叶芝——笔者）而言，一切的一切，最后必须符合他的诗以及诗的需要。”[②]叶芝对印度思想的选择性接受，是叶芝形成自身哲学思想的一个步骤。从早期叶芝来观照，也可以说是叶芝形塑自己身份的一个过程，因为很快叶芝的诗歌从异域主题转向爱尔兰主题[③]，印度思想只是叶芝思想的一部分，叶芝终生构建的是爱尔兰身份和思想。

除印度文明外，对早期叶芝产生影响的东方文明或思想还有犹太卡巴拉主义、日本文学等。卡巴拉主义是犹太教发展起来的神秘思想，如上所述，其两极对立转化的观念与中国古代的阴阳观念相类似。卡巴拉观念中神秘的修行方法曾经使叶芝一度痴迷，叶芝将其与轮回转世修行方法相融合。卡巴拉神秘修行方法也影响了叶芝的通灵观，叶芝曾亲自组织或参加降神会，晚年更痴迷于解读新婚妻子“自动书写”后的那些符号。日本文学，尤其是日本能剧对叶芝的戏剧创作产生了较大的影响，叶芝据此创造了“面具”理论。但日本文学对叶芝的影响基本在戏剧方面，而且主要集中在其中后期创作中。

概而言之，东方文明中对叶芝影响最早、最大的在于印度思想，而印度文明成为叶芝塑造自己身份的一种媒介和一种来源。

---

① 傅浩：《叶芝评传》，杭州：浙江文艺出版社，1999，37 页。

② 奎尼：《印度对叶芝的影响》，徐进夫译，台北：成文出版社，1997，第 15 页。

③ 《玫瑰》和《苇丛中的风》中已没有异域主题的诗歌，以爱尔兰为题材的占了绝大多数（还有部分诗歌是以爱情为主题）。

二、彼岸的“牧神”——叶芝早期诗歌与希腊罗马文明

叶芝诗歌与欧洲大陆文学文化的关系是经常被忽略的研究角度[①]。但考察叶芝诗歌，有两点值得注意：一是叶芝早期曾模仿古罗马田园诗创作过“牧人”组诗，二是叶芝诗歌时常以古希腊神话为背景，尤其突出的是叶芝经常以古希腊神话中的海伦来指代爱尔兰。这两点足以提醒研究者注意到叶芝诗歌与希腊罗马文明之间的关系。

《十字路口》的第一首诗《快乐的牧人之歌》和第二首诗《悲哀的牧人》是叶芝模仿古罗马田园诗而创作的“牧人”组诗，在叶芝早期的诗歌创作中占据着独特的地位。

在《快乐的牧人之歌》一开始，诗人就慨叹：

阿卡狄的森林已经死了，
其中的古朴欢乐也已结束；
这世界靠梦想往昔过活；
灰色真理如今是她的彩绘玩物；
……[②]

关于“阿卡狄”（Arcadian）[③]，在欧洲文学史上因为阿卡狄地区悠闲有致的牧猎生活而使“阿卡狄”成为纯朴田园的传统象征，但诗人劈头就暗示传统的田园已不复存在，古老的欢乐也不再有。这世界，或者说这世界上的人，靠着回忆往昔而活。人们只相信“灰色真理”，

① 笔者曾粗略翻阅香港中文大学图书馆关于叶芝研究的约100本中外文专著，尚无发现有专书讨论此一关系，专章或专节的也极少。

② 叶芝：《叶芝诗集》，傅浩译，石家庄：河北教育出版社，2003，第3页。

③ 诗歌原文中叶芝用的是Arcady，而传统的拼法是Arcadian，这是叶芝常用的一种写法，即按照自己的要求或想法来拼写一些专有名词，甚至是普通名词。有研究者认为这一点源于叶芝幼年时期没有学好正规的拼写和语法。笔者以为叶芝是有意为之，其用意类似于他选择性地接受印度思想。

即关于物质的客观真理。在叶芝看来，客观真理是暂时和相对的，而关于精神、关于人的灵魂的主观真理才是永恒和绝对的，才是值得追求的[①]。

诗人接着以"克罗诺斯"和"好战的君王"为例，叙写时代、时间、历史、荣耀的千变万化，而所有这些变幻的事物中，"确实美好的只有文字"。诗人对以文字为代表的文艺胜过赫赫战功的看法，沿袭了古典文学以来的"艺术不朽"观念，在英国文学史上能找到诸多先例如斯宾塞、莎士比亚等[②]。在第二个诗段，诗人告诫读者不要迷恋尘世的功名，也不要"如饥似渴地追求真理"，因为"并没有真理，除了在你自己心里"。这样的诗句很容易让人想起浪漫主义诗人的诗歌主张，即"心灵和灵感"的重要。诗人告诫大家也不能向天文学家那样，"借助望远镜跟踪掠过的星星的弧旋轨迹"[③]。由此诗人展示出与第一段相同的态度：反对世俗真理或科学真理。诗人劝读者去海边捡一个能把回声收拢（echo-harbouring）的海螺，把自己的故事向海螺诉说，也就意味着情感比那些冷冰冰的科学实验重要得多。

在第三个诗段开首的部分，诗人写道：

我必将逝去：有一处墓穴，
那里摇曳着水仙和百合；
我愿在黎明前以欢快的歌声
使被埋葬在沉睡的地底
那不幸的牧神欢喜高兴。

这几句诗使人想起浪漫主义诗人的风格，甚至有点滥情，接近感伤主义的格调，这也是叶芝早年可以模仿浪漫主义诗歌的斧凿痕迹。

① 叶芝：《叶芝诗集》，傅浩译，石家庄：河北教育出版社，2003，第3页注释③。
② 参看斯宾塞第75首十四行诗和莎士比亚第18首十四行诗等。
③ 叶芝：《叶芝诗集》，傅浩译，石家庄：河北教育出版社，2003，第5页。

诗人接着写道，要用那欢快的歌声去取悦那不幸的牧神[1]，古老大地如梦般的往昔。在诗人看来，无论是大地还是人生，年轻时都是“如梦般”的。诗人感慨那古老的大地如今已不再做梦，便呼吁读者来自己梦想，因为梦想本身也是真理。诗人在最后以山崖上正开得美丽的罂粟花为结语[2]，呼吁大家尽情梦想。与其说这是诗人在向读者呼吁，不如说这是少年叶芝的强烈心声。如本章第一节所述，少年叶芝希望在现实之外开辟一个自有、自由的世界，“梦想”或“幻想”为其提供了这么一种途径。这首诗中还有一个概念是叶芝早期诗歌中经常出现的，即“漫游”。在叶芝看来，“梦想”和“漫游”都是主观意志下的产物，是他思维中的主观真理，是值得追求的真理。显然叶芝反对那种冷冰冰的物质世界、那种客观的科学真理（灰色真理和天文学家）。在这首诗里，叶芝有意模仿古罗马的田园诗风格，虽然时代变迁，古朴的田园传统不再，世界变成了“灰色真理”的天下，但“梦想”依然存在，只要有梦想，就能快乐起来，也许这就是为什么叶芝将诗题命名为“快乐的牧人之歌”[3]。

《悲哀的牧人》一开始就使用“讽喻”修辞将“哀愁”拟人化[4]，说有一个人（即诗人自己）将“哀愁”当了朋友，“他”想沿着沙滩慢步行走，那里的狂风却挟着巨浪在怒吼。“他”希望向群星呼唤，得一些安慰，可群星只顾自己大笑、歌唱。“他”只好向昏暗的海哭喊，可大海虽然汹涌，却不回应“他”。“他”只好再次逃离：

---

① 牧神（faun），罗马神话和传说中半人半羊的农牧神（羊角，脸和身子为人身，腰部以下为羊身，形象来源于希腊神话中的潘神）。

② 罂粟花是睡眠或催眠的象征。

③ 笔者认为，叶芝对回归田园传统的向往和对客观科学真理的反对与维多利亚时期的社会文艺思潮有关。维多利亚时期，科技确实大为发展，而那种严谨刻板的社会规约也禁锢了艺术家本可以驰骋的想象。浪漫主义对科技的反对已初现端倪，先拉斐尔派和唯美主义就更为明显。唯美主义宣称“为艺术而艺术”，虽然过分看重艺术本身的形式内容，但也可以看作对科技的一种反叛。王尔德在作品中极尽渲染之能事，恨不得每一个词都能带有鲜明的色彩。

④ 讽喻（Allegory），指将一些描述性的普通名词或形容词首字母大写，赋予其人物角色的品格，典型的有班扬《天路历程》中的“希望先生”（Mr. Hopeful）等。

到一处遥远、温柔的山谷中驻停，
向晶莹的露珠把他全部的故事哭诉。[①]

可露珠什么也没有听见，因为它们永远在听自己滴落的声音。于是那将“哀愁”当作朋友的人，又回到海边搜寻，并找到了一只空海螺，“他”思忖：

我要把我沉痛的故事述说，
直到我自己的、再度回想的话音
把悲哀送进一颗空洞的珍珠般的心里；
直到我自己的故事重新为我讴歌；
直到我自己的低语令人感到慰藉；
那时，看！我古老的重负就可以脱离。[②]

“把悲哀送进一颗空洞的珍珠般的心里”的原文是“their sadness through a hollow, pearly heart”，读来有“为赋新词强说愁”的感觉，也有“过分修辞”之嫌，或许唯美主义追求的就是这种效果。“古老的重负”既可以指个人的“哀愁”（因为自古以来人皆有哀愁），就叶芝而言，就是少年时期无法言说的环境、心境的哀愁。当然结合诗歌主题、并且与《快乐的牧人之歌》对比观照，也可以指爱尔兰历史上那重重的负担。“他”虽然希望海螺能诉说自己的“哀愁”和“沉痛的故事”，但“那孤寂的海边”住的是“悲伤的居民”。虽然海螺发出迷人的螺旋声，但那些居民把“他”的歌声变成“含混的呻吟”，把“他”遗忘了。

确实是“悲伤的牧人”！牧人分别向群星、大海、露珠诉说，可他们都自顾自，没有理会他。他向海螺诉说，却也被遗忘。从人生经历

① 叶芝：《叶芝诗集》，傅浩译，石家庄：河北教育出版社，2003，第 8 页。
② 叶芝：《叶芝诗集》，傅浩译，石家庄：河北教育出版社，2003，第 8 页。

来看，少年叶芝极力在寻找一种身份，而周围的亲友都不能理解这位心理敏感的少年。与《快乐的牧人之歌》比较，这首诗确实是悲伤的。快乐的牧人只要“做梦”，就相当于找到了真理，就能找到快乐的源泉。而悲哀的牧人却怎么也找不到诉说的对象，即使对着海螺也是这样。

以上两首诗明显模仿古希腊罗马田园诗的风格[①]，是叶芝早期模仿之作中的一种。有意思的是，从早期诗歌主题来看，叶芝对爱尔兰之外的欧洲文明有过明确书写的就是古希腊罗马文明。除上述的“牧人”组诗外，叶芝还在诗歌中引用古希腊罗马典故，其中使用最多的是借用海伦来指代爱尔兰。例如《尘世的玫瑰》一诗，诗人哀叹“特洛伊在一场冲天的殡葬之火中逝去”，而在“迂回蜿蜒”的人的灵魂中，那“孤独的面容”（指海伦，也暗指爱尔兰）是永生不朽的[②]。还有例如《爱的悲伤》：

一个红唇凄然的少女浮现，
世界的伟大仿佛浸满泪水，
像奥德修斯船队历尽艰难，
像普里阿摩率部傲然战死。[③]

---

① 根据《文学术语与文学理论词典》（J. A. Cuddon, *Dictionary of Literary Terms & Literary Theory*, London: Penguin Books, 1999），田园诗（pastoral）在古代的代表诗人有忒奥克里托斯（Theocritus）、维吉尔（Virgil）等。卡顿认为：牧歌田园作品展现的是对过去的一种怀旧，是对那种已经逝去的爱与和平状态的怀念。大多数牧歌作品的主题是逃离宫廷或城市，逃离腐败、战争、名利，逃离那种“获得即消耗”的生活，回归一种简单纯朴的生活方式。在某方面它揭示了一种对逝去的纯真的渴望，渴望回归到人未堕落之前的那种天堂式生活，在那种生活里人与自然和谐相处。因此它也可以被称为“原始回归”（primitivism）的一种形式，一种对过去事物的强烈渴望。见 *Dictionary of literary terms & literary theory*, p. 647. 除上述两首诗之外，《十字路口》中的《蜉蝣》一诗也是一首田园诗风格的作品，叶芝此诗的原题是“蜉蝣：一首秋日田园诗”。

② 叶芝：《叶芝诗集》，傅浩译，石家庄：河北教育出版社，2003，第 66-67 页。

③ 叶芝：《叶芝诗集》，傅浩译，石家庄：河北教育出版社，2003，第 80 页。

这位“红唇凄然”的少女即海伦。据古希腊神话，海伦本为拉克尼亚国王墨涅拉奥斯的王后，后与特洛伊王子私奔，引发十年之久的特洛伊之战。因为这位少女的“浮现”，整个世界都仿佛浸满了泪水。从此诗写作的背景看，这位少女也可以指毛德·冈和爱尔兰。自 1889 年结识毛德·冈之后，叶芝就被其深深吸引。冈的美貌、演员气质和民族主义者的身份往往使叶芝将她与爱尔兰等同观照。为了描写毛德·冈，叶芝惯用象征或指代，即借描写古希腊神话中的海伦来指代她①。

如上所述，无论是“牧人”组诗，还是海伦的形象，叶芝都希望能借助它们指向爱尔兰。换言之，与印度主题诗歌一样，叶芝对跨越爱尔兰海峡的彼岸文明也持一种“拿来主义”的态度，即“借他人酒杯，浇自家块垒”。叶芝心心系念的是建构一种不同于上述文明的独特之爱尔兰文化身份。

三、“驶向爱尔兰”——爱尔兰民族文化身份

从叶芝早期的三部诗集中诗歌的主题观察，关于爱尔兰的主题占据三分之二的比例，而其他主题（如爱情、印度、古希腊罗马）等或是作为对话的对象，或是作为象征和指代，其主旨依然是指向爱尔兰，指向爱尔兰的历史和现实。

叶芝曾这样解释自己早期诗歌中为何有如此多的爱尔兰主题：

> 当我写作的时候，我几乎都是从爱尔兰民间故事和传说中去

① 与《爱的悲伤》相邻的几首诗是关于爱情的一组诗，都可以看作叶芝此时对毛德·冈与对爱情的看法，这组诗还包括《爱的叹惋》《当你年老时》《白鸟》《梦死》。这组诗的基调是诗人感叹爱的失去、不得回报的爱的感受、期待爱人答应自己的爱，是叶芝被毛德·冈数次拒绝后的心情写照。叶芝中期诗歌较少提到古希腊罗马或海伦，但他晚年诗集中有一首诗专门描写与海伦有关的事情，即《丽达与天鹅》。

寻找主题，就像青年爱尔兰运动诗人做的那样。[①]

作为在19世纪中上叶的爱尔兰发生重大影响的运动，“青年爱尔兰运动”以谋求民族独立和复兴为己任。运动领袖戴维斯等兴办报纸、创作诗歌，希望以此激起爱尔兰年轻人的爱国热情。1842年戴维斯和杜非等人创办《民族报》（*The Nation*），鼓动“抵制合并”（Repeal Movement）[②]。为报纸投稿的除戴维斯本人外，还有众多知名诗人如曼根、佛格森等[③]。曼根等诗人的作品使叶芝对青年爱尔兰运动以及爱尔兰历史文化有了进一步的了解，尤其使叶芝意识到爱尔兰诗歌（以英语创作，但以爱尔兰为题材）的独特性。

使得叶芝决意以爱尔兰为诗歌主题的主要影响来自欧李尔瑞。欧李尔瑞出生于天主教家庭，在青少年时期就认同戴维斯、斯蒂芬斯等提倡的民族主义。在大学期间，欧李尔瑞与1848年未能成功的两次起义都有关联。后来他弃法从医，并游历法国巴黎等地。在巴黎，他与热衷革命的约翰·马丁等人相识，并最终成为爱尔兰共和兄弟会的财务主管和兄弟会报纸《爱尔兰人民》（*The Irish People*）的编辑。1865年欧李尔瑞被捕，并被判处20年监禁。在英国监狱服刑5年之后，他流亡欧洲，并最终于监禁结束后的1885年回到爱尔兰，成为文艺界和

---

① 转引自 H. Orel, *The Development of William Butler Yeats: 1885–1900*, Lawrence: University of Kansas Publications, 1968, p. 41. “青年爱尔兰运动”（Young Ireland）是兴起于19世纪30年代的一个寻求爱尔兰独立的组织以及所展开的运动，其主要领袖是社会活动家兼诗人托马斯·戴维斯。这个组织领导了19世纪中叶一系列争取独立的活动，包括未能展开的1848年起义（Young Irelander Rebellion of 1848）。这个组织和运动在19世纪中后期逐渐消解，但对之后的爱尔兰民族主义运动发生了重大的影响。

② 杜非，爱尔兰民族主义者、记者兼诗人。“抵制运动”指19世纪初期兴起的抵制1801年英国和爱尔兰签订的《合并法案》。“抵制运动”的主要领袖是奥康奈尔，这一运动与“青年爱尔兰运动”既有合作和重合，也有区别。

③ 曼根，爱尔兰诗人，戴维斯的好友。叶芝曾将曼根、戴维斯与佛格森视为爱尔兰最伟大的诗人。叶芝曾这样评价曼根：“天才闪耀的丝带系在曼根的灵魂之上”（To the soul of Clarence Mangan was tied the burning ribbon of Genius, 语出 W. B. Yeats, *The Collected Works of W. B. Yeats, Volume IX: Early Article and Reviews*, New York: Scribner, 2004, p. 135.

民族运动的领袖人物。叶芝于 1886 年在父亲好友创办的“当代俱乐部”[①]认识欧李尔瑞，并很快与其成为忘年之交。欧李尔瑞将同为民族主义者的戴维斯和其他爱国诗人的作品介绍给叶芝。叶芝一开始被这些用英语写作的诗歌深深吸引，但后来认为这些诗缺乏“个人性”，没有“个人对世界的想象、个人的经验”[②]。受欧李尔瑞影响，叶芝确立了自己终身对民族主义的兴趣，并希望能创造出一种新的爱尔兰文学。叶芝在最早的诗歌写作阶段使用爱尔兰题材，则是受到佛格森的影响，后者使叶芝认识到爱尔兰古代神话与传奇的重要。大约在 1886 年，叶芝参加过“青年爱尔兰”组织的聚会，这是一个与“爱尔兰共和兄弟会”关系紧密的组织。这期间，叶芝还认识了女诗人凯瑟琳·泰婻，并希望与其一起发起一个“建立在爱尔兰神话与历史知识的爱尔兰诗歌流派”[③]。1888 年，叶芝主编的《“青年爱尔兰”诗歌与谣曲》（*Poems and Ballads of Young Ireland*）出版，其中收录的作品大多为与“青年爱尔兰”运动或兄弟会有关的诗人的作品。虽然后来叶芝对爱尔兰民族运动持与兄弟会等激进组织不同的态度，但欧李尔瑞确实影响了叶芝一生。叶芝曾在两首诗中对欧李尔瑞致以敬意，一首是《1913 年 9 月》，另一首是《美丽高尚的人物》。正是欧李尔瑞将叶芝带入了爱尔兰民族运动的风潮与爱尔兰神话和传说的宝库中。

到叶芝写作《苇丛中的风》时，其对爱尔兰题材的处理主要来自格雷戈里夫人的启发与影响。1896 年叶芝在访问戈尔韦时首次遇到格雷戈里夫人，后者被叶芝的才华与对爱尔兰民间故事的兴趣所打动。之后格雷戈里夫人将叶芝介绍给伦敦与都柏林的重要人物，并担任其庇护者使其得以辞去记者工作专职写作。格雷戈里夫人热衷于搜集爱

① “当代俱乐部”于 1885 年由叶芝父亲的好友、《都柏林大学评论》主编查尔斯·奥丹创办。

② 傅浩：《叶芝评传》，杭州：浙江文艺出版社，1999，第 21 页。

③ R. F. Foster, *W. B. Yeats: A Life, I: the Apprentice Mage*, Oxford: Oxford University Press, 1998, p. 70.

尔兰民间素材，通过阅读格雷戈里夫人的翻译并与之讨论，叶芝在格雷戈里夫人所搜集的材料的基础上在知名度颇高的《19 世纪》期刊(1898 年 2 月)发表了一篇重要的文章。格雷戈里夫人懂盖尔语，擅长翻译与资料搜集，叶芝富有才艺，这种互补使得两人的合作成为可能，1920 年两人合作出版《爱尔兰西部景象与信仰》(*Visions and Beliefs in the West of Ireland*)。更重要的是，叶芝从格雷戈里夫人的翻译中获取了睽违已久的素材与灵感。叶芝曾回忆，大约在 1901 年，当时他住在库勒庄园，当格雷戈里夫人在起居室翻译民间故事的时候，他正在隔壁的图书室写那些 20 岁之后就一直在等着写的诗[①]。格雷戈里夫人对叶芝的帮助(物质上和精神上)使得叶芝拥有一个良好的写作环境，两人的合作在爱尔兰文艺复兴的戏剧运动中体现得更为明显。

从早期叶芝的三部诗集考察，其爱尔兰主题诗歌的创作经历了一条从以爱尔兰民间故事传说为题材到象征性使用爱尔兰题材的轨迹。具体而言，《十字路口》中爱尔兰题材的诗歌基本只是“就地取材”，以事论事[②]。而《玫瑰》中爱尔兰题材的诗歌中则不仅仅局限于以其为题材，不少爱尔兰素材已被当作象征。而到了《苇丛中的风》，爱尔兰题材的诗歌更具象征性和现代诗歌意义。

《十字路口》诗集中以爱尔兰为题材的诗有《郭尔王之癫狂》《被拐走的孩子》《经柳园而下》《老渔夫的幽思》《欧哈特神父谣曲》《茉儿·梅吉谣曲》《猎狐人谣曲》，共七首，占诗集中诗歌总数的将近一半[③]。这些诗歌的主题都与爱尔兰民间故事、神话传说有关，按诗歌

---

① D. Holdeman and B. Levitas, *W. B. Yeats in Context*, Cambrideg: Cambridge University Press, 2010, p. 134.

② 叶芝早期诗歌中叙事诗《乌辛漫游记》是特别的一例，此诗的象征用法见本章第一节第三小节。

③ 如上所述，《十字路口》中共有 16 首诗，田园组诗 4 首(《披风、小船和鞋子》和《蜉蝣》归入此类)，印度组诗 3 首，爱尔兰组诗 7 首。剩下两首诗中，《叶落》一诗是爱情诗，《去那水中一小岛》以爱情为主线，但根据诗歌意思与背景似乎与斯莱戈吉尔湖有关，似也可以归入爱尔兰组诗。有研究者将《叶落》与《蜉蝣》归为“爱情疲倦”主题类的诗，参见 S. Gilbert, *The Poetry of William Butler Yeats*, New York: Monarch Press, 1965, p. 19.

风格则可分为抒情诗和谣曲两大类。

《郭尔王之癫狂》叙述大约与乌辛同时代的爱尔兰王郭尔因疯癫而漫游荒野。此诗滥觞的一些主题或意象为叶芝日后所常用，如疯癫（后来叶芝著有“疯女珍妮”组诗）、漫游（是叶芝早期诗歌中最重要的主题之一）、榛树（爱尔兰文化传统中的神树，在叶芝诗歌中反复出现）等。在修辞上，叶芝在每一诗段的最后重复如下诗句：

它们不肯沉寂，我周围飘落的树叶，衰老的榉叶！

从风格上，此一反复出现的诗句与叶芝其他早期诗歌一致，有一种少年诗人“为赋新词强说愁”的心态被赋予其中。而“反复”也成为叶芝日后常用的修辞手段之一。

《被拐走的孩子》以斯莱戈民间传说为依据，模拟一位精灵或仙女的口吻，引诱“人类的孩子”到湖水和荒野中去。每一个诗段的最后也是几行诗句的反复使用：

来呀，人类的孩子！
到那湖水和荒野里，
跟一个仙女，手拉着手，
因为人世充溢着你无法明白的悲愁。

有研究认为，此诗是叶芝早期诗作中将真实生活经历和想象相融合的一篇佳作。使用真实的地名能够激发一种真实感，而想象又与实际生活场景相混合。在诗歌中仙子们非常快乐，而人世充满了苦恼，人即使在睡眠中也焦虑不安，这样就形成了鲜明的对比。诗段最后的反复部分可以看作“副歌”。“副歌”的重复使用会产生魔咒般的效果，因为在童话里，仙女们经常用魔咒将魔法加诸人类。因此诗人的这种写法是在模仿魔法，传统的说法就是咒语经过三遍就会“生效”[①]。笔者以为，叶芝对反复修辞的使用与其早年就形成的“螺旋”概念有关，在最早的《乌辛漫游记》、牧人组诗中叶芝就经常使用 whirling、coming round and round 等词汇表达“螺旋”思维，某些诗句的反复出现就像一个螺旋那样反复旋转。“螺旋”思维与轮回转世、历史循环等杂糅合一，成为叶芝晚年集大成的螺旋（Gyre）理论。

《去那水中一小岛》与《经柳园而下》是与爱尔兰主题有关的爱情诗，前者憧憬爱情，诗中的“我”向往着和爱人逃离人世的忙碌，去到仙境般的“水中小岛”；后者慨叹年少无知不懂爱情，诗中的“我”不理解当年“爱人”对其“从容看待爱情和人生”的劝诫，如今只能是“悔泪滔滔”。虽然是爱情诗，但字里行间都能看到斯莱戈的地理与风俗[②]。

《老渔夫的幽思》与《经柳园而下》主题相近，一位“老渔夫”感慨自己少年时的“六月比现在更暖和”，当年的大车满载鲜鱼到斯莱戈城里以及曾经在海边散步的那些“骄傲而与众不同的美人”。“老渔夫”在每一个诗段的最后重复感慨：

那时候我还是个小伙子，心里没有一丝裂痕。

此诗也是真实和想象交织的典型，诗中明确提到斯莱戈海边游动的一群群的鲱鱼，那些鱼被装进响个不停的藤筐，这些鲜鱼将被卖到斯莱戈市里；但那“海浪更欢娱”“骄傲的女孩”等来自诗人的想象。诗段末尾的“副歌”也如同魔咒一般，如真似幻。

① 傅浩：《窃火传薪：英语诗歌与翻译教学实录》，上海：上海外语教育出版社，2011，第119-122 页。

② 《去那水中一小岛》在风格上接近民谣，诗行较短，用语简洁通俗，每一段的第二、第四行押韵。可对照英国中古民谣《起来！拴门！》（*Get up and Bar the Door*）。《经柳园而下》也体现了叶芝的二元观：诗中的“她”劝“我”从容看待人生和爱情，似乎是理性的代表，而我“年少无知，不愿听从她的劝诫”，是世俗或芸芸众生的代表。

《十字路口》的最后是三首谣曲[①]。《欧哈特神父谣曲》以历史为依据，再一次将真实与想象相融合，借谣曲的形式塑造了一位悲天悯人、不与世俗同流的年老神父形象[②]。此诗依据的历史是1695年至1727年间英国政府对爱尔兰实施的“惩治法”，即禁止天主教徒拥有土地，因此天主教徒纷纷将土地的名义所有权委托给诚实可靠的新教徒。在诗中，欧哈特神父是位善良的天主教神父，因为“惩治法”的出现，他不得不把土地委托，可惜的是所托非人。所托的新教徒是个吝啬鬼，借神父的土地牟利，嫁女儿攀高枝，而可怜的神父衣衫褴褛。神父活动的地方科隆尼是一个真实的地名，诗中后半部分出现的地名也是斯莱戈地区的真实地方，只是神父时代的一些习俗，到诗人写作时早已不复存在。《茉儿·梅吉谣曲》以被丈夫抛弃的女子梅吉的口吻来叙述。在第一诗段，梅吉被当作疯子，因为她边走路边自言自语，以致有小孩子朝她扔石头子。之后梅吉回忆自己以前一天到晚干着腌鱼的活，偶尔能在“有福的月光下，沿卵石街道踱一踱”[③]。中间几段梅吉解释了自己被赶出家门的原因：因为工作太累不小心睡觉时压死了自己的小宝宝[④]。梅吉被丈夫赶出门，丈夫还在背后骂她一顿，她只好悄悄离开，没有一个邻居来送行。第九诗段最后一行原文写为“Blowin' her mornin' fire”，省略“g”的写法更突出民谣的风格。诗最后几段说梅吉到处流浪，打点零工。可无论做什么工作，她都无时无刻不在思念自己的孩子，她祈求上帝“照看天下的受苦人”[⑤]。与前两首谣曲

---

① 杰法里斯则将《经柳园而下》以及之后的四首诗全部归为谣曲，原因是这一时期叶芝对民谣形式有着特别的偏好，见氏著 *The Poetry of W. B. Yeats* 之第 9 页。

② 杰法里斯认为在此诗中叶芝赋予了熟悉的地方以文学的生命（giving literary life to the places），见氏著 *The Poetry of W. B. Yeats* 之第 9 页。

③ “卵石街道”原文为 pebbly street，以及《老渔夫的幽思》中的“卵石滩”（pebby shore），是海滨城镇斯莱戈的特色。

④ 说小宝宝一行的原文是 Ye little childer dear，明显是古语（Ye，即 You）与文化不高（illiteracy，“childer”）的混用。

⑤ 此诗所本是叶芝在厚斯听到的一篇布道文，他将其改编，塑造了这位鲜明的女性形象。

相比，《猎狐人》更加口语化，韵脚也更规整[①]。前三段以年老猎狐人的口吻叙述，他感叹自己年老垂死，因此希望能坐在铺上靠垫的椅子上，并且由四个人抬着，看看马厩、瞅瞅狗圈，因为马和狗都是猎狐的必要帮手。在他看来，有人去遛马，有人去遛狗，他就能撇开这些尘世的拘束，开始休息做梦，连那普照一切的太阳也“落进了沉睡的溪水中”。老人的梦境很快消逝，他起身抚摸棕色马罗拉的棕色长鼻子。当猎人罗弟吹起号角，那号角声回荡在清晨的空中，老人的眼中闪烁着火光，那是因为老人虽已年老，却依然喜爱猎狐。老人第二次让罗弟吹响号角，罗弟却如此回应：我无法吹响我的号角，我只有叹息和哭声。年轻的猎人罗弟看到年老的猎人，也许感慨老人的一生，仆人的心头增添了新的悲伤，那些年老或年轻的猎狗似乎也在为老人悲伤。可仆人和群狗只是表面上对老人有同情，真正与老人心灵相通的是那只远离群狗、独自躺在日晒草地上的瞎眼猎狗。因为他们俩的心“深切地交通：时光在一点一滴地流淌”。这只猎狗也已苍老，随着它的一声哀号，猎狐老人咽下最后一口气。

杰法里斯认为，叶芝在《欧哈特神父谣曲》和《猎狐人谣曲》等诗歌中试图从“旧有的文学资料来源中构建一个事件”，即希望地方化的故事为更多的读者所知[②]。换言之，写作《十字路口》时的叶芝希望地方化的故事能为爱尔兰其他地区的人、还有英语读者所知，这一努力与他早年收集整理爱尔兰民间故事和传说的努力如出一辙。在这一努力中，叶芝只是“就事论事”，即将爱尔兰题材作为主题或背景，做本意上的抒写，没有进一步的引申或象征含义。但这一做法在《玫瑰》诸诗中被打破。

---

① 《欧哈特神父谣曲》和《茉儿·梅吉谣曲》是每一段的第二、第四行押尾韵，《猎狐人谣曲》则是每段的一三行、二四行分别押尾韵。

② A. N. Jeffares, *The Poetry of W. B. Yeats*, London: Edward Hrnold Ltd., 1961, p. 9.

《玫瑰》中的大部分诗歌属于爱尔兰主题[①]，而理解整部诗集的关键又在于第一首诗《致时光十字架上的玫瑰》。首先，之后大部分诗歌的题材都出现在这首诗中，如玫瑰组诗、佛格斯与库胡林、不可得的爱情等。其次，对玫瑰的象征意义的理解贯通了对整部诗集的理解。在此诗的第一段，叶芝点出了自己对玫瑰象征意义的理解：

> 红玫瑰，骄傲的玫瑰，我一生的悲哀的玫瑰！
> 请来到我近前，听我歌唱那些古代的故事：
> 奋勇与凶险的大海浪潮搏斗的库胡林；
> 那鬓发灰白，目光平静，幽栖山林，
> 给佛格斯周围撒下无数梦和祸根的祭司；
> 还有那脚蹑银屐在海面上舞蹈，渐已
> 衰老的群星用高远而寂寞的曲子
> 所歌唱吟咏的你自己的悲戚。
> 请近前来，好不再被人类的命运所遮暗，
> 我在那爱恋和仇恨的枝柯下面发现，
> 在朝生暮死的可怜而愚昧的万物之中
> 永恒的美在她的道路上漫游逡巡。[②]

叶芝曾对这首诗做过自注，声称玫瑰是爱尔兰诗人们最喜欢的一个象征，以其为题目的诗作不止一首，其中既有盖尔语也有英语；玫瑰不仅被用作爱情的象征，还被用来称呼爱尔兰，叶芝声称自己“不

---

① 除如上所述叶芝对奥古斯丁的引文外，该诗集的题献也值得注意。叶芝将该诗题献给好友约翰生，后者曾在温切斯特和牛津新学院受教育，他改信天主教的行为曾轰动一时。叶芝与约翰生等人曾共组“诗人俱乐部”，约翰生与王尔德等人更为接近，且受唯美主义影响较大。叶芝的题献也可看出唯美主义的影响。

② 叶芝：《叶芝诗集》，傅浩译，石家庄：河北教育出版社，2003，第 53-54 页。

在后者的意义上使用它”，意即叶芝不在诗歌中以玫瑰来称呼爱尔兰[①]。在叶芝看来，玫瑰代表“永恒的美”（eternal beauty），这在叶芝引用圣奥古斯丁的句子中也可看出。而“盛开在时间十字架上的玫瑰”已经给玫瑰的象征意义赋予了一层神秘色彩的外衣，因为“十字架上的玫瑰”是创始于15世纪德国的秘术修道团体“玫瑰十字兄弟会”的标志。

诗歌第一句中的玫瑰或许指毛德·冈，因为后者在叶芝看来就是永恒的美在人间的体现[②]。在《玫瑰》中，叶芝在数首诗中或直接提到，或间接隐射毛德·冈，如《尘世的玫瑰》中那“孤独的面容”和那位“疲倦而仁爱者”；在《爱的叹惋》中诗人叹惋“一个无法诉说的叹惋深深埋藏在爱的心底”；《爱的悲伤》则与《爱的叹惋》相似，叹惋爱的不得回报；在《当你年老时》，诗人进一步宣称不要到老了才后悔年轻时爱的失去，才“忧伤地低诉：爱神如何逃走”[③]；在《白鸟》中，诗中的“我”希望和爱人是“浪尖上的一双白鸟，远离玫瑰、百合和星光的侵蚀，出没在浪花里”；《女伯爵凯瑟琳在天堂》也可看作叶芝写给毛德·冈的诗，诗人明说女伯爵“浸浴在炽燃的责任之泉里”，暗指毛德·冈积极从事革命活动。

诗歌第二行到第五行写爱尔兰那些“古代的故事”。与《十字路口》中爱尔兰主题以爱尔兰民间传说为主不同，《玫瑰》中的爱尔兰“古代故事”主要是古代神话。关于这些古代故事的诗作有《佛格斯与祭司》《库胡林与大海之战》《仙谣》《谁跟佛格斯同去》与《致未来时代的爱尔兰》。叶芝从民间传说转向古代神话，是叶芝从地方化走向爱尔兰传

① 转引自叶芝：《叶芝诗集》，傅浩译，石家庄：河北教育出版社，2003，第53页注释①。叶芝不将玫瑰来指代或称呼爱尔兰是很有意思的一个现象，或许缘于叶芝立意与爱尔兰诗人相区别，或许缘于叶芝只在诗作中使用“永恒的美”这个象征意义。可对比苏格兰民族诗人彭斯（Robert Burns）在诗中将玫瑰比作爱尔兰的用法。

② S. Gilbert, *The Poetry of William Butler Yeats*, New York: Monarch Press, 1965, p. 21.

③ 有研究认为叶芝此诗从心理分析角度而言有表达“吃不到葡萄说葡萄酸”的意义于其中，见傅浩：《〈当你年老时〉：五种读法》，《外国文学》，2002年第5期，第93页。

统、从微观走向宏观的一次转型。如果说《十字路口》那些以民间传说为基调的诗歌是叶芝试图将地方化为更多人所知的努力，那么上述以古代爱尔兰神话为主题的诗歌则是叶芝希望从古代文化传统中寻找创作源泉、素材的努力。古代神话中包含的哲理（如佛格斯放弃王位寻求“梦幻的智慧”）成为叶芝日益形成的诗学思想的来源之一[①]。

由上可知，叶芝在《玫瑰》中已不仅仅在表面上使用爱尔兰题材，而是在某些方面使用其象征或指代意义。而到了《苇丛中的风》，叶芝对爱尔兰题材的运用已日臻成熟，其爱尔兰素材的象征和现代意义更为明显。

以主题而言，《苇丛中的风》基本分为两类：爱尔兰与爱情，比例各占一半。《苇丛中的风》中的爱情诗大多数与毛德·冈有关（极少几首献给奥利维亚·莎士比亚），或叹惋爱情的失意，或赞美爱情的崇高。其主题延续《玫瑰》的意旨：毛德·冈是美的人世体现。但与《玫瑰》不同的是，《苇丛中的风》更进一步显明：叶芝希望通过追求、描述人世的美来达至对宇宙中至美的追求。叶芝的这一做法可追溯到但丁与之后的新柏拉图主义者（Neo-Platonist），这一传统的诗人将自己的抒情诗献给某位心爱的女士，而这位女士则象征着人世间所有的美好。例如但丁将抒情诗献给比雅特里齐。而新柏拉图主义者认为通过对女性美的诗意与理想感受，人可以更清晰地感受宇宙之美和无尽的神性之美[②]。从另一个角度看，叶芝对毛德·冈的感受与描写又与叶芝日益复杂的民族情感相交织，如《他赠给爱人一些诗句》：

用金卡别紧你的头发，
束起每一绺松散发卷；
我命我心把拙诗制作：
日复一日，夜复一夜，

① 欧光安：《〈再次降临〉：叶芝历史循环诗学再阐释》，《宁夏社会科学》，2014年第4期。

② S. Gilbert, *The Poetry of William Butler Yeats*, New York: Monarch Press, 1965, p. 26.

它从古代的战争里面
造就出一曲美丽哀歌。[①]

毛德·冈与叶芝都知道两人的政见不同，不可能走在一起，这是一种“无望的恋爱”。毛德·冈曾经对叶芝说，世人会因为自己拒绝嫁给他而感激，因为这种“不得回报的爱升华成了一篇篇感情复杂、思想深邃、风格高尚的诗”[②]。诗艺日趋成熟的叶芝已不限于从毛德·冈那里获取创作灵感，而是将后者的形象进一步升华，即以描写冈来书写自己对爱尔兰、对民族的复杂感情。从上述选段就可看出，诗人一方面陈述自己如何为了爱情而命令自己的心日复一日地创作诗歌，另一方面又点出“战争”与毛德·冈的对应关系，这曲“美丽哀歌”既是献给毛德·冈的，又可看作是献给19世纪末纷争频繁的爱尔兰。《苇丛中的风》中另一大类的诗歌为爱尔兰主题，相比前两部诗集而言，叶芝的写作更具现代性。

《苇丛中的风》于1899年以单行本发行，后来叶芝曾对此诗集作自注，写道：

> 在写这些诗的时候，我凝神沉思那些写《谣曲和抒情诗》(译按：即《十字路口》)、《玫瑰》和《乌辛漫游记》时光临我的意象和其他来自爱尔兰民俗的意象，以至于它们变成了真正的象征。有时在醒着的时候，但更经常是在睡着的时候，我有片刻的幻视，一种与做梦非常不同的状态，其时这些意象自己获得一种类似独立生命的东西，变成一种神秘语言的一部分；这种语言似乎永远会给我带来某种奇异的启示。[③]

① 叶芝：《叶芝诗集》，傅浩译，石家庄：河北教育出版社，2003，第139页。
② 叶芝：《叶芝诗集》，傅浩译，石家庄：河北教育出版社，2003，序第11页。
③ 转引自叶芝：《叶芝诗集》，傅浩译，石家庄：河北教育出版社，2003，第109页注释①。

叶芝的这段话给了我们理解整部诗集的一把钥匙，即爱尔兰题材的意象都应该在象征的层面上去把握。例如在《希神的出征》中，妮阿芙（即《乌辛漫游记》中的仙女）象征仙境的美好[①]；《空中的魔军》中的魔军与希神不同，象征的是永恒世界中那破坏的力量，而平地上起舞的少男少女们则象征着“凄惨人世”中的美好[②]；《无法平息的大军》中“妲娜的孩子们”象征爱尔兰，“秃鹰”则象征英国，孩子们的大笑和秃鹰沉重的白翼与冷却的心形成鲜明对比；《到曙光里来》里那“是是非非的罗网”象征 19 世纪末的英、爱纷争，而“永远年轻不老的母亲爱尔”无疑是对爱尔兰的指代[③]；在《漫游的安格斯之歌》里，“榛树林”象征的是仙境里的青春之国，“太阳的金色苹果和月亮的银色苹果”象征不可企及的至美；《黑猪谷》中的象征则更为复杂，叶芝曾自注，爱尔兰流传有一种预言，即爱尔兰的敌人将在某个黑猪谷中全部溃败，而这些预言在芬尼亚时代，无疑是一种政治力量，那么叶芝在此诗是将黑猪谷作为 19 世纪末爱尔兰民族独立斗争这个大背景的象征[④]；在《恋人因心绪无常而请求宽恕》中，“风”已然成为神秘力量的象征，风“比昼夜的更替更古老”，它忽闪忽灭，如爱情和希望；《有福者》中的“库玛尔”和“达希”已经不是传说中的游吟诗人和历史中的爱尔兰王，只是芸芸众生的代表，追随着隐藏上帝的秘密的风，因为“风往何处去，福祉便往何处去”；在《隐秘的玫瑰》里，象征彼

① 有研究认为此诗中还有一个特别的意象，就是那“燃烧的头发”和“披散的头发”，是叶芝早期诗歌中对性意识的间接表达，诗中反复出现的“头发”意象是隐含的性象征，令人想起先拉斐尔派绘画中那些苍白、长脸女子头上浓密、披散或高堆的黑发。见 S. Gilbert, *The Poetry of William Butler Yeats*, New York: Monarch Press, 1965, pp.26-27.

② 叶芝在写作《玫瑰》时就已经表露对仙境的向往，但诗人也明白人世虽然充满哀愁，但也有美好的一面，因此对仙境的追求就意味着对人世美好一面的放弃，典型诗作就是《被拐走的孩子》。这一主题在《苇丛中的风》中体现得更为突出。

③ “爱尔”（Eire），盖尔语，即爱尔兰。

④ 在此诗中，诗人在前四行写大军相战的场景，后三行写战斗结束，“我们依然劳作”，“由于厌倦了这尘世的帝国，而躬身向你（上帝）致敬”。由此可知叶芝对武力争取民族独立持反对态度。

此交织，如“头戴王冠的三博士”（the crowned Magi），既可以指古代波斯祆教教士，也可指基督教传统中“来自东方朝见新生基督的三贤人”[①]，而头戴冠冕的形状又与古爱尔兰时代的仙冢相近，可见诗人已能将不同元素熟练融合；在《他想起前世作为天上星宿之一的伟大》中，象征仙境的“青春之乡”和“榛树”在前几行密集出现，与之后的“马蹄践踏的小草”“一个恨风者”（象征凡间俗世）形成对比；而作为整部诗集的结束，《都尼的提琴手》中的提琴手都尼就是诗人的象征，诗人写道：

在都尼当我把琴弦一拉响，
乡亲们便起舞像海浪；
我表兄在基尔瓦内当牧师，
在莫卡拉比是我兄长。[②]

在诗中，“我”的追求是琴艺（艺术），而“兄长和表兄”当牧师、“埋头念诵祈祷书”（宗教），结合诗歌创作背景，不难看出诗人内心的衷曲（弃牧师从艺术）。而诗人进一步想象，假如他们三位在世界末日来到使徒彼得的座前，使徒“却最先叫我跨进门槛”，因为好人们总是喜欢快乐，快乐的人们喜欢琴声，喜欢舞蹈。

如上所述，从《十字路口》到《苇丛中的风》，叶芝对爱尔兰主题的诗歌写作历经从仅仅选用题材到象征性使用题材的过程。发生此一过程的原因有两个：一是叶芝诗艺（艺术风格）上的日益成熟；二是叶芝对民族文化传统理解的日益加深。叶芝诗艺的日益成熟在上文已有所论述，叶芝对民族文化传统理解的加深则与其日益复杂的身份、日趋增多的社交有关。19世纪七八十年代，爱尔兰民族运动的主流由帕内尔领导，主要目的是争取爱尔兰自治。离婚丑闻使帕内尔走下权

① 叶芝：《叶芝诗集》，傅浩译，石家庄：河北教育出版社，2003，第156页注释②。
② 叶芝：《叶芝诗集》，傅浩译，石家庄：河北教育出版社，2003，第168页。

力中心，不久因病去世。加上这一时期地主与佃农的关系有所缓和，佃农的处境有较大改善，民族运动的方向由政治转为文艺。逐渐兴起的爱尔兰文艺复兴积聚力量，影响广泛，叶芝逐渐成为这一运动的核心。为推动文艺复兴，虽然不谙爱尔兰语，但叶芝从格雷戈里夫人等人翻译的爱尔兰作品里读到了更多的神话、传说，他也亲自整理民间故事，帮助爱尔兰小说家出版作品。这些活动与关系使叶芝摆脱了仅仅从爱尔兰民间故事中取材的阶段。他运用日趋熟练的诗歌写作技巧，将爱尔兰主题诗歌的创作与爱尔兰文艺复兴相联系，试图形塑出与印度、古希腊罗马文化相媲美的爱尔兰文化身份。从《苇丛中的风》的主题、风格、技巧、影响等角度来考量，叶芝已基本做到了这一点。

诗人受前贤与父亲的影响，其早期诗歌创作一度以模仿为主，但在模仿中诗人感受着“影响的焦虑”。在焦虑中诗人逐渐挣脱影响，建构出自己的艺术和主体身份。早年叶芝避免卷入时代和社会的潮流中，试图借着对个体身份的构建，与其他文明的对话而形塑出一种独特的民族文化身份。无论是追求个体艺术身份和主体身份的独立，还是试图构建一种理想中的民族文化身份，叶芝早期的诗歌创作基本与时代、社会关系不大。正如在一首诗中所言，早期诗歌里的叶芝是那个“梦想仙境的人”，诗人希望用诗歌筑就一个个人和民族文化的梦。

第三章　叶芝中期诗歌中的爱情与政治身份

叶芝中期诗歌包括五部诗集:《在那七片树林里》(1904)、《绿盔及其他》(1910)、《责任》(1914)、《库勒的野天鹅》(1919)、《麦克尔·罗巴蒂斯与舞者》(1921)[①]。如上文所述,将此五部诗集划归叶芝中期的创作,关键因素在于这五部诗集中大部分诗歌的主题是爱情与政治[②]。而从叶芝本人的经历与时代背景来考量,这五部诗集反映的恰好也是叶芝从 1899 年到 1922 年之间的两个主要活动:寻觅爱情与参与社会活动。毋宁说,这五部诗集是叶芝对自己这 20 年中爱情与政治身份的"沉思性想象"[③]。

自 1889 年两人初次相遇,叶芝便开始了对毛德·冈的追求,而她对叶芝求婚的数次拒绝使诗人情感饱受煎熬,那不得回报的爱的痛苦与煎熬也部分成就了叶芝的诗思。《苇丛中的风》中的部分诗歌已经显示出诗人对爱的渴望与得不到爱的失望,当然还有可能的希望。1903

---

① 如第一章所述,对叶芝诗歌大致分为三个阶段是学界较为通行的做法,但具体哪些诗集归为哪一个阶段则学界看法稍有不同。一般而言,《十字路口》《玫瑰》和《苇丛中的风》归入叶芝早期诗歌学界分歧不大。但中晚期诗歌的归属则不尽一致。如当代叶芝研究大家、北德克萨斯大学英语教授大卫·霍尔德曼以叶芝开始思考和写作《幻象》中的哲学体系为准则,将《库勒的野天鹅》及其之后的诗集归入晚期叶芝诗作,见氏著 *The Cambridge Introduction to W. B. Yeats*。

② 《麦克尔·罗巴蒂斯与舞者》中有部分诗歌已涉及螺旋(Gyre)理论,但其他大部分诗歌关乎爱情与政治。

③ The speculative imagination,语出珊德拉·吉尔伯特《叶芝诗歌》一书,见氏著 S. Gilbert, *The Poetry of William Butler Yeats*, New York: Monarch Press, 1965, p. 43.

年，毛德·冈嫁给约翰·麦克布莱德少校，此事对叶芝打击极大。为此，叶芝不得不寻求精神上的安慰，而寻求的对象有早年相恋却无缘在一起的奥利维亚·莎士比亚和1896年之后成为其赞助者的格雷戈里夫人。爱情的失落和寻求庇护的愿望成为《在那七片树林里》的主题之一。两年后，毛德·冈与丈夫分居，叶芝心中又燃起希望，但冈还是拒绝了他的求婚。1916年"复活节起义"发生，包括麦克布莱德在内的15位起义领袖被处决。叶芝再次向冈求婚，被拒。1917年，叶芝转而向冈的女儿伊秀尔特求婚，依然遭到拒绝。1917年底，叶芝向一直对他"温言相待"的乔吉·海德-李斯求婚成功，并在伦敦结为连理。婚后妻子迎合叶芝爱好，经常负担"自动写作"的任务。婚姻给叶芝带来了稳定，更重要的是带来了情感与性力的释放。曾经只为一人、苦苦相寻而不可得的压抑如今终于释放，曾经执迷的梦如今蓦然惊醒。到写作《库勒的野天鹅》与《麦克尔·罗巴蒂斯与舞者》时，毛德·冈虽然还偶然出现，但诗人的主要考虑已经从爱的失落转向担心已逐渐年老的自己还是否能带给妻子足够的爱与激情。

中期叶芝的爱情身份往往与其政治身份有着"剪不断、理还乱"的复杂关系。如第二章所述，叶芝早年主张以文艺救国，反对暴力活动。但叶芝每每又不得不陷入激烈的社会与政治活动中，最典型的例子就是毛德·冈因参加斗争而入狱，叶芝不得不亲自多方营救。叶芝日益参与社会活动的另一个方面就是剧院事务的繁杂。从原来的爱尔兰戏剧协会(Irish Theater Society)到后来的阿贝剧院(Abbey Theater)，叶芝都是主要的创立者。阿贝剧院在近代爱尔兰民族运动中已不再是纯文艺的场所，而是被民众视为反抗英国统治的一个象征性的所在。从筹款到建筑，从管理到善后，叶芝无不披挂上阵，亲力亲为。叶芝自己的多部戏剧也在阿贝剧院上演，而早期的不少戏剧都以毛德·冈为原型，甚至好几部戏剧的主角就由毛德·冈扮演。1907年辛格的《西部浪子》在阿贝剧院上演，因剧情与台词问题，激起观众大哗。叶芝急忙从外地转回剧院，并且为辛格极力辩护。这件事情可以看作叶芝对艺术和政治活动关系的理解：文艺可以为政治服务，但文艺也应该与政治区分，甚至艺术可以超越政治而存在。在这件事情中，叶芝站在艺术家的立场谴责闹事的大众，认为他们粗野不堪。叶芝对文艺与政治之间关系的看法、他反对以暴力争取民族独立的思想在 1916 年“复活节起义”后发生了重大改变。起义领袖的英勇就义、英国政府的残酷镇压，使得叶芝从原来文艺救国的梦中惊醒。从 1899 年至 1923 年，叶芝经历从《在七片树林里》《责任》中谴责暴民多数[①]，到《麦克尔·罗巴蒂斯与舞者》对政治事件哲理反思的过程。1922 年，与英国的战争基本结束，南部爱尔兰成立爱尔兰自由邦，叶芝于次年当选为参议员，直至 1928 年因健康原因不再参选。

“爱情”与“政治”作为叶芝中期诗歌中的两个核心主题，彼此有所区分，但又紧密相连。综观叶芝中期诗歌的这五部诗集，可以发现无论在爱情方面还是在政治方面，叶芝都经历了一个“惊梦”或“梦醒”的过程。如果说早期叶芝希望构筑一个理想的梦境，让自己隐匿于其中，自得个体身份与艺术身份之乐，那么中期的叶芝已然梦醒，不仅在主题上其诗歌与时代息息相关，在艺术风格上也日益明朗、直接。

第一节　叶芝中期诗歌中的爱情身份解读

一、从爱情幻梦的延续到爱情幻梦的惊醒——《在那七片树林里》《绿盔及其他》《责任》中的爱情诗

自 1899 年与毛德·冈初遇，叶芝就沉迷在爱情的幻梦中。叶芝早期的两部诗集《玫瑰》与《苇丛中的风》中，就有一些诗是关于爱情

① Mob-majority，语出珊德拉·吉尔伯特，见氏著 S. Gilbert, *The Poetry of William Butler Yeats*, New York: Monarch Press, 1965, p. 41。

的。到了叶芝中期诗歌,《在那七片树林里》和《绿盔及其他》中的爱情诗延续着这种爱情的幻梦，即在无望的爱中，寻求一种期盼。但在写作《责任》中的诗歌时，诗人对爱情的态度已经逐渐发生了变化。诗人开始惊醒，从爱情幻梦中惊醒。

《在那七片树林里》一共收有 14 首诗，其主题与风格延续了《苇丛中的风》的做法，其中关于爱情的诗有 7 首，剩下的或是谣曲，或与爱尔兰民间传说有关。《在那七片树林里》最初发表于 1904 年。从 1889 年初识毛德·冈开始至此，叶芝已经数次向她求婚，但都被拒绝。1903 年 2 月，毛德·冈嫁给爱尔兰革命者麦克布莱德，此事给叶芝以极大打击。因此,《在那七片树林里》的 7 首爱情诗都表达了一种情绪——绝望的爱情。

《箭》写于 1901 年，诗人回忆与毛德·冈初识的情景以及之后多年的感受。诗人回忆那时（1889 年）的毛德·冈：

……她青春少女初长成的时候，
颀长而高贵，胸房和面颊
却像苹果花一样色泽淡雅。[①]

说“颀长”是因为毛德·冈个子高,“高贵”则是诗人的倾慕，毛德·冈因积极参加爱尔兰民族运动，叶芝对其常怀敬仰之情，并将对方艺术化为民间传说中解救民困的凯瑟琳女伯爵。“苹果花”是叶芝经常用来描写毛德·冈的词汇，源出 1889 年两人初识时，毛德·冈正站在一束苹果花旁边，自此之后苹果花便直指或象征毛德·冈[②]。

诗人回忆自己过去一想起对方的美丽,那种情感就像一枚箭镞“钉入骨髓”。如今诗人不禁想要痛哭，因为“那旧日的美人已迟暮”。

《箭》中的诗人想要痛哭,《听人安慰的愚蠢》是对痛哭的一种回

① 叶芝:《叶芝诗集》，傅浩译，石家庄：河北教育出版社，2003，第 175 页。
② 参见诗集《苇丛中的风》中的诗《漫游的安格斯之歌》等。

应。“一位永远和善的人”（指格雷戈里夫人）劝诫诗人尽管现在似乎达不到目的，但只要耐心等待，“时间只能使人更容易变聪明”，到那时也许他的爱人（毛德·冈）会回心转意。但诗人的心却哭喊，诗人也认为感觉不到一丝安慰：

> 时间只能把她的美重新塑造：
> 由于她那杰出的高贵的风范，
> 她稍有举动，周围跳动的火焰
> 就燃烧得更鲜明。[①]

爱情依然像那“跳动的火焰”在诗人心底燃烧，诗人仰慕的依然是那如女伯爵凯瑟琳般的“杰出的高贵的风范”，但“她”并没有“转回身”，而诗人只能在诗歌结尾感叹“听人安慰有多愚蠢”。

《旧忆》依然是诗人对恋人的回忆：

> 你的力量，如此高尚、勇猛、仁慈——
> 它也许能唤起一个新时代，
> ……[②]

毛德·冈在爱尔兰民族运动中十分积极，因此给叶芝一种力量的展现，也使叶芝等文艺之士看到了一个新时代的希望。但诗人对恋人的态度是矛盾的，他从恋人的行动中看到了一种民族的希望，但又担心恋人的行动过于激烈而招致迫害。诗人慨叹“经过漫长的青春岁月”，一切都化为乌有，“而亲昵的话语也毫无意义”。

《切勿把心全部交出》再次感叹光阴的易逝，“美好可爱的一切不过是一种短暂、虚幻如梦的愉快”。诗人告诫读者，其实也是在总结自

① 叶芝：《叶芝诗集》，傅浩译，石家庄：河北教育出版社，2003，第176页。
② 叶芝：《叶芝诗集》，傅浩译，石家庄：河北教育出版社，2003，第178页。

己：切勿把心彻底地交出来，因为那些恋人（毛德·冈）已经把心交给了游戏。诗人最后总结：

作此诗的人他知道全部代价，
因为他把心全交出又输掉啦。[①]

《树枝的枯萎》则是以象征的手法抒写诗人爱情的失去。诗歌分三段，每一段内容都与爱尔兰乡间风景、爱尔兰古代神话有关，其风格与早期那种繁复的浪漫风格相似。诗人想象自己在“溪流纵横的寂寞的埃赫蒂山上入梦”，诗人知道“妲奴之辈在何处交缠分解她们的脚步，舞蹈在白浪闪耀之处”[②]，诗人想象国王和王后在且飞且歌的天鹅国度里漫游，反复感叹在那些地方没有一根枝条枯萎，而自己的枝条已经枯萎：

没有一根枝条由于严冬的寒风而枯萎；
枝条枯萎是因为我对它们讲述了我的梦。[③]

诗人对毛德·冈的爱犹如那些虽寂寞却美好的国度，但被拒绝的爱像枝条一样终于枯萎，因为诗人“将生命、青春之树的全面梦想的力量都献给了毛德·冈”[④]。

除上述5首与毛德·冈直接相关的诗歌外，《蓬茸的树林》与《呵，别爱的太久》也可归为爱情诗。这两首诗在表达绝望的爱情的情绪时，也表达了一种希望：希望恋人珍惜青春时光，不要爱得太久，不要让恋人等得太久。在《蓬茸的树林》里，诗人反复吟唱：但愿谁也不曾

① 叶芝：《叶芝诗集》，傅浩译，石家庄：河北教育出版社，2003，第179页。
② 此处的描写以及此诗的风格可参看《被拐走的孩子》与《白鸟》两诗。
③ 叶芝：《叶芝诗集》，傅浩译，石家庄：河北教育出版社，2003，第180-181页。
④ S. Gilbert, *The Poetry of William Butler Yeats*, New York: Monarch Press, 1965, p. 33.

爱过，除了我和你！诗歌最后一段倒数第二句里诗人祈望“我的一份世界，呵，金黄的发丝!”“金黄的发丝”即暗指毛德·冈。在《呵，别爱的太久》里，诗人看似劝恋人不要爱的太久，因为“华年流逝，像一首过时的歌”，但其实也在劝诫自己，不要沉迷于那无望的爱情太久：

呵，别爱的太久，
不然你华年流逝，
像一只过时的曲。[①]

《在那七片树林里》里的 7 首诗表达的是绝望的爱情、爱情的失去或爱情踟蹰中光阴的易逝。这部诗集的最后一首诗是《快乐的乡镇》，叶芝曾在晚年的一次广播谈话中，说“此诗象征对不可能之理想的追求”[②]。这一看法也适用于叶芝对自己与毛德·冈之间爱情的看法。在绝望的爱情之后，叶芝希望寻找到新的希望，诗人希望自己像朝着快乐乡镇赶路的骑士一样，找到那片“金银色的树林”，或者像大天使加百列一样：

并举起一只古老的
镶银的角觥痛饮，
直到他酣然入睡
在那星光灿烂的河滨。[③]

叶芝的下一部诗集《绿盔及其他》初次出版于 1910 年，共收 21 首诗。在这部诗集中，极少有以爱尔兰神话、传说为主题的诗歌，主

① 叶芝:《叶芝诗集》，傅浩译，石家庄：河北教育出版社，2003，第 192 页。
② 叶芝:《叶芝诗集》，傅浩译，石家庄：河北教育出版社，2003，第 195 页，注释①。
③ 叶芝:《叶芝诗集》，傅浩译，石家庄：河北教育出版社，2003，第 198 页。

要是爱情和政治诗，其中爱情诗的比例接近一半（10 首）。在《在那七片树林里》，诗人是直接抒发对爱情的绝望，而在《绿盔及其他》中，虽然诗人爱情抒发的对象依然是毛德·冈，但在写作风格上已经更多地使用象征和典故。

《绿盔及其他》的前半部分基本属于与毛德·冈有关的爱情诗，后半部分属于与时事有关的政治诗。在这些爱情诗里，诗人已很少直接描写毛德·冈，读者能直接猜到诗人意图的词汇、意象也变少了，更多的是指代或象征。

《荷马歌颂的女人》以古希腊大诗人荷马所著史诗中的海伦来象征毛德·冈。在第一段，诗人回忆自己年轻时的矛盾态度，那时候要是有哪个男子走近"她"，诗人就会觉得那个男子对"她"有意，心里就会"又恨又怕直战栗"。但要是那个男子表现出无动于衷的样子，诗人又会觉得男子"十恶不赦"，竟然不知道欣赏美。在第二段，诗人写自己从年轻时开始写作，如今"鬓发斑白"，但高兴的是自己的梦想已经把自己的情绪提升到了"如此的高度"。第三段借海伦来写毛德·冈：

因为在我年轻的当年，
她有着如火的热情，
步态那么骄傲而翩然
就仿佛踩在云端，
一个荷马歌颂的女人，
使生活和文字都变成
不过是一场英雄的梦。[①]

与以往的描写相近，诗人将毛德·冈看作能影响时代的"英雄"，就像海伦是特洛伊战争的关键。此段也间接道出了毛德·冈的态度：

① 叶芝：《叶芝诗集》，傅浩译，石家庄：河北教育出版社，2003，第 204 页。

生活和文字不过是一场梦，重要的是战斗、革命。而生活和文字，尤其是文字，是诗人认为更重要的方面，因此毛德·冈屡次拒绝叶芝也可从此处窥见端倪。

紧接着的《文字》一诗似乎是对上面问题的一个回应。诗人年轻时总是担心爱人不能理解自己的做法，因此，曾经有一段时间诗人“对太阳渐生倦意”（暗指文艺创作的终止——在古希腊神话中，太阳神阿波罗主管文艺），但诗人的思绪终于重新变得清晰。终于“爱人理解了这一切”，诗人也已经把力量攒足，“文字也听从我的驱策”。在诗歌最后，诗人还是表达了一种希望，假如爱人理解了他的所做，他也许会“把蹩脚文字抛却，心满意足地去过生活”。这一段或许暗示如果爱人答应他的爱，他也许会放弃写作。此诗作于 1908 年，在此之前 1905 年毛德·冈与丈夫分居，并曾经请叶芝处理一些分居事宜，这使得叶芝异常兴奋，并似乎燃起了一种新的希望。

《没有第二个特洛伊》同样以海伦来象征毛德·冈，诗人在这首诗中明确表达了自己对爱人参与斗争的态度，即反对以暴力形式实现民族独立：

我何必怪她，说她使我的日子
充满了不幸，或者说她近来会
教给无知群众极端狂暴的方式，
或煽动小百姓去与大人物作对，
只要他们有着大如欲望的勇气？①

即使是这样，诗人依然赞美“她”“生就被高贵锻炼得单纯如火的心地，长得有如满弓似的美貌，具有高傲、孤独和极其严肃的品格”，这种心地、美貌、品格在“这样的时代里”显得极不协调，那么“她”

① 叶芝：《叶芝诗集》，傅浩译，石家庄：河北教育出版社，2003，第 207 页。

还能做什么，“难道还有一个特洛伊供她焚毁”？在诗人看来，极端暴力的形式只会使国家趋于分裂。

《和解》中诗人期待与爱人和解。诗人回忆以前爱人离他而去（指1903 年毛德·冈在法国结婚），于是他“寻不见可以制作一首诗歌的素材”（抒情诗），“除了君主、头盔和刀剑”（指爱尔兰民族独立运动）和“半已遗忘的事物”（指以古代爱尔兰神话、传说为主题的诗歌）。诗人希望和爱人退出现世的嘈杂，“把头盔、王冠和刀剑统统扔进深坑”。诗人在最后再次慨叹：自从你走后，我的贫瘠的思想已寒彻了我的骨头。此诗与《文字》一样，在毛德·冈分居之后，诗人表达出一种与爱人“和解”的希望。

《王与非王》则借一部古典戏剧来指代自己与毛德·冈的关系。《王与非王》本来是文艺复兴与君主复辟时期英国剧作家鲍蒙特和弗莱彻合作的一部悲喜剧（tragicomedy）[①]。诗人借这出古典戏剧的一个场景来引出自己的过去，自己过去“如何被发下的那个誓言击倒”（毛德·冈曾发誓不结婚），自己如何“没有你的信仰”（毛德·冈在婚前改信天主教）。诗人担心自己和恋人像国王和其恋人一样无法结合在一起，因为“灵魂和肉体都还不曾接触”。

《和平》似乎是对《王与非王》的回应：或许时光能够带来那最终将来的和平，也许只有在时光流逝中诗人才能与恋人在一起。此诗所用的意象依然是荷马时代的英雄与“尤物”（指海伦，象征毛德·冈）。诗人祈望“但愿她的一生不仅仅是暴雨狂风”，而只有时光能描绘“一个如此优美高贵的头颅，妩媚中透出的那十分冷峭，坚强中透出的那十分甜美”。

《反对无价值的称颂》中，诗人称自己的作品是“为一个女人而作”（指毛德·冈），这些作品是两个“骄傲者与骄傲者之间的秘密”，因此

① 此剧原名为 *A King and No King*，剧情是伊比利亚国王阿尔贝西斯（Arbaces）爱上了妹妹潘西娅（Panthea），在两难困境中国王发现自己不是前国王的亲生儿子，而是养子，是一个“非王”（No King）。故事最终以阿尔贝西斯和潘西娅的成婚结束。

无须那些"无赖和白痴"的称颂。诗人称即使"她"仍然要那些人的称颂，自己能写一篇更崇高的颂歌，他希望恋人不要被陌生所迷惑，她在"梦中所给予的东西"，只不过"赢得恶语中伤、忘恩负义"。在诗歌最后，诗人描写恋人"半像狮子，半像童子，平平静静"，"像狮子"暗示的是毛德·冈激进的政治运动，"像童子"是她被恶语中伤后的神态，"平平静静"也许只是诗人的期待罢了。

如果说上述诗歌都与毛德·冈有关（只不过在技巧上更趋于指代、用典和象征），那么《绿盔及其他》诗集中的最后两首诗《凡事都能诱使我》和《铜分币》则预示了一种转变：毛德·冈或许不再是诗歌中唯一的灵感。在《凡事都能诱使我》中，诗人承认"凡事都可能诱使我抛开这诗歌艺术"，从前是"一个女人的脸"（指毛德·冈），或者是更不堪的事物——"我那傻瓜治理的国土貌似的需要"（指叶芝逐渐参与政治运动），如今则是"已习惯的辛劳"（指剧院事务的管理）。诗人感叹年轻时任性纵情，可是现在他能够"随心所欲"不逾矩。《铜分币》里诗人时常喃喃自语自己还年轻，而又时常想到自己已经不算小，为此他抛起一枚一分的铜币来占卜恋爱是否"还嫌早"，铜币告诉他：

去爱，去爱，小伙子，
如果姑娘年轻又美好。[①]

诗人最后感慨：

啊，分币，铜分币，铜分币，
开始恋爱怎么都不嫌早。[②]

从上述两首诗中可以看出，叶芝已更多地参与政治社会活动，剧

① 叶芝：《叶芝诗集》，傅浩译，石家庄：河北教育出版社，2003，第231页。
② 叶芝：《叶芝诗集》，傅浩译，石家庄：河北教育出版社，2003，第232页。

院事务也更为繁杂，爱情已不再成为唯一的主题或源泉（甚至是毛德·冈）。诗人日益感觉除了爱情外，应该还有更多的责任去承担，对毛德·冈的爱情梦幻也开始梦醒。诗集《责任》就体现了这样一个转折与惊梦的过程。

安特瑞克（John Unterecker）将《责任》中的诗歌分为五大类：（1）超自然责任类，包括纪念逝去的祖先的诗《祖先，宽宥》[①]和纪念逝去的诗友的诗《灰岩》；（2）社会责任类，包括与美术馆事件有关的诗歌与《西部浪子》事件有关的诗歌；（3）不负责任类，主要是乞丐组诗；（4）个人责任类，包括伊秀尔特组诗、毛德·冈组诗和《朋友》；（5）美学责任类，包括诗集最后的几首诗：《东方三贤》《玩偶》《一件外套》[②]。从诗歌主题来看，《绿盔及其他》中的爱情诗歌（即使将写给伊秀尔特的诗也算上）其比例已大量减少，这反映出这一时期叶芝已经承担更多的责任（主要是社会责任，也就意味着此部诗集中广义上的政治诗增多）。即使是爱情诗，叶芝也不再是一味抒发绝望的爱或所失的爱的痛苦，而是像在《铜分币》中表现的那样：诗人尽管多次遭到毛德·冈的拒绝，决心开始勇敢地带上与之相反的面具[③]。诗人决定学会哲学式地接受命运（包括爱情），决定在梦幻中惊醒。

毛德·冈组诗包括从《青春的记忆》到《以使夜晚到来》的 5 首诗（整部诗集共 31 首诗）。综观这 5 首诗歌，其爱情主题与诗人对年老与年轻、美貌与智慧的思考紧密相连。正如诗人在《人随年岁长进》中写的那样，年轻人拥有美貌、激情，但却无知甚至愚蠢，只有随着时光的流逝，智慧才会来到，但那时已经不再年轻美貌。在《青春的记忆》里，诗人回忆自己年轻时虽然有一份“天赋才干”，也得到过恋

---

① 安特瑞克在 20 世纪 60 年代对其进行这样的区分，那个时候《责任》的第一首诗题目为《祖先，宽宥》，之后此诗题目一般改作《序诗》。

② John Unterecker, *A Reader's Guide to William Butler Yeats*, London: Thames and Hudson, 1965, p. 113-114.

③ S. Gilbert, *The Poetry of William Butler Yeats*, New York: Monarch Press, 1965, p. 39.

人的称赞，但“爱神的月亮”还是被一片从“严酷的北方吹来的云翳”遮蔽了。尽管诗人用每一个字来赞美恋人，但即使赞美不已，“能找到的却只有头顶上的暗黑”。诗人最后承认：

……我们也知道
即使最好的爱情也必死，
且早已被野蛮地摧残败亡，
要不是爱神听见一只
可笑之至的小鸟鸣叫，
而从云翳中扯出他的美妙月亮。[①]

诗人承认与恋人的爱情不可能有结果（毛德·冈与丈夫分居后依然数次拒绝了叶芝的求婚），但似乎又从“可爱之至的小鸟”（可能暗指伊秀尔特）那里获得了一些希望[②]。

《亡国之君》延续《青春的记忆》，诗人回忆自己用文字用记忆来“记录逝去的一切”，记录人群走过的街道上，不知道还是否有人记得“从前有一尤物就在那儿走，像朵燃烧的云”。如果说毛德·冈曾经是诗人的“君主”，那么如今这位君主已经从王位上被拉了下来。诗人反复说是把“逝去的一切”来记录，表明诗人认为曾经的一切（包括爱情）也已经逝去。

《朋友》一诗则将毛德·冈放在诗人的女性朋友圈中进行观照。诗人开首即声称要赞美三位朋友：一位“没有杂念，没有那些萦绕的烦忧”（指奥莉维亚·莎士比亚），一位“手坚强有力，能够解散……青

① 叶芝：《叶芝诗集》，傅浩译，石家庄：河北教育出版社，2003，第 288 页。

② 此处似乎暗指叶芝已经承认与毛德·冈结婚的不可能，而注意到了毛德·冈的女儿伊秀尔特，在毛德·冈组诗前有两首诗《致一个在风中起舞的女孩》和《两年以后》是写给伊秀尔特的。1916 年叶芝访毛德·冈于法国，并且在伊秀尔特的帮助下阅读法语诗。次年初叶芝即向伊秀尔特求婚，被拒。

春的多梦负担”（指格雷戈里夫人），而那一位呢——

……她拿走一切，
直到我的青春消逝，
却没有一点怜悯的神色。[①]

这显然指的就是毛德·冈，她有着“鹞鹰般的眼神”，即使这样的眼神看着诗人时，诗人从心底流过一股“强烈的甜蜜”，但也同样使得诗人“从头到脚战栗”。如上文所言，毛德·冈与叶芝在性格上截然不同（但似乎也不具互补性）。前者认为后者孱弱，在政治活动中保守，与自己激进的观点南辕北辙。而在叶芝心中，毛德·冈代表的就是那种激进的力量，是一种“能烧毁特洛伊”的女子。叶芝为其美貌倾心，对其激进观点却持反对意见。就在这种矛盾的心理中叶芝度过了从而立到不惑的年月，为此（此诗作于 1911 年 1 月）诗人发出“青春已逝”的感慨。

《寒天》依然是对往事的回忆[②]，诗人以景写情：

突然我看见那寒冷的、令乌鸦欢喜的天宇，
就好像被焚化的冰，又不过是更多的冰，
于是想象力和心被激动地简直要发疯，
以至于每一缕关于这和那的散漫的思绪
都消失了，只剩下些应该随青春的热血
一起过时，有关很久以前受挫恋爱的记忆；

虽然还是回忆，但“每一缕”“消失了”“过时”“很久以前”“记

① 叶芝：《叶芝诗集》，傅浩译，石家庄：河北教育出版社，2003，第 291 页。
② 研究者认为此诗可能是“写毛德·冈结婚给诗人的打击”。参见叶芝：《叶芝诗集》，第 293 页，注释①。

忆”等词汇表达了诗人承认往事（青春、爱情、年轻）已经过去，时光消逝，美貌、青春不再，但智慧到来，自己也该梦醒了。

《以使夜晚到来》表达的是“野心在时间里的失败”[①]。诗人开首说“她”生活在风暴和斗争之中，而她的灵魂渴求的“骄傲的死亡所能带来的一切”。正是因为如此，以致她无法忍受生活中的寻常好处。她宁愿像一个国王一样生活：

用四方旗和三角旗，
军鼓和号角，
还有愤怒的炮声，
包裹起他的大婚之日，
……[②]

但这些都敌不过时间，因为时间能把一切“捆起拿走”，而夜晚的到来能平息“风暴和斗争”和那“愤怒的炮声”。

从《在那七片树林里》到《绿盔及其他》，再到《责任》，叶芝的爱情诗经历了一个从沉迷梦幻到梦醒的过程。虽然这三部诗集中的爱情诗的对象依然主要是毛德·冈，但梦已惊醒。1917 年叶芝在向伊秀尔特求婚遭拒后，于当年 10 月与乔吉·海德-李斯结婚。婚姻带给了诗人新的灵感，爱情的幻梦也转变为婚姻的责任。

二、从爱情幻梦到婚姻责任——《库勒的野天鹅》与《麦克尔·罗巴蒂斯与舞者》中的爱情与婚姻诗歌分析

1916 年“复活节起义”与 1917 年的婚事是影响叶芝的两件大事，与之相关的事件与思考成为《库勒的野天鹅》中的主要题材。此外，

① 原文为 ambitions, worldly or unworldly, and its fate in time，语出珊德拉·吉尔伯特，见氏著 S. Gilbert, *The Poetry of William Butler Yeats*, New York: Monarch Press, 1965, p. 44.

② 叶芝：《叶芝诗集》，傅浩译，石家庄：河北教育出版社，2003，第 294 页。

即将步入晚年的叶芝其诗学思考日益成熟，其诗歌也比之前的诗歌更富哲思。如果按主题划分，《库勒的野天鹅》中的诗歌可以分为三大类：爱情婚姻类，社会时事类（政治类）与哲思类。其中爱情婚姻类的诗歌又可分为两个小类：写给毛德·冈与伊秀尔特和写给妻子的。虽然这些诗歌中部分延续着之前诗集中对失去的爱情的绝望、对爱情的渴望、青春美貌与年老智慧等主题的探讨，但这些主题已经慢慢转向诗人对婚姻责任的沉思[①]。

《人随年岁长进》虽然是诗人受伊秀尔特的青春美貌之触动而作，但也可看作叶芝表达“人随着年龄增长而智慧到来”这一哲思的代表作。诗人在诗歌开头和结尾重复感慨自己“因多梦而憔悴衰减”，像一尊在溪流中被风雨侵蚀的石雕海神。虽然随着年岁增长，增加了智慧，但诗人还是发出“但愿我们相识在我青春如火时”的感叹。在《致一位妙龄美人》中，诗人告诫伊秀尔特不要与那些“形形色色”、放浪形骸的艺术家们交往，而应该“从最好的之中挑选你的友人”，否则就会像一个“拖一只水桶”的人摇摇晃晃跌下山。诗人劝诫对方学会“热情奔放”，但不要像那些“平庸美人”一样“大大咧咧”，因为“她们天生就不配老以西结描述的天使”[②]。诗人最后由人及己，说自己没有一个傻瓜朋友，自己会在旅途的尽头“与兰多和但恩一同用餐”[③]，暗示诗人劝诫对方多些沉思，而不是做肤浅的平庸美人。《致一位少女》也是写给伊秀尔特的。诗人极力想要找到使少女的心如此狂跳的原因，

---

① 值得注意的是，与其他诗集的安排不同，《库勒的野天鹅》中诗歌的排列并不是按照写作时间的先后，而是反过来按照写作时间由后至先来排列的。例如诗集的第二首诗《纪念罗伯特·格雷戈里少校》写于 1918 年，后面的诗或是写于 1917 年、1916 年、1915 年，像《论女人》和《钓者》等诗都是写于 1914 年。这部诗集中的爱情婚姻类诗歌也是这样，排列在前的是叶芝写于婚后的诗（1917 年之后），然后是写给伊秀尔特的（1915）和写给毛德·冈的（1916）。

② 以西结（Ezekiel），《圣经·旧约》中古代以色列四大先知中的第三位，其所著《以西结书》（Book of Ezekiel）中第 10 章有关于天使的描述。叶芝诗中所言即第 10 章中的描写。

③ 兰多（Walter Savage Landor），英国诗人，以散文《想象的对话》与诗歌《罗丝·艾尔默》闻名。多恩（John Donne），英国著名玄学诗人，作品多数收集在《诗歌集》中，知名的单篇诗歌有《跳蚤》《死神莫骄傲》。

就像当年自己对少女母亲（毛德·冈）的爱慕一样，只不过“那狂野的念头”到如今已经忘记。此诗依然写的是年老与年轻的对比。

从《对她的赞美》到《幽灵》则是一组有关毛德·冈的诗歌。在《对她的赞美》里，诗人反复说自己情愿听见“她”是被赞美的第一人，也回忆在往昔，“她”享有青年人的赞美（青年人容易受其鼓动参与斗争）和老年人的谴责（毛德·冈激进的政治观点与活动受到老年人谴责），但在穷人中间，无论是老年人，还是青年人，都会把她赞美（主要是因为毛德·冈在都柏林所做的慈善活动）。从这首诗可以看出，诗人已经比较客观地看待自己与恋人之间的过去。以前关于毛德·冈的诗要么抒写爱情的绝望与失去，要么抒写燃起的希望，无论是梦幻还是惊梦，总之诗人还在梦中，但从《库勒的野天鹅》起，诗人更多的是回忆过去的现实，对过往爱情的描写也更加客观，更多地与现实相联系。《人民》是诗人回忆自己曾经与恋人之间的一个对话。诗中的“我”（叶芝诗中的“我”大多可以指代诗人本人）抱怨自己自费为一个“粗鄙不闻的城市”所做的一切，只不过换来“每日的怨恨”和毁谤。“我的不死鸟”（即毛德·冈）以责备的口吻回答说，就算那些她曾经服务过以及养育过的人来攻击她，她“现在或任何时候”都不会埋怨人民。诗人则总结性地回答：

你，不是在思想而是在行为中活着，
可以拥有一种自然力量的纯粹性，
而我，优点在于给分析的头脑
下定义，既不能闭合心灵的眼睛
也不能使我的舌头缄默不语。[①]

这一段也恰好道出诗人与恋人之间的分歧与区别，诗人的生活以

① 叶芝：《叶芝诗集》，傅浩译，石家庄：河北教育出版社，2003，第 361 页。

思想、分析、心灵、语言文字为主，而毛德·冈是生活在行为、行动中。这样客观、清晰地分析诗人与恋人之间关系的诗作在之前的爱情诗中是很难见到的。《他的不死鸟》继续之前的思考，将毛德·冈比作不死鸟。诗歌分为三段，每一段描写形形色色的女性，或是传说中的如中国的一位王后、西班牙的某位王后、某位公爵夫人等，或是毛德·冈在法国时结识的朋友如舞蹈家嘉碧、芭蕾舞演员帕夫洛娃等，或是英国和爱尔兰的朋友如叶芝好友兼助手埃兹拉·庞德[①]的几位女友。在每一段的最后一行，诗人重复一行诗：我年轻时认识一只不死鸟，那就让她们走运。虽然表面是写毛德·冈对这些人的影响，其实通过“这只不死鸟”串联起的也是诗人自己过去生活的一个回忆。《得自普罗佩提乌斯的一个想法》借希腊神话中智慧女神雅典娜来侧写毛德·冈，“走向那祭坛”和“成为一匹醉于醇酒的人头马怪的称心的猎物”似乎暗示恋人过于激进的行为可能导致严重的甚至毁灭性的后果。《残破的梦》依然以回忆为主，虽然曾经的恋人那么美貌，如今却“头发里有灰白色”。诗人反复感叹，那样的美也只能留下“模糊的记忆，仅仅是记忆”。诗人最后写道：

> 午夜的最后一声钟鸣沉寂。
> 整天都坐在同一张椅子里，
> 我从梦想到梦想，从诗韵到诗韵漫游，
> 模糊的记忆，仅仅是记忆。[②]

---

① 庞德（Ezra Pound），美国现代著名诗人，是20世纪初欧美诗坛意象派的代表人物。其意象理论多从中国古诗、日本文学中汲取养分。1909年叶芝与庞德初识，之后两人时而切磋诗艺。1912年庞德开始追随叶芝，并教叶芝击剑。次年8月庞德担任叶芝秘术，同住于萨塞克斯郡的“石头屋”（Stone Cottage）。1914年，庞德与奥莉维亚·莎士比亚的女儿多萝西（Dorothy）结婚，当由叶芝从中牵线。叶芝在19世纪最后几年、20世纪最初几年的创作有趋于神秘、费解、纠缠的趋势，庞德建议他选择鲜明的意象和直率坦白的表达，由此，叶芝的诗风为之一变。

② 叶芝：《叶芝诗集》，傅浩译，石家庄：河北教育出版社，2003，第368页。

如果说早年的爱情是从梦想到梦想，与之相关的艺术创作是从诗韵到诗韵的漫游，现在的叶芝已经能面对过去，承认过去已经是“模糊的记忆”，而且“仅仅是记忆”。《深沉的誓言》中，诗人回忆恋人“不守那深沉的誓言”（指毛德·冈曾经发誓不婚，但又与麦克布莱德结婚），所以“别的人就成了我的朋友”（指除伊秀尔特外，1915年前后叶芝交往的几个女性）。《幽灵》与《深沉的誓言》主题相同，诗人以客观的语气回忆自己曾经听得到心跳的几个声音，其中一个“也许是，女神”。至此，诗人已经有一种带有否定的态度来回忆自己和恋人的过去，这在之前的诗歌中是从未有过的，较为明显地显示出叶芝在对待曾经的恋人方面的态度的转变。

《库勒的野天鹅》中还有一部分诗虽然不是直接写给妻子的，但从主题和措辞看，写的是诗人结婚后的担忧：担心自己已年老，无法带给妻子足够的爱情。这些诗歌结合诗人对时光、年老年轻、智慧的哲思，而显得格外独特。

《所罗门对示巴》借《旧约·列王纪》中所罗门与示巴的典故来象征诗人和妻子①。在诗歌开头，“所罗门”吻着示巴“微黑的脸”，说自己一整天和她在同一个地方交谈，整日里谈论的都是爱这个“狭窄话题”，自己转啊转，“就像一匹老马在圈里”（叶芝结婚时已经52岁）。示巴稳坐在所罗门膝盖上，谦卑地说是“自己的思想”才是那个狭窄的马圈。在第三段诗人借所罗门之口宣称：

在这天下出生的
男人或女人没有一个
敢与我们俩较量学识，

① 所罗门（Solomon）王是古代以色列王国时期大卫王和拔士芭的儿子，是以色列历史上最富智慧和最富有的国王。他主持修建了耶路撒冷的圣殿（即“第一圣殿”），成为富有的象征（但也耗费极大财力人力物力）。示巴（Sheba）女王是古代以色列周边国家的女王，因仰慕所罗门的智慧和财富，来到耶路撒冷拜访。所罗门不仅按照示巴的要求奉还礼物，还厚意馈赠。事见《旧约·列王纪上》10章1–13节，《旧约·历代志下》9章1–12节。

而一整天来我们发现
除了爱，什么也不能把世界
变成一个狭窄的马圈。①

根据《旧约·列王纪》，所罗门被认为是以色列历史上（从某个角度来看即人类历史上）最有智慧的国王，因此无人可与其比较智慧。重要的是，与智慧相比，爱更加了不起，只有爱才能把世界“变成一个狭窄的马圈”。婚姻带来的爱，使诗人的想象力再次得以自由驰骋，只不过这样的爱带一种责任，而感叹年老的诗人担心自己能否给妻子以足够的爱、自己能否在婚姻中承担足够的责任，这种忧虑在之后的几首诗中都有表现。在《活生生的美》中，诗人担忧自己“因为灯芯和灯油都已耗尽，血液的各条渠道都已封冻”；在《一首歌》里，诗人反问：“谁又能预告心会渐渐变老？”也许靠哑铃和钝头剑的帮助青春能够延长。诗人写道只要在她（乔吉）身边，他就不会眩晕，自己也没有丧失情欲；在《一个傻子的两支歌》里，诗人展现了婚后的宁静生活：

一只花猫和一只驯兔
在我的炉边吃喝，
在那里歇宿。
二者都仅仅仰仗我
得到学问和保护，
一如我仰仗天助。②

“花猫”指的是乔吉，“驯兔”则指的是伊秀尔特。结婚后，妻子投叶芝所好，努力学习知识，尤其是秘术方面的知识，使诗人大为欣

① 叶芝：《叶芝诗集》，傅浩译，石家庄：河北教育出版社，2003，第 326 页。
② 叶芝：《叶芝诗集》，傅浩译，石家庄：河北教育出版社，2003，第 407 页。

慰。在看似宁静的生活背后，诗人不无忧虑，“心想有一天我也许会忘记她们的饮水和食粮”，又或者自己忘记关屋门。诗人在最后一段认为自己“背着一个负担”（婚姻的责任），这种负担“考验一切按规矩行事的人们”（是否能承担婚姻责任）。

从上述分析中可以看出，到写作《库勒的野天鹅》中的爱情婚姻诗歌时，叶芝从梦幻到梦醒的过程已经十分明显。叶芝从对绝望爱情的幻想到对爱情的客观回忆，再到哲理性思考婚后的爱情和责任，其诗歌中的爱情经历从感性到理性的过程。到叶芝写作《麦克尔·罗巴蒂斯与舞者》时，大部分爱情类诗歌已经从婚后最初的忧虑到感受婚姻中爱情的满足。可以说，这个时候的叶芝已经完全从爱情幻梦中惊醒了。

与《库勒的野天鹅》类似，《麦克尔·罗巴蒂斯与舞者》中的诗歌也可按主题分为三大类：爱情婚姻类，政治类，哲理类。但诗艺日臻成熟的叶芝已经将哲思运用到他各类主题的诗歌中，因此这三类诗其实是你中有我、我中有你，尤其是爱情婚姻类和哲理类，几乎难以完全区分。《麦克尔·罗巴蒂斯与舞者》于 1921 年初版，其所收诗歌大都写于 1918 年至 1920 年间[①]。此部诗集延续《库勒的野天鹅》的做法，即很少直接将某诗献给某人，也很少以直接的描写来指涉某人，而是更多地采用象征或暗指手法。因此，为便于研究起见，凡是此诗集中谈论爱情或婚姻的都归入爱情类诗，包括《麦克尔·罗巴蒂斯与舞者》《所罗门与女巫》《来自前世的一个影像》《在土星之下》《将近破晓》《为我女儿祈祷》与《拟刻于巴利里塔畔石上的铭文》。

《麦克尔·罗巴蒂斯与舞者》可以视为诗人与伊秀尔特之间的对话，而且与《乌辛漫游记》类似，是一个并不均等的对话。诗中的“他”（即麦克尔·罗巴蒂斯，也即诗人）看到祭坛上一幅画中骑士紧握长矛

① 这其中大部分诗歌作于 1918 年和 1919 年这两年。此部诗集中只有《战时冥想》一诗作于 1914 年 11 月。

向恶龙猛刺的场景[①]，便生出淑女应该将目光转向梳妆镜的看法。也就是说，淑女不应该有自己的思想，而是应该关注自己的美貌。舞者回应，难道自己不可以去上学去寻找知识？“他”反讽地说道：

去拔雅典娜的头发吧！
什么样的书本能传授一种
知识，既热情又庄重，
适合那跳动的胸部、
那健壮的大腿、那朦胧的眼睛？
但愿魔鬼把其余的都拿去。[②]

从上段可知，诗人认为美丽女子的身体是一种智慧，是一种本能的艺术，比任何书本能给的知识更要合一（unified）[③]。舞者接着反驳：难道就不许美丽女子像男子一样博学？“他”便以意大利画家保罗·维若奈斯和米开朗琪罗为例，说明身体应该被展示，身体的力量如何能够凭借超自然的力量来统领。舞者又反驳说：听说肉体中有极大的危机。“他”便以耶稣在最后的晚餐时分酒和面包的典故，反问舞者：“上帝在分酒和面包的时刻给人的是思想还是仅仅肉体？”[④]舞者只好回答说自己已经被弄糊涂。“他”进一步声称有原理可以证明自己正确，因为有拉丁文为证：有福的灵魂不是混合的，假如她们愿意摒弃各种思想，所有美女就都可能会生活在单纯的幸福之乡。舞者最后感叹学校

① 西方文化中骑士屠龙有两个有名的故事：一是古希腊神话中英雄帕修斯屠海龙救埃塞俄比亚公主的故事，一是圣乔治屠龙的故事（圣乔治因试图阻止罗马皇帝对基督徒迫害而被杀，后成为英格兰等地的神圣守护者）。根据诗中的描写，应该是第二个故事。

② 叶芝：《叶芝诗集》，傅浩译，石家庄：河北教育出版社，2003，第 420 页。

③ S. Gilbert, *The Poetry of William Butler Yeats*, New York: Monarch Press, 1965, p. 55.

④ 此处指耶稣基督在最后的晚餐上，以酒和面包象征自己的血和肉的典故（《新约·路加福音》第 22 章）。如果严格区分，“上帝”应该作“耶稣”，但如果从三位一体的角度理解，上帝和耶稣即为一。叶芝此处是故意这样写，还是因为他“糟糕的拼写”，已不得而知。

里教的又是多么不同。叶芝写此诗不无深意，诗人早年和中年为毛德·冈的美貌所打动，认为其集美与高贵于一身。但后者激进的政治运动始终为诗人所反对，诗人认为政治运动糟蹋了她们身体的天赋，她们的智力活动糟蹋了她们的真正才能[1]。诗人有感于此，便极力提醒伊秀尔特不要重蹈其母亲的“覆辙”。从叶芝与其夫人的关系来看，叶芝很“欣慰”自己的妻子学识不是那么高妙，甚至曾经写道，妻子像花猫一般仰仗自己的学识做庇护（《一个傻子的两支歌》)。

《所罗门与女巫》可以视作《所罗门对示巴》的续写。如果说《所罗门对示巴》以及《库勒的野天鹅》中的其他爱情婚姻诗还表现的是诗人担心自己年老不能给妻子足够爱情的忧虑的话，那么《所罗门与女巫》已经从忧虑变成了对爱情或婚姻的享受。所罗门与示巴之间完美的爱象征的是诗人与妻子之间完美的爱。《所罗门与女巫》还代表着一种转变,之前的诗歌中诗人对性爱的描写是遮遮掩掩或象征或暗示，到写作此诗时诗人已完全无所遮掩。例如“一只小公鸡……自一棵开花的苹果树枝头鸣啼”“灯油和灯芯烧成一体的时辰”等较为明显的象征，还有“在狂野的月亮下面，那如茵碧草之上我倒卧之处”“只有我们所卧之处压倒的草叶；月亮每分钟都变得更狂野”等直白的描写，在之前的诗歌里是极少出现的。整首诗洋溢着诗人对婚后生活的满意，之前的忧虑如今已然消失[2]。

---

① S. Gilbert, *The Poetry of William Butler Yeats*, New York: Monarch Press, 1965, p. 55.

② 值得注意的是，此诗作为诗人婚后生活的一种写照，也写出了诗人晚年的一个重要侧面：对秘术的爱好。为迎合叶芝的这种爱好，乔吉负担起“自动写作”的任务。这种现象在此诗中也有所体现，如从第五行起：

……

我突然大喊起来，用一种奇异的语言，
不是他的，也不是我的。”
　　　　　　　　那懂得
叙说、叹息、歌唱、嚎啕、大叫、哭喊、
猫叫、狗吠、驴吼、鹿鸣、鸡啼的一切含义者（按神秘的力量或上帝——笔者）
于是回答说：
……（叶芝：《叶芝诗集》，傅浩译，石家庄：河北教育出版社，2003，第 423 页。）

《来自前世的一个影像》与《在土星之下》是诗人对妻子忧虑的回应。在《来自前世的一个影像》里，“她”（乔吉）担心“夜晚带给我的那飞翔的东西”（前世的影像或古老的幽灵）会把“他”（叶芝）带走（暗示现世的毛德·冈会影响自己的生活），“她”看到一个“来自前世的情人”在那里飘荡，并把双臂扬起在头顶上，那扬起的手臂似乎是对“她”的一种轻蔑。“他”安慰爱人：

可是你为什么要突然害怕
和惊跳——我在你肩旁——[①]

诗人安慰爱人，从内心生出的影像并不可怕，那种影像只会使诗人对爱人“更添爱意”。

《在土星之下》中诗人结合占星学与回忆，同样是诗人对妻子的宽慰。在西方占星学中，土星是与性格中的抑郁有关的主星。诗人开首劝妻子不要因为自己的“郁郁不乐”就想象是某种过去的原因导致，诗人安慰妻子：

因为我怎会忘记你带来的智慧[②]，
你给予的安慰？[③]

诗人承认自己的才智是驰骋于奇思异想，但这种奇思异想已经与曾经的爱情幻梦（毛德·冈）毫无关系，而是对斯莱戈、对外祖和祖父、对儿时的回忆。诗人思想的“马儿”是被“儿时记忆所驱策”，诗人想象自己回到斯莱戈码头时，被人招呼说“二十年以后是该来的时候了”。诗人最后说自己在思索着孩提时发过的誓言：绝不离开那被他

① 叶芝：《叶芝诗集》，傅浩译，石家庄：河北教育出版社，2003，第428页。
② 指乔吉的“自动写作”为叶芝写作《幻象》提供了素材。
③ 叶芝：《叶芝诗集》，傅浩译，石家庄：河北教育出版社，2003，第429页。

的父祖称为家园的山谷。结合此诗的写作背景，可以发现叶芝不仅希望能让心有忧虑的妻子得安慰，也从侧面点出了这一时期叶芝准备写作《幻象》的情景。从诗人反复强调自己的斯莱戈情缘来看，可以认为叶芝在写作《幻象》时，古代爱尔兰文化传统应该在他的心中反复涤荡。

《将近破晓》回忆的是诗人与妻子在同一天夜里所做的梦，诗人认为如果两人或多人想的是同一个意念，那么他们见到的幻象或所做的梦就会是彼此互补的[①]。诗人所做的梦是关于童年时候珍爱的斯莱戈，那里“有一条瀑布悬挂在布尔本山边”，这些内容可以归为爱尔兰文化传统。而妻子所做的是“更为苦涩的睡梦”，梦中是亚瑟王传奇中那神奇的牡鹿，从一面山坡跳到另一面山坡。亚瑟王传奇主要出自威尔士神话传奇，而爱尔兰文化和威尔士神话都属于凯尔特传统，因此可以视为一个传统中的互补的两个方面，或者好比叶芝早年就痴迷的卡巴拉神秘体系中类似“阴阳”的互补。值得注意的是，诗人在诗的开头和结尾反复宣称是“我身边躺着的她”做的梦，也就延续了上述两首诗中安慰的主题。梦境的互补，与“自动写作”一样，显示出诗人对婚姻带来的稳定感与婚后生活的满足。

《为我女儿祈祷》是相对复杂的一首诗，其主题涉及叶芝对女性美貌与智慧的探讨、生命与智慧、理智与仇恨、肉体与灵魂等。作为稳定的婚姻的自然结果，叶芝对女儿的出生自然满怀希望。但历经风霜的他也明白世事的多变、时代的复杂、人性的多面，因此诗人以象征的写法说出对女儿的祈祷：

愿她长成一株繁茂而隐蔽的树，
她全部的思绪就可以像红雀鸟族，
没有劳形的事务，只是

① 叶芝：《叶芝诗集》，傅浩译，石家庄：河北教育出版社，2003，第444页，注释①。

四处播送着它们洪亮的鸣啼，
只是在欢乐中相互嬉逐，
只是在欢乐中你吵我争。
呵，但愿她像月桂那样长青
植根在一个可爱的永恒之处。①

这些是诗人对女儿的祈祷与期望，也是诗人对时代的祈祷与期望。写作此诗时爱尔兰正值内战时期，主张独立的爱尔兰革命武装、主张留在英国的北部力量，还有英国的军队，在爱尔兰的土地上掀起无尽的战火，诗人担心“为仇恨所壅塞才定然是最可怕的厄运”，“理智的仇恨为害最甚”。

《拟刻于巴利里塔畔石上的铭文》则是诗人对妻子的再一次宽慰。诗人在1917年初买下了一座13-14世纪时的诺曼风格的古堡及周围的农舍，将其整修后，作为避暑之用。塔堡在库勒庄园附近。当年 10 月 20 日叶芝娶乔吉为妻，之后常在古堡度假，并一度居住于此。诗人在这首短诗中明确说出是为妻子乔吉修葺的这座塔堡，诗人希望即使一切再次毁灭②，“但愿这些文字存留”。

从《在那七片树林里》到《麦克尔·罗巴蒂斯与舞者》，叶芝中期的爱情诗走过一条从沉迷于爱情幻梦到梦醒、从描写痴望爱情到抒写稳定婚姻感受的道路，从梦中到惊梦，叶芝经历了人生中的重大转折：婚姻。稳定的婚姻带来了满意的感受，也带来了新的诗歌灵感，那曾经统领一切的幻梦终于要幻化成哲思。

① 叶芝：《叶芝诗集》，傅浩译，石家庄：河北教育出版社，2003，第 455-456 页。

② 库勒庄园（Coole Park）在叶芝诗歌中直接出现达 11 次之多，是诗人心目中贵族文化的象征。库勒庄园也是爱尔兰文艺复兴的一个重要据点，重要作家叶芝、萧伯纳、辛格、奥凯西等都在此或逗留，或度假。在庄园里库勒大宅（Coole House）和签名树（Autograph Tree）最为有名（叶芝等作家都在此树上刻过自己姓名的首字母），库勒庄园附近巴利里塔堡前的古桥在内战的时候被毁坏，库勒庄园在土改运动中也是几经波折，在格雷戈里夫人去世后庄园被迫出卖，1942 年庄园里的建筑被夷为平地。

第二节 叶芝中期诗歌中的政治身份解读

如上所述，叶芝中期诗歌五部诗集中的作品主题是爱情和政治（从《库勒的野天鹅》到《麦克尔·罗巴蒂斯与舞者》已出现少量哲理诗），从两类主题诗歌的数量上来考察，爱情诗歌的数量是从多到少（《在那七片树林里》几乎全部是爱情诗，但是到《麦克尔·罗巴蒂斯与舞者》爱情诗只占很小的比例），而政治诗的比例则正好相反（《在那七片树林里》直接关乎政治或社会的诗只有几首，但到了《绿盔及其他》其比例已经占了三分之二还多）。这一数量上的比例反差反映出从19世纪末的最后几年到20世纪20年代初，叶芝越来越多地参与政治与社会活动。将叶芝这一时期政治诗做一番综合考察，可以发现1916年的“复活节起义”是一个转折点。在这之前叶芝希望以文艺复兴来推动民族运动，以文艺的推广达至对百姓的教导，反对激进、革命的暴力斗争。其诗歌虽以时事为题，但极少正面谴责。1916年之后叶芝的态度发生了较大的转变，诗人逐渐意识到仅仅依靠口头和文字宣传难以达到民族运动的目的，英国政府和军队采取的残酷压迫政策使叶芝从遵循相对保守的策略的梦中惊醒。

一、政治幻梦的惊醒——从《在那七片树林里》到《责任》

《在那七片树林里》几乎没有与时事或政治直接相关的诗，而几乎全部是清一色的爱情诗，也几乎全部与毛德·冈有关[①]，这也可以看出从1889年与毛德·冈初遇之后十余年中叶芝感情生活的主要内容。

---

① 除《在那七片树林里》（写格雷戈里夫人庄园里的树林）、《乐手们为八弦琴和他们自己祈福》（谣曲）与《快乐的乡镇》（谣曲）之外。

但也有几首诗歌间接提到时事，也提到自己日趋参与其中的剧院事务，这些可以归为广义上的政治诗。

《在那七片树林里》赞美恩主（patroness）府邸园林的宁静之美，诗人在开头写自己听见“七片树林里的野鸽，造出隐隐雷声，花园里的蜜蜂在菩提树花丛中低吟”，这些使诗人能抛开“使心变空虚的徒劳的哭喊和旧日的苦痛”：

……我暂时忘却了
被根绝了的塔拉，以及王位上的
新凡庸和大街上四处的叫喊，
一根根柱子上悬挂的纸花，
因为万物中唯有它是快乐的。[①]

塔拉是一座山的名字，位于爱尔兰东部的米阿斯郡（County Meath），附近即是有名的博因河（River Boyne）。此处一说是古代爱尔兰“尤伊内尔王朝历代君王加冕之地和王国首都所在地”[②]，一说此处更多的是象征意义，历代高王在此加冕，并无实际政治作用[③]。无论如何，塔拉代表了爱尔兰传统。而“四处的叫喊”和“一根根柱子上悬挂的纸花”是为了庆祝英国国王爱德华七世的加冕，显然与英国有关。从“被根绝了的塔拉”（Tara uprooted）来看，诗人感受到爱尔兰传统的被遗忘。从“凡庸”（new commonness）和“四处”等词汇来看，诗人对国王加冕是讽刺的态度。虽然环境如此宁静，诗人只是暂时忘记了塔拉和叫喊，可以理解为如果不在这片树林里，或者说在平时诗人还是无法忘记它们的。

《亚当所受的诅咒》不能算严格的政治诗，但叶芝在此诗中表达了

① 叶芝：《叶芝诗集》，傅浩译，石家庄：河北教育出版社，2003，第 173 页。
② 叶芝：《叶芝诗集》，傅浩译，石家庄：河北教育出版社，2003，第 173 页注释②。
③ http://www.thefullwiki.org/Tara,_Ireland.

自己对所从事事业（文艺创作）的看法：

因为连缀妙音绝响的工作要比
这些[①]都困难，却还要被
聒噪的钱商、教员和牧师之辈——
殉道者所谓的世俗之人——
认作是游手好闲。[②]

显然，“连缀妙音绝响的工作”指的是诗人自己的诗歌创作，诗人意识到了自己的工作不被那些“世俗之人”认可，就连教员和牧师都是“聒噪”的。但即使如此，诗人依然肯定自己的工作是连缀“妙音绝响”（to articulate sweet sounds together），绝非凡夫俗子的工作可比。

《红发罕拉汉关于爱尔兰的歌》与叶芝早年创作的短篇小说中虚构的人物和戏剧中的人物有关。红发罕拉汉是叶芝虚构的，凯瑟琳则是叶芝根据民间传说进行的重构，而且多以其指代或象征爱尔兰。这首诗延续早期诗歌中的一些主题，即希望爱尔兰子民能鼓起勇气，与“酷烈黑风”、狂风和霹雳、黏糊糊的风（象征英国的统治）搏斗，要像“胡里汉的女儿凯瑟琳”那样。

与《在那七片树林里》比较，《绿盔及其他》中的政治诗数量大为增加，比例占将近一半，而且大多直接以时事为题。

1902 年，叶芝与毛德 · 冈、道格拉斯 · 海德、乔治 · 拉塞尔等人成立爱尔兰民族戏剧社，叶芝担任社长。经过筹备，1904 年，阿贝剧院成立，叶芝担任经理与舞台监督。1906 年，民族戏剧社改制为有限公司，叶芝与好友格雷戈里夫人、辛格等被提名为董事。这一系列的事件标志着这一时期叶芝在剧院及相关事务方面的繁忙。这些事务不

① 指上文出现的佣人、乞丐等。

② 叶芝：《叶芝诗集》，傅浩译，石家庄：河北教育出版社，2003，第 182-183 页。

仅涉及具体的管理，还涉及心理承受等（在《西部浪子》事件中为辛格的极力辩护即为一例），为此到1910年时叶芝感觉心力交瘁，并于当年辞去剧院经理职务。对剧院管理带来的身心疲惫，叶芝在《对困难之事的强烈爱好》中表达得淋漓尽致：

……我诅咒
那些必须以五十种方式排演的戏剧，
诅咒整天与每个无赖和白痴进行的争吵，
剧院的事务，人员的辖管。
我发誓在黎明再度转回之前
我将找到那马厩，把门闩拉掉。[①]

诗人直白地将不能理解艺术的观众称为“无赖和白痴”（knave and dolt），可见诗人心中的埋怨。诗人希望找到古希腊神话中飞马帕伽索斯的马厩，将门打开，放开飞马，也就意味着释放自己的创造力，因为帕伽索斯的马蹄所踏之处泉水涌出，诗人饮了它就可获得写作的灵感。即便如此，文章的题目不可忽视，因为诗人虽然表现出对烦琐事务的极度厌倦，但对困难之事是有着“强烈爱好”的。这也表现了诗人一个方面的“梦醒”：诗人力图诊治年轻时的梦幻无知，征服公众生活中的困难之事，就会有更多的现实关怀[②]。

《听说我们的新大学的学生参加了反对不道德文学的骚动》（以下简称《听说》）以及之后的几首诗在形式上都为短诗，但都与时事直接相关，这也是叶芝在诗中直接抒写政治时事的开始。《听说》表现了诗人的矛盾态度，诗人反对青年学生参加骚动，认为他们“无所顾忌”（reckless），但也认为反对不道德文学这件事值得肯定，诗人说“除了这里，哪里，哪里有真理和尊严（pride and truth）。《致一位诗人，他

① 叶芝：《叶芝诗集》，傅浩译，石家庄：河北教育出版社，2003，第214-215页。

② S. Gilbert, *The Poetry of William Butler Yeats*, New York: Monarch Press, 1965, p. 37.

想让我赞扬某些模仿他和我的坏诗人》(以下简称《致一位诗人》)表现出强烈的爱憎态度：

> 你说，正如我曾经常常出借舌头
> 赞扬别的人所说或所唱的东西，
> 赞扬这些人的仿制品也算是明智；
> 但可曾有赞扬它身上跳蚤的狗？[①]

这“一位诗人”指乔治·拉塞尔，诗人并不反对模仿，但觉得模仿他和好友的那些诗人都不能写出好的诗歌，好比狗身上的跳蚤。《在艾贝剧院》是这种情绪的延续。诗人感慨自己与同道“用普通事物创造我们的艺术”，却被“成百上千的人又那么无情地嘲弄”。诗人希望能获得好友兼爱尔兰民族运动领袖之一道格拉斯·海德的指点，传授给自己一种“新的讨好的伎俩”，好让自己找到一副笼头来罩住“这位普洛透斯神”(即剧院观众，上文所说那成百上千的人，据叶芝看来，他们喜欢看戏，却又对戏剧挑三拣四、横竖批评)。诗人最后写道，就算“他们嘲笑我们”，其实“我们又报以嘲笑”，也就意味着诗人嘲笑“他们”不懂什么是真正的艺术。这一点也体现出诗人经常思考且日益成熟的一个观点，即文艺到底应该由谁来创造，在叶芝看来，文艺最好从艺术家，尤其是贵族艺术家那里产生。

《关于一幢被土改运动摇撼的房子》(以下简称《关于》)以格雷戈里夫人的库勒庄园受土改运动的牵连为背景，表达了与剧院事务有关的几首诗中表达的观点，即贵族社会(以庄园为象征)中才能产生好的文艺。诗人开首言明“这幢房子”融激情与精确为一体(passion and precision),其结构是“从最好的编结到最好的编结”(the best knit to the best)，假如这样一幢房子受到威胁，变得颓败，那么“这世界又怎会

① 叶芝：《叶芝诗集》，傅浩译，石家庄：河北教育出版社，2003，第219页。

更幸运？”房子中的那些栋梁是“统治人们的天赋神赐”，而时光的最后的礼物，是一篇“以大笑、愉悦和安闲构成的书面讲话”（象征文艺）。《这些是云翳》是对格雷戈里夫人在经历土改之后的安慰。诗人称“弱者（百姓）攫夺强者（贵族）创造的成果”以及“和谐（库勒庄园的象征）之后紧跟着的不和谐（土改运动）”都是落日周围的云翳。诗人进一步声称假如朋友（格雷戈里夫人）在“跑完伟大的赛程”之后，碰到这些事情，朋友反而“因此与伟大结成了伴侣”。《在戈尔韦赛马会上》则是对《关于》一诗主题的进一步说明。诗人开首写道在赛马场，同样的嗜好使得众人的心意相同，但各人的角色有别：有奔驰的骏马上的骑手，有围拢来的群众，但这些群众又各有不同：

我们曾经也拥有嘉宾，
作品的聆听者和鼓励者；
对，有骑手们做良朋，
在商贾和职员对这世界
呼出怯懦的气息之前。[①]

显然，这里存在着两个世界或两个阶层，“商贾和职员”代表着中产阶级或芸芸众生，“骑手”和“嘉宾”代表着贵族。“商贾和职员”呼出的是“怯懦的气息”，而“嘉宾”能倾听和鼓励作品（即文艺），“骑手”则更有勇气，他们有使“众生狂野”的力量，能把整个大地的曲调改变。显然，诗人认为文艺只能出自优雅的嘉宾和勇敢的骑手，即贵族阶层。

《凡事都能诱使我》里直接提到了诗人的政治生活，诗人认为自己心力不定，凡事都能使他无法专心文艺创作，在这些影响他的因素中，政治是一个重要的方面：

① 叶芝：《叶芝诗集》，傅浩译，石家庄：河北教育出版社，2003，第 227 页。

凡事都能诱使我抛开这诗歌艺术：
从前是一女人的脸，或更其不如——
我那傻瓜治理的国土貌似的需要；
如今什么也不比这已习惯的辛劳
来得更得心应手。[①]

如上文所指出的，“傻瓜治理的国土貌似的需要”指的是诗人日益参与的社会政治活动，“已习惯的辛劳”指的是繁杂的剧院事务管理。的确，到1910年左右，叶芝不仅在剧院事务上倾尽心力，也因为自己在爱尔兰文艺复兴运动中的角色以及与欧李尔瑞、海德等人的联系而在政治活动中日益活跃。即使诗人每每提醒自己不要为俗务所羁绊，应该追随激发诗歌灵感的神马，但往往又鼓励自己要能够战胜公众生活中的困难之事。诗人时常告诫读者、观众要保持艺术与政治的距离，但假如毛德·冈因事系狱，叶芝又不得不多方奔走为其保释。

从沉迷于无望的爱的梦幻到逐渐参与政治，20世纪前10年的叶芝诗歌也反映了这一现实。这一时期的这些政治诗虽然有的已经直接涉及政治事件，但其态度依然与其早期诗歌一致，即应该通过文艺复兴来推动民族运动，不应该使用武力或暴力斗争的方式，应当通过由贵族主导生发的文化来教导如“商贾和职员”般的群体。在写作《责任》诗集中的诗作时，叶芝不仅直接以时事为题，更是在这一类型的诗歌里做责任的探讨，包括诗人自己的责任，在态度上显出了“觉醒”的转变，即诗人已慢慢认同贵族和普通群众在某些方面的平等，即使是处于社会底层的乞丐也是这样。

《致一位富人，他答应给都柏林市立美术馆第二次捐款，如果证明人民想要绘画的话》（以下简称《致一位富人》）以轰动一时的事件为背景，写诗人对“无知群众”的失望。诗人毫不客气地将那些拒绝艺

① 叶芝：《叶芝诗集》，傅浩译，石家庄：河北教育出版社，2003，第230页。

术的粗俗群众蔑称为“白丁和鄙弟”（Paudeen and Biddy），除非他们哪一天意识到艺术的重要性（也即“这位富人”捐款购买绘画的行为）：

投下你的金币之前，证实
可以骄傲地献出的东西
正是这盲目而无知的城市
想象中最能使之繁荣的东西。①

“盲目而无知的城市”显然指都柏林，能够使之繁荣的东西指的当然就是以绘画为代表的艺术。接着诗人举文艺复兴时期意大利多位艺术赞助人为例，他们所赞助的艺术家或是“为意大利喜剧做了示范”，或是创建了“那教授礼仪的语法学校供才子佳人学艺”，或是通过学习古希腊文明“在以和平为目的的艺术里，在逻辑和自然法则里汲取乐趣”。诗人最后说“让白丁们去玩掷钱的游戏”，他们不要艺术的捐赠，只能是他们的损失。诗人请“这位富人”仰望太阳的眼睛，给出“令狂喜的心叫好称善的东西”，那样就会在某个新的日子里孕育出精英（the best）。

《1913年9月》延续《致一位富人》中的探讨。1912年底、1913年初都柏林就是否建立美术馆、是否加大对艺术的捐赠有过广泛的争议，当时有大量的信件被发表来反对美术馆，叶芝读到这些信件时痛心疾首，认为“爱尔兰的浪漫史”已经消失，这一事件也成为叶芝经常提到的影响自己的想象力的三大事件之一②。在此诗开头，诗人直接谴责庸俗的市民：

清醒过来之后，你们需要什么，

① 叶芝：《叶芝诗集》，傅浩译，石家庄：河北教育出版社，2003，第247页。

② 叶芝：《叶芝诗集》，傅浩译，石家庄：河北教育出版社，2003，第246页注释①和第250页注释①。

除了在油腻的钱柜里摸索，
给一个便士再加上半个便士，
给颤声的祷告再加上祷告，直到
你们把骨头里的精髓榨干；
因为人们生来就是为祈祷和攒钱：①

与这些庸俗之人相对的是那些为了爱尔兰革命而奋斗的人，那些历史上为爱尔兰独立而献身的前辈，那些勇敢者的疯狂行动（all that delirium of the brave）。这种强烈的对比使诗人在每一段的结尾重复发出沉重的感叹：

浪漫的爱尔兰已死亡消逝，
随欧李尔瑞一起在坟墓中。②

《致一位徒劳无功的朋友》是对格雷戈里夫人的安慰。与上述两首诗一样，此诗的写作背景依然是1903年开始的关于都柏林美术馆的争议。当年格雷戈里夫人的外甥休·雷恩爵士决定将自己收藏的一批法国近代绘画捐赠给都柏林市，条件是都柏林建立一座美术馆将其永久性收藏。但由于设计者的问题和资金不足，此事遭到民族主义者的反对，从而引发长达十余年的争议。在此期间，格雷戈里夫人多方奔走，却收效甚微，甚至遭到反对此事的民族主义者的人身攻击。诗人称朋友出身高贵，何必与那种人物费口舌之争，为艺术的奋斗（一如叶芝本人）是一件“比争战更难之事”，是“万事中这是最困难的一件”。

《聘任》一诗也与休·雷恩爵士有关，背景则是诗人有感于爱尔兰政府没有聘任曾经愿意捐献绘画的雷恩爵士为都柏林国立博物馆馆长一事。显然，爵士在诗人那里是艺术的指代，而不聘任他的政府好比

① 叶芝：《叶芝诗集》，傅浩译，石家庄：河北教育出版社，2003，第250页。
② 叶芝：《叶芝诗集》，傅浩译，石家庄：河北教育出版社，2003，第250-252页。

不懂艺术的“白丁”，诗人为此“感到心灰意冷”。诗人接着赞美那位没有被政府聘任的高士：

驯顺的意志，羞怯的大脑，
眉头的紧锁都孕育不了
那强悍的牙齿和清洁的肢体，
无法把它攀上高枝去大笑；①

《白丁》中诗人以戏谑并带贬义地的方式来称呼那些“无知的群体”，诗人“愤激于那愚蠢的头脑”，愤激于那店铺里“老白丁的暧昧怨恨”。曾经徘徊、盲目蹒跚的诗人后来突然间想到：

在这寂寞高处，一切都在上帝眼中，
我们的声音的嘈杂被忘却，绝不会
有一个缺乏水晶般美妙叫声的魂灵。②

至此，诗人虽然依然愤激于“白丁”的无知和只知“攒钱”，但意识到自己所代表的声音不会被忘却，依然会有一种水晶般美妙叫声（优雅高尚的文艺）的存在。值得注意的是，除此之外，诗人引入上帝的维度宣称自己的声音不会被忘却，也就为后来诗人态度上的转变埋下了伏笔，即在上帝面前无论贵族也好还是大众也罢应该是平等的。

《致一个幽魂》是有关近代爱尔兰争取民族自治的伟大领袖帕内尔的一篇诗作。与激进的革命民族主义者相比，帕内尔认为在当时的情况下民族自治是最好的选择，其领导的爱尔兰议会党在英国议会中发

---

① 叶芝：《叶芝诗集》，傅浩译，石家庄：河北教育出版社，2003，第 295 页。如上文所述，《责任》中的诗歌并不以写作年代的先后来排序，反而基本按写作年代由后至先来排序，因此《聘任》一诗写于 1908 年，却被排到了诗集中较为靠后的位置。

② 叶芝：《叶芝诗集》，傅浩译，石家庄：河北教育出版社，2003，第 255 页。

挥了重要的作用，其民族自治的主张和其贵族的身份是叶芝对其认同的重要原因。诗人想象帕内尔的幽魂重游故城（都柏林），在那里瞻仰纪念碑（为帕内尔而建），在日暮时带着更快乐的情绪来“啜饮那来自海上的咸腥的气息”，或者当人声安静时，看那灰色的海鸥飞舞。当看完这些时，幽魂就可以满足然后重新逝去，因为“他们仍在玩弄故伎”（指帕内尔的反对者）。诗人接着写道，与帕内尔一样热心为公的男子（指休·雷恩爵士）曾双手满捧能够给子孙更为美好的感情的东西（指捐赠绘画与建美术馆之事），却遭遇污蔑和攻击：

他的辛苦换来了成堆的污蔑，
他的慷慨换来了成堆的羞耻；
你的敌人，一张老臭嘴，唆使了群狗
去撕咬他。①

《论那些仇恨〈西部浪子〉（1907）的人》延续诗人对艺术与大众关系的探讨，诗人认为那些无知的大众既羡慕艺术，但又对艺术的欣赏无知，他们就像诗人友人绘画中的“阉人”一样：

在每一条拥挤的街道上凝视
骑马经过的伟大的胡安：
甚至像这些人一样又咒骂又淌汗，
一边盯着他肌肉发达的大腿看。②

在诗集《责任》中，《三个乞丐》《乞丐对着乞丐喊》《奔向乐园》《黎明前的时刻》被称为乞丐组诗。这组诗明显地体现了诗人在态度上的变化，即在上帝面前人人平等，无论是贵族阶层还是社会底层的人

① 叶芝：《叶芝诗集》，傅浩译，石家庄：河北教育出版社，2003，第257页。
② 叶芝：《叶芝诗集》，傅浩译，石家庄：河北教育出版社，2003，第259页。

物。

《三个乞丐》虽属于乞丐组诗，但主题还是延续之前的态度，即贵族和大众之间的区别甚至是对立。但此诗的重要意义在于诗人第一次以社会底层人物为写作对象，这在之前的诗歌中是未曾出现过的，这至少反映出诗人关注的社会层面越来越宽广（之后叶芝还写过其他底层人物如疯子等，如有名的疯姑娘珍妮组诗）。这首诗的写法类似我国古诗文中“兴”的手法，即以所咏之物引起他物。诗歌以一只自清晨便站在水中觅食的“郭特的老鹭鸶”开头，写它只看见水中到处游动的是垃圾，没有合适的鱼儿供其饱腹，它哼哼唧唧说“费尽力气却以小杂鱼为生？”。接着就引出古爱尔兰历史上的奎尔王（郭特的老鹭鸶），在宫殿的御河边问三个老乞丐（小杂鱼），说既然你们到处流浪，必然见多识广，能回答以下疑问：

人们是欲求愈少所得愈多，
还是欲求愈多所得愈多？①

奎尔王接着说，如果你们当中谁在第三天正午之前第一个睡着便能得到一千镑。于是三个乞丐便互相争论不休，一个想象要是自己赢了就找一个漂亮姑娘与自己同床，另一个说要学一门技术，马上又反悔说要当个农场主才能体面，而第三个说要到赛马场去坐到绅士先生之间，把钱押在一匹马身上。诗人称这些是“妄自尊大与游手好闲共同生出的乞丐的非分幻想”。他们又大叫大嚷，互相撕扯，都意图使其他两人睡不着。就这样，当第三天国王宣布时间到了的时候，三个乞丐同时一起跌倒在地上，打起了鼾。诗的最后，鹭鸶说，终于安静了，也许可以在水中找到“一条鳟鱼”（显然是优雅富足的象征，与乞丐相对照）。但诗的最后一句话值得玩味：只要我显得满不在乎（but I do not

① 叶芝：《叶芝诗集》，傅浩译，石家庄：河北教育出版社，2003，第 261 页。

seem to care)。诗人似乎在暗示，作为统治者(无论是国王还是鹭鸶)，不在乎占多数的大众(乞丐或小杂鱼)是不对的，忽视他们也不一定能找到那条“鳟鱼”(中产阶级的拥护)。

《乞丐对着乞丐喊》已经体现了较为显明的平等态度。在诗中一个乞丐对着另一个乞丐喊道，希望自己能脱离人世去找到健康，能得到一个称心如意的“老婆和房子”，能赶走“两腿之间更恶的魔鬼”(性欲)，但乞丐期望娶的漂亮女孩不必太漂亮，也不必太富有：

“……因为富人
累于财产犹如乞丐瘙痒难忍，”
……
“不可能有风趣谈吐令人欢欣。”[①]

显然，乞丐期待的是一个富人不必累于财产，乞丐也不必瘙痒难忍的平等世界，如果有那样一个世界，诗人最后感慨：

“在那里我将变得悠闲且可敬，
在花园中夜晚的宁静里倾听”
……
“北极黑雁御风飞行的击翅声。”[②]

《奔向乐园》表达了诗人鲜明的平等观念。诗歌以模拟一位乞丐的口吻来叙述。开头一段便暗示诗中的“我”是一位乞丐：他们往我帽子里扔进半便士，有人把手伸进碟子扔给我一小块腌鱼。但“我”反复宣称自己正奔向乐园，因为自己心中充满了希冀，在乐园里“国王不过像乞丐一样”。在第二段，诗人将乞丐的生活与他的“兄弟穆尔廷”

① 叶芝：《叶芝诗集》，傅浩译，石家庄：河北教育出版社，2003，第267页。
② 叶芝：《叶芝诗集》，傅浩译，石家庄：河北教育出版社，2003，第267页。

的生活做了对照：穆尔廷有枪有狗，有女佣有男仆，但他因忙于这些而已经疲惫不堪。而乞丐却是自由自在的，“正奔向乐园”。第三段表达了历史循环的观点，现世中“穷人变成了富人，富人又变成了穷人”，上学时还光着脚丫子的才子如今“用金钱填满了旧袜子”，无论历史如何循环往复，“而我正奔向乐园”。在最后一段，诗人想象“我”必须兼程赶路，也希望能遇见一位志同道合的友伴：

风已衰老但仍在嬉逐，
而我必须兼程赶路，
因为我正奔向乐园；
可是我从未遇见一个友伴
把我的幻想当作风一般，
没有人能够购买或裹卷：
在那里国王不过像乞丐一样。[①]

《黎明前的时刻》是乞丐组诗中的最后一首。诗歌借爱尔兰神话为背景，写一位“面相喜幸骂骂咧咧的无赖”，一根拐杖上拴着一捆褴褛的破衣，来到神话传说中的岩洞，看到一位“醉脸酡红”的高大少年，打着鼾。乞丐便和少年就岩洞中的酒桶中的酒进行一番鉴赏的对话，少年嘲笑乞丐喜欢的一切，“好像它们不值得一做”，但乞丐反驳，“如果好风吹起在复活节，我就会过得足够快活”。少年在对乞丐的喜好又嘲笑一番后，舀起桶中的酒喝完，打个哈欠，又睡着了。乞丐于是大叫：

你想要夺去
我生活中各种令人愉快的想法

① 叶芝：《叶芝诗集》，傅浩译，石家庄：河北教育出版社，2003，第 269 页。

和每一件令人安慰的事情，
那就叫你尝尝这个这个。[①]

“尝尝这个”指后来乞丐将酣睡中的少年饱揍了一顿，只不过对方已经根本不知或无动于衷。诗歌最后，乞丐逃离了那个岩洞，从“梅娃和那整个耍弄人的平原那里逃走”，在这个时候，“云朵随着黎明的到来而渐渐明亮起来”。显然，嘲笑乞丐的少年是神话中睡眠的象征，是那种使人忘却、坠入梦境的力量。从另一个角度讲，少年作为神话中女王梅娃的儿子，也象征着传统文化，乞丐的被嘲笑代表了传统的态度。诗人借乞丐之口表达了即使是乞丐也有自己的权利和乐事，有“各种令人愉快的想法”和“令人安慰的事情”，从而表达了与之前几首诗相一致的观点。

如上所述，从《在那七片树林里》到《责任》，叶芝的政治诗反映了诗人从漠不关心到逐渐参与，再到直面描写（包括底层人物）的历程。总的而言，这是一个逐渐觉醒的过程，或者说是“惊梦”之前的一个时期。这一时期，诗人在政治态度上尚未发生根本性的转变，依然希望由贵族引导的文化来实现对大众的教导，文艺复兴应当是民族复兴的主要方式，而不是武力斗争。可以谴责社会的不公，应该提倡人与人之间的平等。总而言之，这时的叶芝还是一种保守的态度，尤其是在英国和爱尔兰的关系方面，民族自治或温和的政策是诗人所拥护的。但到了写作《库勒的野天鹅》时，这种态度发生了转变，诗人谴责英国政府和军队对起义的残酷镇压，诗人也在反思文艺在民族运动中的具体作用。而导致这种改变的直接导火索就是第一次世界大战和 1916 年的“复活节起义”。

① 叶芝:《叶芝诗集》，傅浩译，石家庄：河北教育出版社，2003，第 276 页。

二、梦醒到哲思——从《麦克尔·罗巴蒂斯与舞者》到《库勒的野天鹅》

在诗歌排序上，学界通行的做法是将《库勒的野天鹅》排在《麦克尔·罗巴蒂斯与舞者》之前[①]。但是就时事政治诗的分析而言，本书将先分析《麦克尔·罗巴蒂斯与舞者》中的政治诗，之后再分析《库勒的野天鹅》中的同类诗。原因在于在写作时间上，《麦克尔·罗巴蒂斯与舞者》中的政治诗（写于1916年复活节起义的当年或之后两年）早于《库勒的野天鹅》中的同类诗（写于1918年或1919年）。而政治时事诗的重要特性之一就在于在时效性，诗人的态度也就在按时间先后写就的诗歌中一一得以展现。

《麦克尔·罗巴蒂斯与舞者》中的政治诗（5首）大都写于1916年的复活节起义之后的数月间，成为诗人在态度上转变的集中写照。

《1916年复活节》写于当年的9月。在诗歌开头，诗人回忆那些参加起义者曾经与自己一样是普通人，他们甚至曾经在一个办公室工作，彼此擦肩而过时，或点点头，或谈些无意义的闲话，或出于礼貌而偶尔盘桓几句。而话未说完，诗人就想起一个讽刺故事或趣闻，就跑到俱乐部告诉自己的好友（指诗人俱乐部）。但如今：

一切变了，彻底变了：
一个可怕的美诞生了。[②]

复活节起义中激烈的战斗（叶芝曾经极力反对暴力形式）导致的牺牲，是一种英雄般的悲壮，产生了一种“可怕的美”。接着诗人逐一描写参与起义的部分领袖，如女军官康斯坦丝·郭尔-布斯、共和兄弟

① 参见 W. B. Yeats, *The Collected Poems of W. B. Yeats*, ed. by Richard J. Finneran, New York: Simon & Schuster Inc., 1996, 以及叶芝：《叶芝诗集》，傅浩译，石家庄：河北教育出版社，2003。

② 叶芝：《叶芝诗集》，傅浩译，石家庄：河北教育出版社，2003，第432页。

会主席帕特里克·皮尔斯等。最能说明诗人态度上转变的是他对约翰·麦克布莱德的描写：

我所想到的这另一个人
是个虚荣粗鄙的醉鬼。
他曾经对我贴心的人儿
做过极端刻薄的事情，
而我在歌里仍把他提起；
他也辞去了在那即兴
戏剧中他所扮演的角色；
在轮到他时也改变了，
他已被彻底地改弦易辙：
一个可怕的美诞生了。[①]

即使是诗人曾经多么厌恶的对象（毛德·冈于 1903 年嫁给约翰·麦克布莱德），但参加起义的勇气和就义时的悲壮使诗人折服。也许“他们”在之前是平庸，甚至是“虚荣粗鄙”的，但起义改变了他们，也改变了诗人的态度。诗人在最后一段感慨，如果牺牲和奉献太长太久，心灵就会变成顽石，那什么时候才算个够？或许英国“可能守信义”（指英国国会 1914 年通过的爱尔兰自治法案，由于这次起义有人担心英国变卦），但诗人呼吁我们知道他们（英国）梦过且已死就足矣，或许更重要的是要知道自己的梦寐。诗人最后重复声称：

我把一切用诗写出来——
麦克多纳和麦克布莱德，
康诺利和皮尔斯之辈，

① 叶芝：《叶芝诗集》，傅浩译，石家庄：河北教育出版社，2003，第 433 页。

无论是现在还是在将来，
只要有地方佩带绿色，[①]
他们都会变，变得彻底：
一个可怕的美诞生了。[②]

如果说“可怕的美”是诗人对起义产生的综合性观感，那么《十六个死者》则关注的是起义的细节。这首诗描写了一个与复活节起义有关的一个事件。起义后，爱尔兰国内掀起一个反对英国的热潮，原来持温和保守态度的人也转而支持武装斗争。因此有人趁这个时机偷偷从德国运输武器到爱尔兰，以装备爱尔兰国内争取独立的武装，甚至希望通过德国的帮助来实现爱尔兰的独立，此事被泄露，主事者被英国政府枪决。诗人在第一段写道，在“十六个人被枪毙之前”[③]，大家都在争嚷、对时势各抒己见，诗人反问：与起义者相比，谁又能谈论给予与夺取？在第二段诗人写道，如今“皮尔斯已又聋又哑”（被枪决），谁比他更有资格来辩说，是不是应当使国土平静，待到德意志的征服（指借助德国的力量来实现爱尔兰独立）？诗人在最后一段引出1789年起义两位领袖爱德华勋爵和沃尔夫·透呐的典故来告诫那些只会用一只耳朵去倾听的人。整首诗表达的是言语在行动面前的苍白，就爱尔兰而言，“停火、消极接受、和解已不再可能”[④]。诗人似乎已经从之前的反对暴力到认识到暴力的不可避免。

《玫瑰树》以复活节起义中两位领袖皮尔斯和康诺利的对话为形式，以象征的手法来对时事发表看法。在第一段中，皮尔斯对康诺利

① 绿色是爱尔兰人最喜欢的颜色。1798 年爱尔兰争取独立的起义失败之后，出现了歌颂这一起义的歌曲如《佩带绿色》《我的披风上的绿色》等。见叶芝：《叶芝诗集》，傅浩译，石家庄：河北教育出版社，2003，第 435 页注释③。

② 叶芝：《叶芝诗集》，傅浩译，石家庄：河北教育出版社，2003，第 435-436 页。

③ “复活节起义”中被枪决的起义领袖共 15 人，叶芝在这里把偷运武器至爱尔兰、事情败露被枪决的罗杰·凯斯门特爵士也加上。

④ S. Gilbert, *The Poetry of William Butler Yeats*, New York: Monarch Press, 1965, p. 56-57.

说“也许一句花言巧语”，或者一阵“从苦涩的海上吹过”的风，就能“使我们的玫瑰凋落”（象征爱尔兰）。康诺利回答，“玫瑰树”只要被浇灌，绿色就可以重新绽放，“向四面八方蔓延”，花蕾中绽放出花瓣，这样玫瑰就能成为花园中的“奇艳”。最后一段，诗人借皮尔斯的回答表明了自己的观点：

“可是水井都已干涸，”
皮尔斯对康诺利说，
“我们在哪儿能打到水？
哦，再也明显不过，
什么也无法造就真正的玫瑰树，
除了用我们自己鲜红的血。”[①]

在最后一句，诗人以象征的手法表达为了民族独立和复兴有必要采取暴力斗争的观点，这种观点与之前诗人的态度是完全不同的（参照他营救毛德·冈和为辛格辩护两个典型的反对暴力的事件）。

虽然“复活节起义”对叶芝影响巨大，使其发生了从反对暴力到肯定暴力斗争必要性的转折，但在女性是否应该积极参加政治活动一事上叶芝还是表达了较为一致的观点，即美貌的女子不应该破坏天赋的容貌，尤其是不应该参加政治和社会活动。《1916 年复活节》一方面赞美了参加起义的爱尔兰英雄儿女，但另一方面在态度上诗人对参加起义的女军官郭尔-布斯仍然持上述态度：

那个女人的白昼都耗费
在无知的良好意愿里，
在夜晚则与人辩论争执

① 叶芝：《叶芝诗集》，傅浩译，石家庄：河北教育出版社，2003，第 440 页。

直到她嗓音变得尖厉。[①]

即使诗人承认布斯所从事的事业是一种“良好意愿”，但他还是认为她那样做是浪费光阴，而且“与人辩论……嗓音变得尖厉”就失去了那种天赋的美貌。

诗人对布斯的这种态度继续在《关于一名政治犯》中有所体现。郭尔-布斯是诗人少年时在斯莱戈就认识的一位美貌女子，诗人回忆多年前看见过她骑马“经布尔本山下去会猎”，那时的她已“出落得甜美皎洁，好像山育海生的鸥鸟”，美丽的乡间少女打动了少年诗人的心。后来布斯嫁给马尔凯维奇伯爵，成为伯爵夫人，积极参与民族运动，在1916年“复活节起义”中成为女军官，起义失败被捕。诗人感慨：

抚摸着那孤独的翅膀，
她可曾忆起往昔岁月，
在心灵变得苦涩抽象，
思想变成了公敌之前：
群盲和群盲的领导者
躺在臭水沟里喝得欢？[②]

诗人对以布斯为代表的女性持一种不应该积极参与政治活动的态度，但还是将她们与“群盲和群盲的领导者”区分开。布斯等是真正为民族运动而舍生取义，加上她们本人或多或少的贵族身份（郭尔-布斯是伯爵夫人，毛德·冈嫁的也是贵族之家），叶芝欣赏的是这些人的行为。诗人嗤之以鼻的是以莫菲为代表的“群盲的领导者”，他们只不过借媒介的便利肆意攻击。这一类的形象在接下来的诗作《群众领袖》中有着更为淋漓尽致的描写：

① 叶芝：《叶芝诗集》，傅浩译，石家庄：河北教育出版社，2003，第432页。
② 叶芝：《叶芝诗集》，傅浩译，石家庄：河北教育出版社，2003，第441-442页。

为了保持他们的确定，他们必须谴责
出于低下的意图而表示异议的一切人；
摧毁拉倒已树立的荣耀；寻找捕捉
他们狂放的幻想所发明的一切新闻，
并且压低声气把它悄悄传说，好似
拥挤不堪的贫民窟曾经是赫利孔，
或者诽谤曾经是歌曲。
……[①]

这一类的“群众领袖”只会“摧毁拉倒已树立的荣耀”（此诗作于1918年，似乎指这类人对复活节起义意义的否定），不能够像起义者那样以行动来为民族复兴做贡献，而只捕风捉影，传播不可靠的消息（莫菲就是两家新闻报纸的总裁）。这类人使得“诽谤曾经是歌曲”（指莫菲等人对格雷戈里夫人的攻击），与诗人心目中真正的民族主义英雄（如欧李尔瑞、皮尔斯等）有着天壤之别。

如上所述，《库勒的野天鹅》中的时事政治诗其写作时间在《麦克尔·罗巴蒂斯与舞者》之后。就《库勒的野天鹅》本身而言，其诗歌的排序也不是其他诗集中按写作时间先后的做法，而是相反地将写作时间靠后的诗歌放在前面。因此对这部诗集中政治类诗歌的分析将按照诗歌写作时间的先后而定，而不是排序的先后。

《有人求作战争诗有感》写于1915年2月，即第一次世界大战爆发的第二年，此诗于1916年第一次发表时的标题为《保持缄默的理由》。此诗是诗人有感于一次朋友请他在一份致中立国的宣言上签名一事，诗歌较短，却集中体现了作者的态度：

我想在这样的时代里最好

① 叶芝：《叶芝诗集》，傅浩译，石家庄：河北教育出版社，2003，第443页。

让诗人缄默，因为事实上
我们没有天赋以纠正政客；
管够了闲事的他只会讨好
一个青春慵懒的年轻女郎，
或一个寒冬之夜里的老爹。[①]

显然，诗人认为在战争的年代里，以诗人为代表的文艺人士最好不要发言或参与活动，因为他们没法“纠正政客”，也即诗人强调的“诗歌使什么都不会发生”。这一点与之前诗人的态度相一致，即文艺与政治应当保持一定的距离，文艺人士不应该过分参与政治（从某个角度而言，毛德·冈属于文艺人士）。当然，此诗也表达了诗人对政客（statesman）的看法：政客们只会管闲事，无事之余就行无聊之举向“青春慵懒的年轻女郎”献媚。最后一句颇为费解，或者是诗人想象自己年老时（年老即得智慧，这是叶芝一贯的观点），被政客们讨好，也许指的是政客们毫无治理才能，只能向“老爹”（old man）求教。

《钓者》一诗虽没有直接涉及时事或政治，但其中表达了作者对“自己的民族和现实”的看法：

我所憎恨的活着的人们，
我所爱的那已死的人，
占据高位的怯懦之人，
不受责怪的无礼之人，
赢得醉醺醺喝彩的
从不读书的无赖，
巧舌之人和他那说给
最平庸的耳朵听的笑话，

① 叶芝：《叶芝诗集》，傅浩译，石家庄：河北教育出版社，2003，第 374 页。

像小丑一样哗众
取宠的聪明人物，
智慧哲人被打倒
和被打倒的伟大艺术。[①]

在作者看来，他的同时代里多“不读书的无赖”（没有真正艺术见解的庸俗之辈），赢得的是“醉醺醺”之辈的喝彩（爱尔兰人以嗜酒闻名，尤其是底层大众），那些巧舌如簧、哗众取宠的就是作者憎恨的活着的人，例如反对修建美术馆以保存绘画的那些人，其中有报纸杂志主编如《先驱晚报》和《独立爱尔兰人报》总裁威廉·马丁·莫菲（参见诗歌《致一位徒劳无功的朋友》）。而诗人叹息，他所爱的人已不在（包括欧李尔瑞、帕内尔、曾经的诗友等）。在那样一个时代，有智慧的哲人被打倒（如休·雷恩爵士和格雷戈里夫人），而伟大的艺术也被打倒（如辛格的名剧《西部浪子》）。

《绵羊牧人与山羊牧人》《一位爱尔兰飞行员预见自己的死》《纪念罗伯特·格雷戈里少校》则都与格雷戈里夫人的独子罗伯特·格雷戈里有关，且都是纪念诗歌。在第一次世界大战中，罗伯特服役于英国皇家空军，于 1918 年 1 月 23 日在位于意大利前线的一次战斗中牺牲。《一位爱尔兰飞行员预见自己的死》一诗最短，只有十六行。在这首诗中诗人模拟一位爱尔兰飞行员的口吻道出了战争毫无意义的主旨：

我对所抗击者（译者注：指德国人）并不仇恨，
我对所保卫者（译者注：指英国人）也不爱慕；
我的故乡是在基尔塔坦（译者注：在库勒庄园附近），
那里的穷人是我的同胞，
结局既不会使他们损减，

① 叶芝：《叶芝诗集》，傅浩译，石家庄：河北教育出版社，2003，第 353 页。

也不会使他们过得更好。[①]

诗歌也写出了当时的一个实情，1914 年爱尔兰已经就民族自治取得突破，其与英国政府签订的自治协议也即将生效，但第一次世界大战的爆发阻断了这一过程。“一战”中爱尔兰士兵被编入英国军队，成为战争中英法一方的重要力量。战火没有烧到爱尔兰本土，但战争的负担却落在了百姓肩头，因此诗人发出感慨：那里的穷人是我的同胞。在接下来的诗行中，“我”声明不是权贵或欢呼的群众、也不是法律或义务让“我”参战的，而是“一股寂寞的愉快冲动”。在回想中权衡，“我”发现：“未来的岁月似毫无意义，毫无意义的是以往岁月”，而似乎只有在这两者之间的平衡之际（生死之际）才能找到意义，也就是说只有当下才有意义。

《绵羊牧人与山羊牧人》以田园诗的方式表达诗人对罗伯特的纪念。诗人曾经致信格雷戈里夫人，说自己写完了关于罗伯特的一首田园诗，模仿的是维吉尔为某位朋友和斯宾塞为锡德尼写作的做法[②]。根据诗人的这个说法，可知此诗模仿的是维吉尔的《第五牧歌》以及斯宾塞的《爱星者》。在形式上叶芝此诗与《第五牧歌》更为接近，以两位乡村牧童的对话展开［在《第五牧歌》里是莫普苏斯（Mopsus）和米拉尔科斯（Menalcas），在叶芝诗中是绵羊牧人和山羊牧人］，两位牧人谈论的话题也接近［《第五牧歌》谈论的是达芙妮斯（Daphnis）之死，而叶芝诗作谈论的是罗伯特之死］。但是在风格主旨上更接近《爱星者》[③]。在诗中，绵羊牧人盛赞“走失的那只羊”（罗伯特）如何优秀：

---

① 叶芝：《叶芝诗集》，傅浩译，石家庄：河北教育出版社，2003，第 316 页。

② 叶芝：《叶芝诗集》，傅浩译，石家庄：河北教育出版社，2003，第 337 页，注释①。

③ A. N. Jeffares, *A New Commentary on the Poems of W. B. Yeats*, London: Macmillan, 1984, p. 146.

他，那最擅长各种乡村运动
和各种乡村手艺，在我们之中
对迟钝的老人和浮躁的后生最和蔼的人，
……[①]

罗伯特擅长骑马、击剑，懂文艺，这在叶芝看来是理想的贵族阶层，也就是文艺最好的生产者与引导者。但就是这么一位优秀的“骑手”，却“死在了海外的大战中”。山羊牧人接着回忆曾听过这位骑手吹奏的风笛，并急切的询问“他的母亲”如何承受这一痛苦，且回忆自己受到的殷勤款待（山羊牧人即诗人模拟的一种身份）。绵羊牧人回答说“她身板挺直神色平静”，非常勇敢地接受事实，而且不让其影响正常的生活。山羊牧人和绵羊牧人随后谈论起灵魂和艺术，山羊牧人承认年轻时“迷糊”（似暗指与毛德·冈的关系），不过已经找到了最初找不到的路径（稳定的婚姻）。绵羊牧人请求对方唱一支歌来“减缓我们的悲伤”，因为他听说对方已经有了某种思想，而这种思想“已采获了某种药草”（叶芝晚年致力于构建一种哲学框架，以解释单个事件背后大的历史脉络，即《幻象》），能够减缓悲伤。山羊牧人在最后的歌唱中赞美了“骑手”的高尚美德，也直白地谴责了战争的暴虐：

短程兜风，长途远行，
直到他自己的拂晓黎明，
他从那重负的线轴上解除一切，
以获知那是痛苦还是欢乐，
解除他所制造的一切。
暴虐的战争将泯灭。[②]

① 叶芝：《叶芝诗集》，傅浩译，石家庄：河北教育出版社，2003，第338页。
② 叶芝：《叶芝诗集》，傅浩译，石家庄：河北教育出版社，2003，第343页。

从抒写战争的无意义到谴责战争的暴虐，诗人的态度在悄悄发生着变化，当然这与时代密切相关：1918 年之后，爱尔兰日益陷入内战的泥潭，英、爱冲突加剧，南北纷争不断。

《纪念罗伯特·格雷戈里少校》的写作时间比《绵羊牧人和山羊牧人》晚几个月，表达的主旨较为接近。在诗歌开端诗人想象自己和妻子在新居中已慢慢安顿下来，回忆起已经不能和他们在壁炉边共进晚餐的那些朋友，那些“久已遗忘了的真理的发现者”，包括“爱学问胜过爱人类”的莱奥内尔·约翰生、他的心像他的民族“一样热情而单纯的”约翰·辛格、“肌肉强健”且喜爱占星学的老乔治·波莱克斯芬。诗人满怀感情地回忆他们：

他们是我多年的亲密友人，
就好像我心灵和生命的一部分，
如今他们没有呼吸的面孔好像
从某一本旧画册里向外张望；
……[①]

从对这些友人的回忆中诗人引出对少校的回忆，少校是一位技巧卓越的骑手，“少有人跟得上”，也是一位天赋异禀的画家，曾被期待来描绘克莱尔和戈尔韦（爱尔兰的两个郡，均与少校有关）“那严酷的色彩和那优雅的线条”，还是一位少有的手工艺高手，因为“他所做的一切都完美无瑕”。诗人在最后几段反复宣称“他”是军人、学者、骑手，是“全部生命浓缩的精华”。在诗人那里，少校代表了力量与艺术的完美结合。

虽然《库勒的野天鹅》中政治类诗作数量不多，但意义重大，诗歌在直面描写政治事件时也蒙上了浓厚的哲思。与爱情类诗歌一样，

① 叶芝：《叶芝诗集》，傅浩译，石家庄：河北教育出版社，2003，第 311 页。

从《麦克尔·罗巴蒂斯与舞者》之后，叶芝的诗歌都普遍带有一种哲理性的思考。原因在于婚后的叶芝除继续参与社会事务外[①]，更多的时间和精力被用于构建一种独特的哲学体系，因此其晚年的诗作大多富有哲思。当然，叶芝对哲学理念的思考很早就发生了，早期对神秘主义的痴迷就是一个显明的例证。后来叶芝读到普罗提诺、维科等人的著作，从而将神秘主义纳入哲学思考的维度。可以说，这种思考贯穿了诗人创作的始终。因此，在写作爱情或政治类诗歌时诗人附以哲理性思考也就顺理成章了。

第三节　爱情与政治身份转变的时代与个人背景分析

如上文所述，在叶芝中期的诗歌里，爱情和政治是两个关键的主题。在这两个关键的主题内，诗人的态度都发生了转变，即“惊梦”（惊醒）的过程。在本章的前二节分析中，已经粗略地涉及产生这种转变的时代和个人背景。纵观叶芝中期诗歌横跨的20余年（1899-1923），叶芝本人的婚恋（与毛德·冈的恋情，与乔吉的婚姻）与五部诗集中反映的情况一致（从爱情幻梦到惊醒，再到哲理性反思）。而就政治诗而言，叶芝态度发生转变的关键事件是1916年的“复活节起义”。叶芝参与社会活动（包括政治活动）的主要内容是领导了爱尔兰文艺复兴运动与阿贝剧院事务的管理。爱情和政治虽然是两个不同的范畴，但在叶芝那里，两者又往往互相连接、不可分割。例如毛德·冈，一方面叶芝希望对方能专心于爱情，实现诗人理性中的爱情状态，另一

① 与之前相比，事务已减少不少，例如不再管理剧院，爱尔兰文艺复兴运动已接近尾声，1922年爱尔兰也已成为自由邦。叶芝只在1923年至1928年间担任自由邦参议员，之后因身体原因不再连任。

方面叶芝又不得不时而参与到毛德·冈热衷的政治活动中。这种互相区分、但又相互连接的复杂关系，恰好是诗人二元对立统一观念的一种表现。本节将从影响叶芝在爱情、政治上态度转变的几个重要事件的分析中（以时间先后为线索），来探讨发生这种转变的原因，以及叶芝爱情、政治观哲理维度的思考。

1889年叶芝初遇毛德·冈，当时叶芝一家住在贝德福德公园。毛德·冈手持欧李尔瑞写给叶芝父亲的介绍信，来拜会叶芝父子。那一刻的毛德·冈，在叶芝看来，就如同春神的古典化身，好像维吉尔赞美的诗句"她像女神一般行走"是专门写给她的[①]。毛德·冈的"脸色光彩动人，像阳光照耀下的苹果花"，诗人还记得那天初见面时，毛德·冈正好站在窗户前的一大束苹果花前面[②]。如上文所述，苹果花自此成为诗人经常用来形容毛德·冈的象征和意象。

事实上，叶芝初次见面是被毛德·冈的美貌所吸引，对于对方持什么样的看法反而并不太在意。就在初次见面的那天，毛德·冈向叶芝父子陈述了自己的看法，她赞成战争，认为战争本身不会创造一些美德，个别美德只是在战争引起的轰动中产生。她的这种观点使叶芝父亲有点恼火（vexed），但叶芝本人却站在了毛德·冈一边[③]。这第一次的见面就已经初步定格了叶芝和毛德·冈之间关系的基调：叶芝倾慕的是对方的美貌，也许在潜意识里被对方展现的男性气质吸引（对比早年叶芝本人的身体孱弱与多愁善感），但在政治观点上叶芝与毛德·冈"道不同"，甚至是相反的。毛德·冈看中的是诗人的才华，希望能利用对方的这种才华和影响力来推动民族运动（以革命和政治的方式）。因此，在这第一次会面时，两人之间不可跨越的鸿沟就已形成，之后的悲剧也就不可避免。

---

① 叶芝翻译维吉尔的原文是 She walks like a goddess.

② 叶芝：《帷幕的颤抖》，徐天辰、潘攀译，南京：江苏文艺出版社，2010，第88页。

③ W. B. Yeats, *Autobiographies*: Reveries over Childhood and Youth and The Trembling of the Veil, London: macmillan and Co. Ltd., 1926, p. 152.

自第一次见面后，叶芝就沉入对毛德·冈的爱情幻梦中，1891 年叶芝第一次向毛德·冈求婚，被拒绝。次年，戏剧《凯瑟琳女伯爵》上演，主角就是毛德·冈。剧中女伯爵的形象在某些方面就是依据毛德·冈而创造。1894 年，叶芝与毛德·冈一起观看戏剧《阿克塞尔》(*Axel*)，此剧可能对叶芝思考的“轴心”观念有影响。1897 年叶芝与毛德·冈在英国巡回演讲，为纪念爱尔兰民族运动领袖托恩募捐[①]。当时毛德·冈想要为托恩建一座纪念碑，希望比另一位革命领袖奥康纳的纪念碑还要高。叶芝参与巡回演讲并不完全是心甘情愿，甚至两人的观点和所处的阵营还是针锋相对的[②]。1898 年，两人订立“灵婚”，时常进入通灵状态，看彼此是否灵性相通。1899 年，叶芝在巴黎拜访毛德·冈，再次求婚，被拒。次年叶芝第三次向毛德·冈求婚，又一次被拒。1901 年，叶芝第四次向毛德·冈求婚，依然被拒。1902 年，毛德·冈担任叶芝创作的戏剧《胡里汉之女凯瑟琳》的女主演。

1903 年，毛德·冈嫁给爱尔兰民族主义者约翰·麦克布莱德，此事对叶芝打击极大。这一事件使叶芝在诗歌写作上发生了细微的变化，《和解》一诗提供了一些背景：

有的人也许会责怪你，说是你夺走了
那些能够在那一天感动他们的诗歌，
当时，霹雳把双耳震聋，闪电把双眼
耀盲，你离我而去，于是我寻不见

---

① 托恩（Wolfe Tone），18 世纪末爱尔兰民族运动领袖，被视为爱尔兰共和主义（Irish Republicanism）的创始人之一。

② 当年在美国出现了两期爱尔兰裔美国人遇害的事件，在美国、英国、爱尔兰引起了较大的争议，叶芝所在的委员会（大不列颠纪念协会）和英国国内的爱尔兰民族主义者同盟是站在英国一边的，而毛德·冈所属的都柏林委员会和爱尔兰国内的民族主义协会是站在爱尔兰一边的。因此两边争论激烈。参见 *Autobiographies*, p. 434.

可以制作一首诗歌的素材，
……[①]

当时，叶芝正在都柏林准备做一场演讲，听说毛德·冈在法国结婚的消息后，便感觉“霹雳把双耳震聋，闪电把双眼耀盲”。叶芝当天虽然坚持做完了演讲，但犹如走在云端雾里，不知自己所云。这时诗人对待爱情似乎有所领悟，例如在《荷马歌颂的女人》的最后一段，诗人写道：

因为在我年轻的当年，
她有着如火的热情，
步态那么骄傲而翩然
就仿佛踩在云端。
一个荷马歌颂的女人，
使生活和文字都变成
不过是一场英雄的梦。[②]

如上文所述，毛德·冈好比荷马笔下的海伦，海伦的被劫导致了特洛伊战争，生灵涂炭，战火纷飞。毛德·冈为爱尔兰独立也是不惜一切，奋力而为。不过在这时的诗人看来，生活和文字还是要有的，虽然它们只不过是英雄的梦，但至少是英雄的梦。

其实在这种无望的爱情中，叶芝与其他女性有过交往，这一时期最重要的三位女性就是奥莉维亚·莎士比亚、格雷戈里夫人和弗洛伦丝·法尔[③]。奥莉维亚善解人意，与叶芝相爱后接受友人建议同居。

---

① 叶芝：《叶芝诗集》，傅浩译，石家庄：河北教育出版社，2003，第 208 页。

② 叶芝：《叶芝诗集》，傅浩译，石家庄：河北教育出版社，2003，第 204 页。

③ 弗洛伦丝·法尔（Florence Farr），演员，与叶芝一起加入过“金色黎明秘术修道会”，后成为埃默里夫人（Mrs. Emery）。

后来奥莉维亚发现叶芝不能忘情于毛德·冈，遂决意结束恋人关系。格雷戈里夫人给了叶芝极大的精神帮助，库勒庄园也成为叶芝理想中的心灵休憩之地。因戏剧演出叶芝得识弗洛伦丝，两人一度保持恋人关系。

虽然受到打击，诗人也似乎有所醒悟，但这个事件并不是使诗人在态度上发生转变的关键，因为很快叶芝再次沉迷在爱情的梦幻中。1905 年，毛德·冈和麦克布莱德分居，并请叶芝处理相关的事宜，叶芝心中似乎又燃起了希望，写下了诸如《和解》一类的诗（具体分析见本章第一节）。1908 年，叶芝在巴黎访问毛德·冈，并与其有肌肤之亲。1910 年，经奥莉维亚·莎士比亚介绍，叶芝结识乔吉·海德-李斯。当时的乔吉并没有给叶芝以特别的印象，只不过诗人觉得乔吉的声音是温柔的（soft）。1914 年，叶芝还与毛德·冈一起调查米尔波奇迹，并写出一部没有发表的调查报告。1916 年“复活节起义”发生，麦克布莱德等 15 名起义首领遇害。同年叶芝在巴黎访问毛德·冈，并向她求婚，再次被拒。在访问期间，叶芝在毛德·冈女儿伊秀尔特的帮助下阅读法语诗歌。次年叶芝向伊秀尔特求婚，被拒绝。同年 10 月 20 日，叶芝与乔吉在伦敦结婚。这个事件才是叶芝爱情诗发生转变的关键因素，因此可以说 1917 年标志着叶芝爱情诗态度的转变。

如本章第一节所述，婚姻使叶芝从无望的爱情中解脱出来，也使得诗人得以从另一个角度来反思自己的过去。在结婚之前，诗人曾经在《序诗》中表达过对无望的爱以及日益年老的焦虑：

请原谅，老先辈们，假如你们仍在
听得见故事结尾的某个地方的话，
……
请原谅为了一场不育的情欲之故，
尽管我已将近四十九岁，
我还没有孩子，而只有一本书，

只有它可证明你们和我的血脉。[①]

这首诗原本发表在《责任》诗集中,“这本书”也就指的是《责任》。如安特瑞克指出的,《责任》诗集中就有一类“超自然责任”,这首诗和《灰岩》都是借助“超自然的现象”来谈自己的家庭和朋友责任。“不育的情欲”显然指的是对毛德·冈无望的爱。

1917 年 12 月,叶芝曾经给格雷戈里夫人写信,谈到自己的妻子:

> 我妻子是一个完美的妻子,善良、聪明、无私。我想你从前也是这样一个女孩儿。她使我的生活充满宁静和秩序。[②]

历经生活、情感的坎坷波折,宁静和秩序(即安定)是此时已过知天命之年的叶芝最需要的。婚后一段时间,叶芝在心绪上起了波动。一方面,他在伊秀尔特身上看到了毛德·冈当年的风采,隐隐约约觉得向乔吉的求婚太过草率。另一方面,叶芝又觉得自己已逐渐年老,担心自己无法给予妻子足够的爱。乔吉细心而聪明,为分散叶芝的注意力,便投其所好,尝试起“自动写作”。果然叶芝的注意力很快集中在“自动写作”上,好几次写信给格雷戈里夫人说自己很快乐。叶芝和乔吉将参与这种“自动写作”称为“开会”。在此后的六年时间里,他们开了“450 次会议,记录了 3627 页笔记”[③]。叶芝夫妇参与“自动写作”的方式主要是由叶芝向“神灵”提问,乔吉一边倾听“回答”一边用笔记录。这其实是一种心理疏导,叶芝的提问有许多是私人问题,通过这种方式,诗人压抑的心理和情绪得到一定程度的宣泄。后来,自动书写的方式有所改变,由乔吉来记录叶芝在梦中的呓语。通过对这些呓语、记录的整理、思考和分析,结合自己多年来对二元对

① 叶芝:《叶芝诗集》,傅浩译,石家庄:河北教育出版社,2003,第 237 页。
② 转引自傅浩:《叶芝评传》,杭州:浙江文艺出版社,1999,第 143 页。
③ 傅浩:《叶芝评传》,杭州:浙江文艺出版社,1999,第 146 页。

立、历史、神秘、秘术等的思考，叶芝于1925年完成《幻象》。逐渐，叶芝的心绪得以平静，在爱情的态度上发生了转变（如本章第一节所述）。叶芝在不少诗中表达了对婚姻的满意，以及与妻子的这种稳定和谐的关系。在《所罗门对示巴》里，诗人将自己比作所罗门王，将妻子比作示巴。诗人声称天下没有谁能与他们较量知识（秘术知识）：

在这天下出生的
男人或女人没有一个
敢与我们俩较量学识，
而一整天来我们发现
除了爱，什么也不能把世界
变成一个狭窄的马圈。①

再看女儿出生后带给叶芝的幸福与期待：

愿她长成一株繁茂而隐蔽的树，
她全部的思绪就可以像红雀鸟族，
没有劳形的事务，只是
四处播送着它们洪亮的鸣啼，
只是在欢乐中相互嬉逐，
只是在欢乐中你吵我争。
呵，但愿她像月桂那样长青
植根在一个可爱的永恒之处。②

1919年叶芝的女儿安妮出世，据说叶芝在一次“自动写作”过程中进入到入神状态后，看到一位祖先名为安妮·巴特勒降临，不久妻

① 叶芝：《叶芝诗集》，傅浩译，石家庄：河北教育出版社，2003，第326页。
② 叶芝：《叶芝诗集》，傅浩译，石家庄：河北教育出版社，2003，第455-456页。

子怀孕，于是叶芝将其女儿命名为安妮。1922 年儿子麦克尔出世，叶芝心里得到了更多的安慰，喜悦之情表之于诗：

既已从我古老的父祖辈那里继承
一种健旺的精神，我必须怀抱梦想
并在身后留下精神同等
健旺的一女一男，
……[①]

1917 年叶芝在离库勒庄园不远的地方买下巴利里塔堡，对其进行了一番修葺，以作度假之用。之后叶芝和妻子经常在那里度假，叶芝在诗中说自己在那里享受着“爱情和友谊”[②]。由此可知，婚姻带来的稳定与满足感是叶芝中期爱情诗发生转折的关键因素。

在政治诗歌方面，导致叶芝发生态度上转变的事件在时间上要早一些，即 1916 年的“复活节起义”。

少年时期的叶芝在政治上还没有形成鲜明的态度，那时的他有的是身份的焦虑，为此他极力营造一种“梦境”，把自己与俗世相隔离（见第二章）。叶芝在艺术学校里也没有表现出特别的政治态度。毕业之后，1886 年叶芝第一次遇见老芬尼亚运动骨干欧李尔瑞，这段时期叶芝受后者的影响较深。欧李尔瑞把一些爱尔兰爱国诗人用英语写的诗推荐给叶芝，叶芝一开始大感兴趣[③]。欧李尔瑞是积极的民族运动人士，曾长期被英国政府监禁。也正是欧李尔瑞的影响，叶芝终生对爱尔兰民族主义保持一种关注的态度。但与欧李尔瑞（更与毛德·冈）不同的是，叶芝始终对暴力斗争持保守态度（甚至是反对）。叶芝希望创立

① 叶芝：《叶芝诗集》，傅浩译，石家庄：河北教育出版社，2003，第 485 页。

② 同上。叶芝不仅在巴利里享受着婚姻带来的幸福和满足感，住居又离库勒庄园不远，因此也常和格雷戈里夫人见面。

③ 叶芝后来认为这些诗歌爱国感情充足，但艺术性不强。

一种新的爱尔兰文学，通过文学的功能来实现民众的教育，实现民族的复兴。这一时期，叶芝拥护帕内尔为主导的自治政策。如第一章中所述，自19世纪初期以来，爱尔兰国内就有两种不同的声音：一种是要求实现爱尔兰的完全独立，因此不惜使用暴力手段，这一派的主要代表是芬尼亚运动和后来的爱尔兰共和军；另一种声音就是可以通过议会、谈判等手段实现民族自治。叶芝明显地站在“自治”这一边，自然也视帕内尔为一英明的领袖。叶芝晚年写有一首诗《帕内尔的葬礼》，盛赞帕内尔：

其余的我略过，有一句话我收回。
假如德·维列拉吃了帕内尔的心，
就没有嘴皮松垮的造谣者赢得那一日，
没有国民间的仇恨把国土撕裂劈分。

假如考斯格瑞夫吃了帕内尔的心，
这国土的想象力就会感到满意，
或缺乏那个，政府掌握在这样的手中，
它唯一的政治家欧希金斯就不会死。

甚至欧达菲——但我不再提更多的名——
假如他们的学校有群众，他的教师有孤寂；
他就会穿过乔纳森·斯威夫特的阴暗树林，
在那里撷取改良他的血液的苦涩智慧。①

在此诗中，诗人将帕内尔与其他几位爱尔兰民族运动的领袖相比较，觉得他们要是坚持了帕内尔的路线，爱尔兰不会出现后来的内乱

① 叶芝：《叶芝诗集》，傅浩译，石家庄：河北教育出版社，2003，第682页。

和分裂。维列拉（Éamon de Valera, 1882–1975）是第二任爱尔兰自由邦执行委员会主席，主持推动《爱尔兰宪法》的颁发。但叶芝认为，如果维列拉走了帕内尔的路线，爱尔兰南北就不会出现分裂，南北的国民间就不会争斗不休。考斯格瑞夫，曾接替柯林斯任爱尔兰临时政府主席，后成为第一任爱尔兰自由邦执行委员会主席。叶芝认为考斯格瑞夫赶不上帕内尔，不是真正有为的政治家。要是他治理得好，像凯文·欧希金斯这样有才华的政治家就不会遭到暗杀[①]。欧达菲，在爱尔兰独立战争时任爱尔兰共和军旅长，1922 年任共和军参谋长。后来担任国民卫队第一任司令，后被维列拉解职。欧拉菲后来组织“蓝衫”运动，之后逐渐退出政坛。叶芝认为欧达菲是军队的代表，过于激进，如果他向帕内尔学习，就会学到“改良的智慧”。

叶芝在帕内尔去世 40 年后依然感慨：如果爱尔兰坚持走他的路线，也许就不会有后来的战乱纷争。遗憾的是，帕内尔由于卷入离婚丑闻，被迫离开政治舞台的中心，不久因病去世。虽然帕内尔的去世导致爱尔兰国内自治运动陷入低谷,但之后很快又成为主流思想之一。因为激烈的政治斗争的基础被削弱，其主导因素是土地运动的逐渐失势。土地运动是 19 世纪末推动爱尔兰民族运动的一股主要力量，起因是 1848 年的“爱尔兰大饥荒”。1848 年，爱尔兰发生马铃薯真菌霉变事件，很快演变为全国现象，当年马铃薯基本绝收。由于英国政府救助政策的迁延，大批饥民饿死。大饥荒一直持续到 1849 年底，导致 100 余万人死亡，近 200 万人移民[②]。因为饥荒，农业耕作的方式发生变化，地主开始大量收回土地。以天主教徒为主的爱尔兰佃农日益穷困。为此，农民要求土地改革、减租减税的运动兴起。1879 年“土地联盟”成立，帕内尔曾一度担任联盟的主席。之后的土地运动历经“杯

① 凯文·欧希金斯早年是新芬党，后来趋于温和的武装斗争态度，与激进的新芬党分道扬镳。爱尔兰成为自由邦后，欧希金斯成为爱尔兰自由邦执行委员会副主席，1927 年遭激进的新芬党分子暗杀。叶芝认为他是“唯一的政治家”，可见叶芝认可其温和的民族运动态度。

② 罗伯特·基：《爱尔兰史》，潘兴明译，上海：东方出版中心，2010，第 112 页。

葛事件”、“土地斗争”等阶段①，英国当局颁布《土地法》，部分实现了佃农的诉求，农民权利得到一定程度的保障，土地运动逐渐消隐。此时，一批爱尔兰知识分子创办报纸，呼吁年轻人关注爱尔兰历史文化，爱尔兰文艺复兴开始，叶芝逐渐成为这一运动的领袖。有意思的是，叶芝这一时期的作品表现了爱情和政治方面的矛盾。

1902年，叶芝的戏剧《胡里汉之女凯瑟琳》上演，由毛德·冈主演。如上文所述，叶芝在戏剧中创作的凯瑟琳女伯爵的形象多是以毛德·冈为原型创作的，一方面是为了讨好毛德·冈，另一方面也是寄予了诗人自己的期望，期望毛德·冈不要那么激烈地去参加民族独立斗争。《胡里汉之女凯瑟琳》的内容以1798年爱尔兰武装起义为背景，写一个年轻人即将结婚，而一个过路的乞丐老妪告诉他，还有比结婚更高尚的命运，年轻人将为老妪而献出生命。年轻人放弃了家里的一切，离开未婚妻，追随老妪而去。显然，剧中的老妪是历经磨难的爱尔兰的象征。演出的效果出乎叶芝的意料，引起了整个都柏林的轰动。演出当晚，叶芝和毛德·冈的马车被狂热的群众拉住，要亲自拉着马车送他们回家。演出引起的激烈场景引起了诗人的不安，因为这不是诗人想要的效果。诗人认为这与自己的艺术主张相背离，他认为自己“在爱尔兰的使命是为了趣味，而不是为任何特定的宣传服务”②。更何况叶芝一直对狂热激进的运动持反对的态度。虽然叶芝一再强调艺术的重要，但这部戏剧产生的后果不是他能够掌控的。有研究认为，《胡里汉之女凯瑟琳》中年轻人为了凯瑟琳而愿意献出宝贵的生命，这是一种与基督拯救世人相近的“血祭”，并认为叶芝希望通过戏剧爱尔兰青年能够效法剧中的年轻人，为爱尔兰的独立奉献一切（包括生

---

①“杯葛事件”的名称出自 Charles Boycott，此人是一名地主，因驱逐种地的佃农而遭到他们的联合抵制。这种联合抵制地主的方式后来就被称为“杯葛”（音译）。“土地战争”是爱尔兰佃农要求土地权利的斗争，包括烧毁地契、小规模袭击地主等。

② 转引自傅浩：《叶芝评传》，杭州：浙江文艺出版社，1999，第106页。

命），因为只有经过“血祭”，爱尔兰才能脱离英国殖民者的统治[①]。此说未免夸大戏剧演出后的效果，而且与叶芝创作的初衷相悖，但确实说明了一个现象，即群众被这样一个戏剧所激起的情绪正是爱尔兰人所需要的。叶芝多年后还在诗中反省，是不是因为自己的戏剧而把年轻人送上前线：

是否我的那部剧本曾驱使
一些汉子出去让英国人枪毙？
是否我的文字曾给那女子
晕眩的头脑施加太大压力？
是否我的发言本可以阻止
造成一幢宅第毁圮的动力？
一切都显得是罪恶，
……[②]

叶芝希望自己的作品能起到“文以载道”的作用，通过艺术来教育教导民众，而不是激励青年人奔赴战场。但在客观效果上，叶芝的作品（包括诗歌和戏剧）确实鼓舞了民众。叶芝在诗歌里表达的担忧并非不无道理。虽然19世纪末20世纪初在爱尔兰主张自治和主张独立的两派互有消长，经过努力，《爱尔兰自治议案》终于在1913年1月在英国议会下议院通过。《议案》于1914年9月18日成为法律，准备当年开始执行，但由于第一次世界大战的爆发，决定推后执行。由于担心第一次世界大战会给爱尔兰自治带来变数，也抱着战争期间英国政府和军队无暇西顾的心态，一部分极端的爱国主义者组成“爱尔

① 周惠民：《爱尔兰史：诗人与歌者的国度》，台北：三民书局，2009，第172页。
② 叶芝：《叶芝诗集》，傅浩译，石家庄：河北教育出版社，2003，第844页。

兰市民军”，以“争取爱尔兰的彻底独立”为口号[①]。1916年4月初，“爱尔兰市民军”和部分爱尔兰志愿军在都柏林发动起义[②]，占领邮政总局，以之为中心，与英国军队对抗。起义持续了一个多星期，最终被镇压。其实，当时大部分爱尔兰人的态度是倾向于自治的，尤其是老百姓，并不希望出现更多的暴力和流血。因此，当市民军和志愿军在街面上行进时，老百姓多关上门窗以自保，并不表示支持，有的甚至谴责市民军和志愿军扰乱生活。部分未成年的孩子也糊里糊涂地参加了起义，被俘虏后便很快被释放了[③]。年龄较大的起义者也得到了宽大处理。剩下一小部分的起义者被移送到军事法庭接受审判。而大部分的起义者被编成列队，从都柏林的大街走到码头，转运到拘留所。在这次行进当中，部分起义者还遭到了路人的谴责[④]。但正是对那批接受审判的起义领袖的处决，改变了民心的态度。

在起义结束的三天之后，三名起义领袖被枪决，分别是汤姆·克拉克、托马斯·麦克多纳、帕特里克·皮尔斯。5月4日，又有4名领袖被处决，分别是威利·皮尔斯、约瑟夫·普伦吉特、爱德华·达利、麦克尔·奥罕拉汉，而其中威利·皮尔斯只不过是起义领袖帕特里克·皮尔斯的弟弟，而且在法庭上没有抗拒行动。第二天，约翰·麦克布莱德（毛德·冈前夫）被枪决。5月8日，又有4人被枪决。第二天，一名参与起义者在被捕时反抗并打死一名警察，被处决。5月12

---

① 罗伯特·基：《爱尔兰史》，潘兴明译，上海：东方出版中心，2010，第182页。在1914年“一战”爆发的前后，英国议会和政府正在协商如何满足爱尔兰各方利益和要求，因为这时北方阿尔斯特地区有强烈的反对自治的趋势，因此英国议会也正在拟定安抚阿尔斯特地区的“修正案”。“彻底的爱尔兰自治”即指的整个爱尔兰都实行自治，包括北部地区。

② 对于这次事件，从爱尔兰历史角度来看，人们倾向于认为是一次“起义”，但是从英国历史角度来看，人们认为是“暴动”，因为自治法案已经通过，只等实行了。因此，不同的历史著作会用不同的词汇来表达，有的用 uprising（起义），有的用 riot（暴乱）。

③ 这些孩子在被释放时曾被训斥：“你们都是没头脑的孩子，那些领头的都是些疯子。回家去，让你们的妈妈赏你们几个耳光。”参见罗伯特·基：《爱尔兰史》，潘兴明译，上海：东方出版中心，2010，第201页。

④ 有人向押解这批起义者的军官说：“把这些杂种都毙掉！”参见罗伯特·基：《爱尔兰史》，潘兴明译，上海：东方出版中心，2010，第201页。

日，起义的另外两位领袖肖恩·麦克德莫特和詹姆斯·康诺利被枪决[①]。

从枪决第一批三位起义者开始，爱尔兰百姓期待英国政府应该可以停止枪决了。威利·皮尔斯的被枪决被人们看作“滥杀无辜”。麦克布莱德其实算不上起义领袖，只不过他参加了多年前布尔人反对英国的布尔战争，因此被认为是复仇之举。当时大部分爱尔兰人还是支持自治主张，“既谴责暴动，也谴责处决”，“一方面谴责暴动者，另一方面又在暗地里对他们表示同情”[②]。康诺利被枪决之后，人们不知道还要枪决多少人。因此，人心转向，不少人开始支持起义，支持独立。这一事件也成为叶芝政治态度上变化的关键事件。叶芝在《1916 年复活节》中写道：

一场牺牲奉献太长太久
能够把心灵变成顽石。
呵，什么时候才算个够？
……
我把一切用诗写出来——
麦克多纳和麦克布莱德，
康诺利和皮尔斯之辈，
无论是现在还是在将来，
只要有地方佩带绿色，
他们都会变，变得彻底：
一个可怕的美诞生了。[③]

“绿色”是爱尔兰人最尊崇的颜色，代表爱尔兰。诗人认为，只要爱尔兰人还在，爱尔兰就会有希望。“可怕的美”（terrible beauty）中

① 罗伯特·基：《爱尔兰史》，潘兴明译，上海：东方出版中心，2010，第 202-203 页。
② 罗伯特·基：《爱尔兰史》，潘兴明译，上海：东方出版中心，2010，第 202-203 页。
③ 叶芝：《叶芝诗集》，傅浩译，石家庄：河北教育出版社，2003，第 434、435-436 页。

的“可怕”指的是战争导致的流血牺牲，可是关键词在“美”，这种流血牺牲产生的是一种“美”，为爱尔兰献身的美。即使是叶芝极为厌恶的麦克布莱德[①]，诗人在这里也为其赞美。在诗歌《十六个死者》里，作者进一步表达了对起义者的哀悼：

哦，可是我们在拉杂地闲聊
在那十六个人被枪毙之前，
但是谁又能谈论给予与夺取，
什么应该什么不应该存在，
当那些死者在那里走动，
把沸腾的煮锅搅动之时？[②]

“闲聊”的人（说者）在起义者（行动者）面前是没有资格谈论谁能给予、谁能夺取，或谈论什么应该存在、什么不应该存在。起义者以自己的牺牲来证明行为的意义，他们搅动了近代爱尔兰斗争纷纭的这口“煮锅”，在历史中体现了自己的价值。

叶芝从反对暴力到赞美起义，甚至支持以必要的暴力来争取民族复兴的态度转变在《玫瑰树》一诗中表现得最明显。在诗的第一段，诗人想象皮尔斯对康诺利说，说话最容易，可能一句花言巧语、或者一阵风就能使玫瑰凋落（象征爱尔兰被奴役）。第二段康诺利回答，只要浇灌玫瑰，它就可以使绿色（爱尔兰的国色）重新绽放，向四面八方蔓延开来，并且从花蕾中绽放出花瓣，成为花园中的奇艳（使爱尔兰成为伟大的国家）。在第三段，皮尔斯感慨水井已干涸，但很快又自我回答：

① 麦克布莱德与毛德·冈结婚后不久，即调戏毛德·冈的妹妹和伊秀尔特。为此，叶芝极为鄙视其为人。

② 叶芝：《叶芝诗集》，傅浩译，石家庄：河北教育出版社，2003，第437页。

我们在哪儿能打到水？
哦，再也明显不过，
什么也无法造就真正的玫瑰树，
除了用我们自己鲜红的血。[①]

“鲜红的血”既指起义者的流血牺牲，也象征暴力革命，用它来“造就真正的玫瑰树”，也就是说只有通过革命的方式才能使爱尔兰获得新生。这就与之前所说一些青年人认为只有通过“血祭”才能使爱尔兰获得新生相近。

爱情与政治（广义的社会活动）是叶芝中期诗歌的两大主题，也是叶芝中年生活（1899–1923）的两大主题。两个主题虽互相区分，却也经常交缠在一起。毛德·冈因为经常参与民族运动，好几次都面临被捕的险境。有一次被监禁后，叶芝不得不多方设法将其保释出狱。叶芝好几次违背自己艺术的初衷，而参与到毛德·冈的政治活动中。这些显露出叶芝本人的矛盾思想，这种矛盾思想也表现在诗歌中，例如《以使夜晚到来》：

她生活在风暴和斗争之中，
她的灵魂渴求
骄傲的死亡所能带来的一切，
以使它得以不再忍受
生活的寻常好处，
而像一个国王那样生活——
用四方旗和三角旗，
军鼓和号角，
还有愤怒的炮声，

① 叶芝：《叶芝诗集》，傅浩译，石家庄：河北教育出版社，2003，第440页。

包裹起他的大婚之日，
把时间捆起拿走，
以使夜晚到来。[①]

“她”显然指毛德·冈，她的生活中多的是政治活动，甚至她的灵魂渴望的是“死亡能带来的一切”。诗人显然希望她能够享受生活的寻常好处，即毛德·冈的美貌和才华在生活中被欣赏就好，而无须去参与积极的智力和社会活动[②]。“军鼓和号角，愤怒的炮声”是爱尔兰20世纪初内外纷争不歇的写照。“愤怒的炮声包裹起他的大婚之日”既指毛德·冈参与政治活动的频繁，也暗指毛德·冈并不是为了爱情而结婚，她和麦克布莱德的婚姻不过是政治联姻，互为利用[③]。一般而言，爱情和战争本来是两个不相容的事物，但在毛德·冈那里，也许本来就是一体的。叶芝认为，这两个事物互相对立，但又可以相容，是二元对立统一的。

① 叶芝:《叶芝诗集》，傅浩译，石家庄：河北教育出版社，2003，第294页。

② 相关分析参看本章第一节。

③ 婚后不久果然出事，麦克布莱德对毛德·冈的妹妹和女儿都有猥亵举动，1905年两人分居。

第四章　叶芝后期诗歌中的哲学身份

叶芝后期诗歌包括五部诗集，分别是《塔堡》(1928)、《旋梯及其他》(1933)、《帕内尔的葬礼及其他》(1935)、《新诗》(1938)、《最后的诗》(1938-1939)。如第一章所述，将这五部诗集归为叶芝后期诗歌，原因主要在于这些诗集的主题大多关乎哲思。1917 年婚后，叶芝在感情和生活上趋于稳定。与之前相比，这时的叶芝在经济上已经可以用宽裕来形容（作品的版税、赴美演讲的报酬等）。1922 年爱尔兰成为自由邦，叶芝旋即当选参议员，已经有了相当高的社会身份。因此，从各个方面来看叶芝称得上"功成名就"。因此这一时期的叶芝已经很少再写爱情诗，政治诗也只占较小的比例，而大多数诗可以归为哲理诗。老年的叶芝最为感到焦虑的是年老后身体的日益衰退，体力和精神的不济，灵魂的归宿等。为此诗人苦苦思索，冀望能从对这些问题的思考中找到一种答案，或构建出一套思想的体系。1925 年初版的《幻象》就是这个答案。

1937 年，叶芝对《幻象》进行修改，但改动不大，其核心思想仍然是以"螺旋"系统为表征的历史循环论（cyclical theory of history）。晚年的叶芝一方面苦心孤诣构造一种自己的哲学系统，另一方面仍然孜孜不倦地创作。上述五部诗集中的诗歌大部分可以视为诗人哲学体系的诗歌表现，或者进一步说，叶芝后期诗歌的代表性诗作都是在谈一个话题：历史循环论。因此，在本章中我们将选取叶芝后期诗歌中的代表性作品来进行文本分析，借此探讨历史循环论的具体内容，形塑此一理论的构成要素，以及叶芝哲学体系的重要性与独特性。

谈及叶芝后期诗歌中的代表作，我们的标准是两个：一是诗歌本身的艺术性，二是历来诗歌选集中入选的多寡。根据这两条标准，我们选取诗集《麦克尔·罗巴蒂斯与舞者》中的《再度降临》[①]、《塔堡》中的《航往拜占廷》《丽达与天鹅》《一出剧里的两支歌》《万灵节之夜》、《旋梯及其他》中的《疯狂的月亮》《拜占廷》、《帕内尔的葬礼及其他》中的“超自然组诗”、《新诗》中的《螺旋》《天青石雕》、《最后的诗》中的《驯兽的逃逸》《布尔本山下》为分析的主要对象。在具体论述时也可能涉及其他个别诗歌。

神秘思想可以说伴随了叶芝的一生。从年少时的幻梦，到中年时的惊梦，诗人无时或忘那些神秘的所在，甚至一度成为秘术社的领袖。1917 年叶芝与乔吉·海德-李斯结婚，诗人的情感激流终于找到了合适的归宿。对秘术的共同爱好成为两人经常探讨的话题。为了迎合丈夫的喜好，乔吉承担了“自动写作”的任务。“自动写作”留下的符号为苦思哲理的诗人提供了极好的素材。正是依据对这些符号的解读，诗人写出了一部天书式的著作《幻象》。如果说这些符号构成的意义空间是一个凡人难以理解的梦境，那么《幻象》和后期的这些诗就是诗人的“释梦”之举。

第一节　叶芝后期诗歌代表作品分析

《再度降临》写于 1919 年 1 月，并于次年 11 月发表于《日晷》期刊（*The Dial*），是叶芝最为脍炙人口的诗作之一，也是理解诗人逐渐形成的哲学思想的一扇重要窗口。

① 如第三章中所述，《麦克尔·罗巴蒂斯与舞者》归为叶芝中期诗歌，但个别诗歌已经极富哲思，如《再度降临》。为研究方便起见，《再度降临》将被纳入叶芝后期诗歌，与《航往拜占廷》等诗歌一起作为哲理类诗歌来探讨。

“再度降临”是基督教文明中的一个概念，指的是耶稣会再度降临人世，此一概念的文本出处主要是《新约·马太福音》和《新约·约翰一书》①。

《再度降临》的第一行“盘旋盘旋在渐渐开阔的螺旋中”既是实写又是虚写。实写指的是此行与第二行“猎鹰再听不见驯鹰人的呼声”联系，描述了猎鹰脱离了驯鹰人的掌控，在空中不断地盘旋盘旋，其飞行的轨迹就像一个渐渐展开的螺旋（gyre）。虚写指的是诗人此处暗指其历史循环观点。叶芝曾经在一条脚注中对“渐渐开阔的螺旋”（widening gyre）做过解释。叶芝认为人类文明两千年是一个循环（cycle），如公元元年之前2000年的古典文明（classic civilization，即希腊-罗马文明 Greco-Roman civilization），或者如公元元年之后2000年的基督教文明（Christian civilization）。人类历史的循环是主客观因素相互作用的结果，这种循环像旋转的锥体，从一个点不断扩大，直至崩散。而另一个与之对应的循环则是从旋转走向集中。其形状如下图所示。

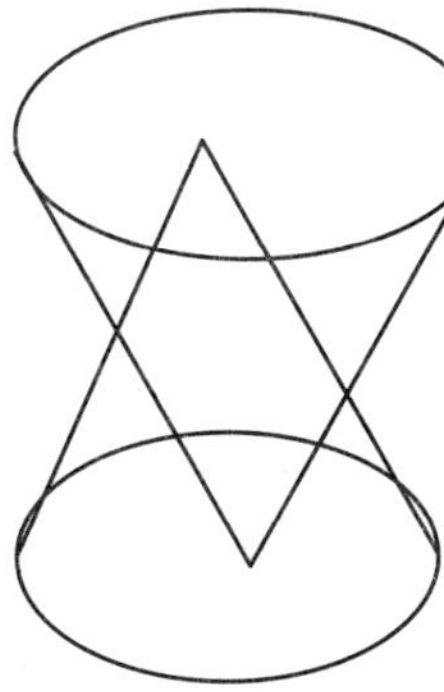

①《新约·马太福音》第16章第21-28节耶稣第一次预言自己受难和复活，第17章22-23节是第二次预言受难及复活，第20章第17-19节是第三次预言受难及复活。在同书的第24章第3-14节，耶稣在橄榄山上告知门徒基督再临的一些预兆，其中包括冒名的假基督、人们陷入患难、假先知等。此章的第15-28节描写的是基督再临（或末日审判）前的大灾难，之后第29-44节描写的是“人子”的降临和无花果树的预兆等。同书第25章第31-46节则是关于耶稣再度降临、主持末日审判的内容。《新约·约翰一书》第2章第18-25节是关于再度降临时“敌基督”出现的情景。

如上图所示，叶芝认为，“一个文明从其中一个锥体的尖端开始，呈螺旋形旋转到地步而‘崩散’结束，然后又从另一锥体的尖端开始反向旋转，开始另一文明的循环”[①]。

紧接着，诗人写道：

万物崩散；中心难再维系；
世界上散布着一派狼藉，
血污的潮水到处泛滥，
把纯真的礼俗吞噬；
优秀的人们缺乏信念，
卑劣之徒却狂嚣一时。[②]

中心（centre）就像圆锥的顶点，从此生发出文明，代表这样的点的事件有公元前2000年宙斯与丽达的结合（见之后《丽达与天鹅》的详细分析）和公元元年耶稣的诞生。从耶稣这个中心生发了基督教文明。但如今，一切似乎都崩散了，又好比车轮的辐条都从轴心那里散架了。“一派狼藉”暗示了现代文明的动乱状态，“血污的潮水到处泛滥”则指现代世界的残酷和野蛮，典型的表现就是战争。结合此诗写作背景，不难看出诗人此处针对的是第一次世界大战和爱尔兰内战，也可能与俄国十月革命有关。这种种迹象显示基督教文明面临崩散的境遇[③]。

在第二段，诗人写道，在上述混乱、动荡、崩散的状态下，必然会出现一种“启示”（revelation），而且就“近在眼前”（at hand）。这

① 叶芝：《叶芝诗集》，傅浩译，石家庄：河北教育出版社，2003，第459页注释②。

② 叶芝：《叶芝诗集》，傅浩译，石家庄：河北教育出版社，2003，第450-451页。

③ 第一段第二行“猎鹰和驯鹰人”的比喻也说明了这一点。猎鹰象征人性，而驯鹰人象征人类，另一种说法是猎鹰象征人类的当代文明，而驯鹰人象征耶稣基督。参见叶芝：《叶芝诗集》，傅浩译，石家庄：河北教育出版社，2003，第450页注释③。

种启示或许就是弥赛亚的再度降临，但“再度降临”几个字还没有说出口，诗人突然看到一个巨大的形象（a vast image），搅扰了诗人的眼界（troubles my sight），而这个巨大的形象出自“世界灵魂”（Spiritus Mundi）[①]。这是一个什么样的巨大形象呢？

……在大漠的尘沙里，
一个狮身人面的形体，
目光似太阳茫然而冷酷，
正挪动着迟钝的腿股；它周围处处
旋舞着愤怒的沙漠野禽的阴影。[②]

有学者认为叶芝描述的这个形象也许来自诗人的一次经历，有一次好友梅瑟斯给了他一张硬纸板符号，诗人闭上眼睛声称自己看到一种无法控制的精神意象（mental images）：一片沙漠，一个黑巨人从一堆古老的废墟中用手把自己撑起来。梅瑟斯认为诗人看到的是远古穴居人萨拉蒙德人（Salamanders）的意象[③]。笔者认为这个形象与古代埃及文化更为接近。沙漠、狮身人面像是古代埃及有名的符号。更重要的是“太阳”这个意象，诗人描写巨人的目光“似太阳茫然而冷酷”。在古代埃及神话中，太阳崇拜是最重要的领域之一，太阳神代表生命力、正义、王权，与古代埃及人的不朽、复活等观念密切相关。这一点也可与“超自然组诗”中的第四首《那里》相比较。关于叶芝对太

① 又译为“大记忆”，叶芝曾解释为“一个各种形象的大仓库，这些形象不再具备任何个性或精神的属性”（a general storehouse of images which have ceased to be a property of any personality or spirit）。参见 *A New Commentary on the Poems of W. B. Yeats*, p. 204。叶芝所谓的“世界灵魂”类似于柏拉图（Plato, 428?-348?）所说的生命之源，或者类似于荣格（Carl Jung）所谓的“集体无意识”(collective unconsciousness)。参见叶芝：《叶芝诗集》，傅浩译，石家庄：河北教育出版社，2003，第 451 页注释①。

② 叶芝：《叶芝诗集》，傅浩译，石家庄：河北教育出版社，2003，第 451 页。

③ A. N. Jeffares, *A New Commentary on the Poems of W. B. Yeats*, London: Macmillan, 1984, p. 205.

阳意象的描写，也许是受到小说作家劳伦斯的影响（详细论述见之后对《那里》一诗的解读）。

见到这么一个“巨大形象”，联想到基督教“天启之兽”或“敌基督”的说法，诗人认为虽然“黑暗重新降临”（即一次文明的循环到达终点），但同时必然会有一种启示出现：

那两千年僵卧如石的沉睡
已被一只摇篮搅扰成恶梦。[①]

“摇篮”暗指耶稣诞生。如上文所述，耶稣诞生预示着西方世界2000年基督教文明的开始，它既搅扰了之前2000年“僵卧如石的沉睡”（指古典文明），又自身“搅扰成恶梦”（指耶稣一诞生“就为自己准备了敌对者”，即“敌基督”[②]）。诗人最后写道：

于是何等恶兽——它的时辰终于到来——
懒洋洋走向伯利恒去投生？[③]

如果说耶稣的诞生搅扰了之前2000年的古典文明的梦，开启了之后2000年的基督教文明，但如今基督教文明似乎也要“崩散”，那么这再次降临的“恶兽”会是什么样的呢？换言之，启示新的文明的将是什么呢？诗歌最后一句以一种对比的手法深化了主题。伯利恒在传统上被认为是耶稣诞生之地，因此是纯真、无辜、充满母爱之地[④]，与“恶兽”的形象形成鲜明对比，增加了恐怖气氛。

---

① 叶芝：《叶芝诗集》，傅浩译，石家庄：河北教育出版社，2003，第451页。

② 叶芝：《叶芝诗集》，傅浩译，石家庄：河北教育出版社，2003，第451页注释③。

③ 叶芝：《叶芝诗集》，傅浩译，石家庄：河北教育出版社，2003，第452页。

④ A. N. Jeffares, *A New Commentary on the Poems of W. B. Yeats*, London: Macmillan, 1984, p. 201.

《航往拜占廷》是诗集《塔堡》中的第一首诗，与之后的《拜占廷》组成“拜占廷组诗”，是叶芝关于历史、艺术、永恒关系探讨的重要作品。诗歌第一段和第二段写的是年轻和年老的对比。在第一段首行，诗人写道“那绝非老年人适宜之乡”，紧接着便描写自然界里各种年轻生物繁衍生息的状态，包括“彼此拥抱的年轻人、那些渐趋灭绝在树林中婉转放歌的鸟类、鲑鱼回溯的瀑布、鲭鱼麇集的海河”。因此首行的“非老年人适宜之乡”指的是自然世界，自然世界里蓬勃的生命力是年老之人向往而不可企及的，也可以进一步说指爱尔兰。诗人将这些年轻生物的繁衍称为“感性的音乐”（sensual music），在第一段最后一行诗人表达了自己的观点，对感性音乐的沉湎“而忽视不朽理性的丰碑杰作”，即感性与理性的对立[①]。第二段描写了年老后的状态：

年老之人不过是件无用之物，
一根竿子撑着的破衣裳，
除非穿着凡胎肉体的灵魂为全部
破衣裳拍手歌唱，愈唱愈响；[②]

如果说第一段中年轻生物展现的是肉体的“感性音乐”，那么第二段中年老之人代表了一种精神的“理性音乐”（虽然身体上已经“是件无用之物”）。为着这种精神，这种理性的音乐，诗人决定扬帆出海（此诗写于1927年，诗人已62岁），驾船航往那“神圣之城拜占廷”。在第三段，诗人向镶嵌画中伫立在上帝的圣火中的圣贤们发言，请他们走出圣火，“在螺旋中转动，来教导我的灵魂学习歌吟”[③]。也就是希望圣贤们能告诉诗人艺术的秘诀和灵魂的秘密，因为诗人感觉到自己

① “对立”一词的英文是antithetical，这是叶芝晚年常用的一个词。但二元对立的观念早在其早年时便已逐渐形成，参见第二章中的相关论述。

② 叶芝：《叶芝诗集》，傅浩译，石家庄：河北教育出版社，2003，第464页。

③ 注意此句中“螺旋地转动”（perne in a gyre）的意象。

已经年老（“一具垂死的动物肉身”），灵魂已耗尽诗人的心力，“它思欲成病”而迷失了本性。诗人在此段最后呼求：请把我收集到那永恒不朽的技艺里（and gather me into the artifice of eternity）。也就表明诗人认为拜占廷代表的是艺术的永恒。最后一段，诗人想象如果第三段中的愿望得以实现，他就能超脱凡尘，不再以任何的自然之物来做躯体外壳。诗人声称只要成为那永恒的艺术：

而只要那种造型，一如古希腊手工
艺人运用鎏金和镀金的方法制作，
以使睡意昏沉的皇帝保持清醒；
或安置于一根金色的枝上唱歌儿，
……①

根据诗人对此处所做的注释可知，诗人曾经读到有关拜占廷皇宫的作品,其中提到皇宫中有一棵用金银制作的树和人造的会唱歌的鸟，因此诗人想象自己变成这只“金鸟”，也就是永恒艺术的化身。

研究认为，诗人在最后一段是在想象一种“永生的状态”，这种永生不是传统意义上的永生，而是艺术的永恒状态。从“永恒不朽的技艺”中的“技艺”一词（artifice）可以联系到拜占廷作为艺术的天堂以“最荣耀的方式坐落于月亮阶段的第 15 阶段，即满月的顶点”②。叶芝在《幻象》一书的第 3 卷，叶芝根据月亮的升降圆缺以及月亮与太阳的相互影响关系构思了一个系统，称之为月相的不同阶段，不同阶段有不同的象征，叶芝对不同阶段的月相赋予不同的象征，并将每一个月相的属性与一种人类类型相对应。叶芝分月相为 28 个阶段，对应 28 种人类类型。第 15 相是满月，这一相的内容是：这是个完美的

① 叶芝：《叶芝诗集》，傅浩译，石家庄：河北教育出版社，2003，第 465 页。

② S. Gilbert, *The Poetry of William Butler Yeats*, New York: Monarch Press, 1965, p. 64.

相位，除此之外别无描述[①]。因此这是月相系统中最完美的阶段，那么最完美的艺术象征拜占廷也处于这一阶段的月相。

《塔堡》一诗延续《航往拜占廷》中“年岁渐老”（aging）和物质与精神世界对立的主题。在第一段起首诗人就感叹，衰弱的老年拴在了自己身上“就像栓在狗尾巴上”。但虽然年老，诗人却感觉想象力和精神并不亏缺（联系诗人中期诗歌中“智慧随年老而至”的主题），诗人甚至要对诗神下命令：

似乎我必须命令诗神去收拾行李，
选择柏拉图和普罗提诺做朋友，
直到想象力、耳朵和眼睛
能够满足于论证，经营
抽象的事物；
……[②]

也就是说年老时智慧、理性、精神、艺术的造诣在层层积累。在第二段诗人描写与塔堡有关的历史和人物[③]，有弗兰赤太太，有农家女，还有诗人曾经创造的虚构人物罕拉汉，甚至有从本来储存在“大记忆”里突然走出来的形象[④]。在第三段诗人将自然世界与精神世界的对立进行描写，自然世界里尽管也有美好，例如骄傲的天鹅能把目光凝聚在一道正在消逝的闪光上，一条晶莹透亮的溪流潺潺流过。但

① 叶芝：《幻象》，西蒙译，北京：国际文化出版公司，1989，第 77 页。

② 叶芝：《叶芝诗集》，傅浩译，石家庄：河北教育出版社，2003，第 467 页。

③ 叶芝 1916 年买下巴利里塔堡，这个塔堡原来是库勒庄园的一部分，已经有不少年的历史，又加上位处乡间，与之有关的传说和人物就显得纷繁复杂，这也正好符合叶芝对神秘事物的爱好。1917 年叶芝与海德-李斯结婚，次年两人监修塔堡，之后便经常在此居住。此塔堡有拾级而上的旋形楼梯，也为诗人经常思考的螺旋理论提供了想象的原型。

④ “大记忆”（the Great Memory），即《再度降临》中的“世界灵魂”，叶芝认为这是一个存储原始意象或者形象的大仓库。

这些比起精神世界来又远远不如，诗人想象一个“超越月亮的乐园”，在那里“死与生并不存在”，有“博学的意大利艺术和骄傲的古希腊石刻，与诗人的想像”。无疑这就是一个理想的永恒的艺术世界。有研究认为诗歌最后一行中提到的“鸟儿”是一只“筑巢之鸟”（nesting bird），象征意象的巅峰，因为之前的回忆和意象都是在层层积累，至此到达顶点，与塔堡的顶点一样，鸟儿象征灵魂之塔的顶点[①]。其实也可以说是螺旋理论隐寓其中，“大记忆”好比螺旋锥体的一个顶点，无数的形象从中出来，就像不断扩大的螺旋一般。联系到巴利里塔堡中实际存在的旋梯，诗人这种隐寓式的写法就更为清晰了。

《一出剧里的两支歌》是戏剧《复活》（*The Resurrection*）中的两首诗。第一首的第一段描写的是酒神狄俄尼索斯死亡和再生的故事。在希腊神话中，狄俄尼索斯主管葡萄收获、酿酒、繁殖[②]，是主神宙斯和凡间女子、底比斯国王加德缪斯女儿塞莫勒（Semele）所生。因被神后赫拉所妒，狄俄尼索斯未出生其母即死，宙斯将之藏于大腿内待其完全长大再放出。赫拉知道后依然妒忌，便设法唆使泰坦巨人（Titan）将其撕碎并吞噬。智慧女神雅典娜出现，将酒神的心脏掏出并交给宙斯，宙斯将其吞下腹中，狄俄尼索斯得以复活重生。于是“所有的缪斯女神在泉边把‘大年’歌颂”[③]。

以古希腊神话为引子，诗人在第二段写历史的循环：

> 另一个特洛伊必定兴起而衰落，
> 另一个世系必定喂乌鸦之口，

---

① S. Gilbert, *The Poetry of William Butler Yeats*, New York: Monarch Press, 1965, p. 67.

② 即罗马神话中的巴克科斯（Bacchus），一般认为古希腊戏剧即起源于对狄俄尼索斯的崇拜，因为古代希腊人在采摘葡萄酿酒后会举行仪式庆祝，由于此种场合下人容易醉倒，因此狄俄尼索斯还与仪式迷狂（ritual madness）有关。

③ “大年”（Magnus Annus），即“柏拉图年”（Platonic years）。参见叶芝：《叶芝诗集》，傅浩译，石家庄：河北教育出版社，2003，第 510 页注释①。叶芝认为 2000 年为一个循环，历史便以此为基础循环行进。

另一个阿尔戈的彩画船艏
必定驶向一个更其俗艳的赝货。[①]

特洛伊、世系（linage）、阿尔戈（Argo）指代以古希腊文明为代表的古典文明，古典文明历经一个“柏拉图年”的循环，到公元元年崩散而基督教文明兴起。从字里行间看，与《再度降临》相似，诗人对这个新到来的文明持一种悲观态度（衰落、喂乌鸦之口、俗艳的赝货）。在第二首的第一段，诗人继续写文明崩散与兴起时（即循环交替时）的嘈杂甚至混乱。基督为“人类渐变黑暗的思想”而惋惜，为此他在“那房间里踱步”（指“最后的晚餐”发生之地），从那里引发了“加利利的骚乱”（代指基督教最初传播的主要地区）。此时“巴比伦的星光带入一片异样、无形的黑暗”，则暗指耶稣的反对者将采取行动（巴比伦文明与基督教文明的对立常见于叶芝诗歌）。于是，基督被害，那血腥（odour of blood）“使一切柏拉图式的宽容成空，使一切陶立克之学徒然。”以柏拉图为代表的古希腊哲学和以陶立克为代表的古希腊建筑风格无疑是古典时代的代表，它们的成空和徒然固然标志2000年古典文明的终结，但耶稣的血腥被害也预示着一种动荡和混乱状态。也许是诗人认为之前的三段描写过于悲观，诗人又补写了最后一段[②]，认为这一切都是虚空：

爱的快乐把他的爱赶走，
画家的笔消耗他的梦；
信使的喊声，士兵的行进
耗尽他的光荣和力气：
……[③]

---

① 叶芝：《叶芝诗集》，傅浩译，石家庄：河北教育出版社，2003，第510页。
② 前三段写于1926年，最后一段（即第二首诗的第二节）写于1930年或1931年。
③ 叶芝：《叶芝诗集》，傅浩译，石家庄：河北教育出版社，2003，第512页。

一切虚空，一切也都不再那么重要，无论多么动荡，光荣和力气都会被耗尽，诗人似乎在思考应该坦然接受这一切（包括生活和思考、身体和灵魂）。其实这一点在《塔堡》一诗中已经有所表露。在《塔堡》第三部分第二段最后一行，诗人在对比了物质世界和精神世界之后，宣称：我已准备讲和。讲和意味着诗人与物质世界与精神世界的讲和，无论过去经历了多少，现在又在思考多少，诗人准备接受现实的一切。

值得注意的是，《一出剧里的两支歌》中对于历史循环交替时的动荡思考是之前写《再度降临》时没有的①，在此之前诗人感觉到现世文明的崩散，期待着新的文明的到来（虽然对于新的文明是一种"何样的恶兽"，作者也心怀忧虑和恐惧）。到此时，诗人想象文明循环交替时的动荡，似乎也暗指对笼罩在欧洲大陆的另一次战争的气氛的隐忧。

《丽达与天鹅》是叶芝阐释历史循环论的另一个重要的例子。这首短诗以直白的方式描写了古希腊神话中宙斯与丽达结合而生海伦的故事。丽达是斯巴达国王廷达瑞俄斯（Tyndareus）的妻子，宙斯爱慕她，便化形为天鹅向她求欢。丽达不久便生下海伦，又称"特洛伊的海伦"（Helen of Troy）。与宙斯同欢的当晚丽达还与其丈夫同寝，因此与海伦一起出世的还有后来成为希腊联军统帅阿伽门农（Agamemnon）妻子的克吕泰涅斯特拉（Clytemnestra），以及被称为狄俄斯库里兄弟（the Dioscuri）的卡斯特（Castor）和博卢克斯（Pollux）。叶芝认为，丽达和宙斯的结合是一种预示（annunciation），预示着旧文明的终结（巴比伦文明）和新文明的开端（古典文明）。诗歌的第一段和第二段写宙斯向丽达的求欢，描写了宙斯力量的勇猛（甚至是凶猛）和丽达的柔弱。描写宙斯的词汇是"猛击""巨翼""黝黑的蹼掌""硬喙"，而描写丽达的词汇是"蹒跚的""无助""惊恐不定的柔指""弱体"等。诗人接着写，正是这一交欢：

---

①《再度降临》第一段描写的是基督教文明崩散时的情景，并没有写到两种文明循环交替时的动荡和混乱。

……便造成在那里
墙垣坍塌断残，屋顶和塔楼烧燃，
阿伽门农惨死。[①]

海伦在西方历来被认为是引起特洛伊战争的导火索，正是她和特洛伊王子帕里斯（Paris）的私奔，导致长达 10 年之久的特洛伊战争。希腊联军以阿伽门农为统帅，以奥德修斯为军师，以阿基里斯为勇士头领，最终借助木马计攻陷并烧毁特洛伊城。阿伽门农虽然凯旋而归，但就在他出战期间，克吕泰涅斯特拉爱上了他人，并伙同情夫杀死了阿伽门农，而后导致了其他一系列的悲剧[②]。

值得注意的是，与《一出剧里的两支歌》相比，《丽达与天鹅》的描写实在直白[③]，也许是因为后者的写作时间（1923 年）比前者（1926，1930–1931）要早，那时诗人还只是在构思自己的哲学体系，而到了 1925 年，诗人终于写出《幻象》。还有一个原因就是结婚释放了诗人各种原来压抑的力量，包括性力（sexuality），诗人无须像早年那样通过暗示或象征来表现。叶芝在《丽达与天鹅》中如此着力表现力量（甚至是蛮力或兽性的力，丽达的柔弱也衬托了宙斯的勇力），跟诗人晚年感到身体的日益衰落不无关系。婚后一段时间，诗人怀疑自己还能否给妻子以足够的爱（见第三章中的相关分析），因此有一种对勇力的崇拜（诗人甚至在 1934 年接受回春术）。有意思的是，诗歌的最后两行历来为评论所忽视：

趁那冷漠的喙尚未把她放下之前，

① 叶芝：《叶芝诗集》，傅浩译，石家庄：河北教育出版社，2003，第 516 页。

② 与克吕泰涅斯特拉有奸情的是阿伽门农的侄子依基斯修斯（Aegisthus），他们俩设计在阿伽门农凯旋归家沐浴时由克吕泰涅斯特拉将其杀死。依基斯修斯代阿伽门农为王，统治 7 年后被逐。克吕泰涅斯特拉被儿子俄里斯忒斯（Orestes）杀死，且克吕泰涅斯特拉的子女间出现乱伦。

③ 除上述描写外，诗人描写海伦的出生是“腰股间一阵战栗”的结果。

她可曾借他的力量汲取他的知识？[①]

显然，诗人认为知识和智慧是来自神界，在人世间是寻觅不到的。与艺术一样，知识既然来自“神启”，则带有永恒的特征。丽达与宙斯的结合，从某种角度而言，也是人类向未知的神界祈求知识和智慧的过程。要知道，从未知中寻找智慧，可以说是叶芝一生的追求（神秘主义、“自动写作”等）。

虽然《万灵节之夜》在诗集《塔堡》中被排在最后，但实际上此诗的写作时间是《塔堡》诸诗中最早的（1920 年）。但排在最后也有它的特殊意义，因为此诗本来是作为《幻象》一书的跋而作（Epilogue to *A Vision*）。此诗写于牛津，因此诗人在开首便写午夜来临时牛津万灵节的情景，因为这天是教会“为所有已去世但仍在炼狱里受苦的虔诚的灵魂祈祷”的日子[②]，诗人便借“酒浆”来召集逝去朋友的鬼魂。首先召请到的是神秘主义画家霍顿，诗人声称霍顿爱好奇思异想，深知“柏拉图式恋爱”，女友和上帝的形象在霍顿那里相混而“无法分辨”。第二位召请到的是弗罗伦丝·埃默瑞，这是一位英国的女演员，曾经到锡兰（今斯里兰卡）的一所佛学院教书，诗人宣称她从创校大师那里“用取譬设喻的方式谈论灵魂旅程的布道中得到了开悟”，并悟到了月亮轨迹的真理（其实是诗人自己的悟到，见《幻象》对月相的总结）：

它如何被卷得到处飞
遍及月亮轨道能够达到的任何位置，
直到投入太阳之中；
在那里，自由然而恒定，
……[③]

---

① 叶芝：《叶芝诗集》，傅浩译，石家庄：河北教育出版社，2003，第 516 页。
② 叶芝：《叶芝诗集》，傅浩译，石家庄：河北教育出版社，2003，第 549 页注释①。
③ 叶芝：《叶芝诗集》，傅浩译，石家庄：河北教育出版社，2003，第 552 页。

诗人召集的第三位友人是曾经一度亲密但逐渐疏远的友人梅瑟斯。梅瑟斯是“金色黎明秘术修道会”的创始人之一，也正是他将叶芝介绍入会。诗人赞美梅瑟斯曾经“勤于开创，富有狂暴的勇气”，但是寂寥使他发了疯，因为静静地思考“冥思未知的思想”使人的交往日益减少，这是一件既不得报酬又无人夸赞的事情。可以看出，诗人召集的三位友人都是神秘主义的爱好者，这也正好符合《幻象》一书的特点。诗人在倒数第二段点出主题，说自己要向活人讲述“木乃伊真理”（mummy truths），即使有人会嘲笑自己。“木乃伊真理”无疑是诗人认为自己找到的一种终极真理，而这种真理只会被熟悉秘术的人发现。有了这个真理，这种思想，诗人宣称就不需要任何别的东西。毋庸置疑，这个真理的具体体现就是《幻象》。

诗集《旋梯及其他》中前面的几首诗如《洒落的牛奶》《十九世纪及以后》《三次运动》则与历史循环中具体的历史历程有关，也可以看作诗人对基督教文明的再度思考。例如《洒落的牛奶》：

我们曾有过作为和思索，
有过思索和作为的人士，
都必将漫流，然后稀薄，
像洒落在石头上的牛奶。①

与《再度降临》不同的是，诗人在此肯定曾经有过的灿烂文明（如古典文明和基督教文明的伟大阶段），只不过现在有些“漫流”和“稀薄”。这一观点在《十九世纪及以后》得到进一步发挥：

虽然伟大的歌不再回返，
我们仍拥有热切的欢乐：

① 叶芝：《叶芝诗集》，傅浩译，石家庄：河北教育出版社，2003，第 577 页。

海滩上白石如卵
落潮下哗哗唱和。[①]

这首短诗的意象和内容容易使人想起阿诺德的《多佛海滩》。阿诺德忧虑文明秩序在崩散，基督教的信仰之海在退潮，是以发出要与爱人“真诚以待”的呼吁，并希冀信仰的再次涨潮。叶芝似乎在对阿诺德的忧虑进行一种回应，叶芝认为虽然基督教文明时代的最辉煌的时期已不再，但还是有些延续或余绪，或者如《三次运动》中所写的，还有些文明在“喘息”：

莎士比亚之鱼漫游在大海，远离陆地；
浪漫主义之鱼回游在收向手中的网底；
那些躺在沙滩上喘息的鱼是什么东西？[②]

“那些躺在沙滩上喘息的鱼”指的是现代主义艺术家的一些“拙劣实验作品”[③]，叶芝曾经在诗中对其有所批评（见《致一位诗人，他想让我赞扬某些模仿他和我的坏诗人》），当然此处诗人表达的是文明进程的具体阶段（从莎士比亚时期文艺的辉煌，到浪漫主义的褪色，即“回游”，再到当代文明的苟延残喘）。

《疯狂的月亮》则与《幻象》中论月亮的不同阶段有关。在诗歌开头诗人将月亮比作“生子过多”的妇女。按照叶芝在《幻象》中的论述，月亮会经历不同阶段的演进（evolution），从“黑月”（第 1 级之前的状态）到满月（第 15 阶段），这种逐渐演进就好比妇女生子过多。因为如此，月亮发了狂，在“天空中蹒跚”。依据诗人在同一本书中表

① 叶芝：《叶芝诗集》，傅浩译，石家庄：河北教育出版社，2003，第 578 页。
② 叶芝：《叶芝诗集》，傅浩译，石家庄：河北教育出版社，2003，第 580 页。
③ 叶芝：《叶芝诗集》，傅浩译，石家庄：河北教育出版社，2003，第 580 页注释②。

述的历史循环论，月亮的这种状态象征文明“穷尽了所有的可能”[①]。

《拜占廷》延续《航往拜占廷》的写法，将物质世界与精神世界相对立，探索艺术的永恒和灵魂的归宿。诗歌一开始即描写嘈杂的物质世界：

白天的种种不洁的形象隐退；
皇帝的酒醉的士兵们上床沉睡；
夜籁沉寂：大教堂的锣鸣，
接着是夜行者的歌声；
……[②]

诗人认为这一切只不过是“聚合的一切，是人类血脉的怒气和淤泥”（the fury and the mire of human veins）。接着诗人看见一个幻影在眼前浮动，显然是灵魂或精神世界的出现。诗人借希腊神话中冥王哈得斯（Hades）线轴（bobbin）的故事表达灵魂释放的观念，哈得斯的线轴即比喻灵魂，它在人世降生后会接受“经验”的缠绕，“因为生对于灵魂意味着自由的丧失，监禁或死亡”[③]。而“解开那缠绕的道路”就意味着灵魂得以自由，脱离人世而回到永恒中去。研究认为“大教堂的锣鸣”是宗教与某种人世间感觉的象征，以《幻象》的术语而言，即处于月相的第 1 或第 15 阶段，即月黑（无月）或满月的阶段。在这两个阶段里，人性都不能存在，死者的灵魂会从海上漂入，由海豚背负，从天堂到人间，然后又回到天堂[④]。果然在诗歌最后一段海豚出现，负载灵魂回天堂。在第三段，诗人转向主题——拜占廷。诗人在

① S. Gilbert, *The Poetry of William Butler Yeats*, New York: Monarch Press, 1965, p. 78.

② 叶芝：《叶芝诗集》，傅浩译，石家庄：河北教育出版社，2003，第 601 页。“夜行者的歌声”指妓女拉客的声音。

③ 叶芝：《叶芝诗集》，傅浩译，石家庄：河北教育出版社，2003，第 602 页注释①。

④ S. Gilbert, *The Poetry of William Butler Yeats*, New York: Monarch Press, 1965, pp. 79-80.

幻视中看见“奇迹、鸟或金制的玩意儿，……栖止在星光照耀的金枝上”，联想到《航向拜占廷》中的金鸟可知，拜占廷皇宫里的这些艺术品是不朽的象征，拜占廷就是不朽的艺术世界的象征。第四段描写的是灵魂在回归永恒前的阶段。据说，拜占廷道路的街角有磷火，“可以涤除死魂灵身上的不洁”[①]。这些磷火不用柴薪和镰石来点燃，是一种狂风吹不到“生自火焰的火焰”。慢慢地，灵魂消逝于一个舞蹈中，进入一种“失神的痛苦”的状态[②]。最后一段写灵魂随着海豚进入人世，又返回永恒天堂。因为尚未完全被涤除不洁，因此这些灵魂“鱼贯而来”，而能使这些不洁被涤除（也就是使灵魂得以净化）的是那些以工匠为代表的艺术家们。他们能够“截断那洪流，……截断聚合的强烈怒气”，能够阻断那“新幻影的幻影”，那被海豚划破、被锣声折磨的大海才能得以平静。诗人再次歌颂艺术的不朽，歌颂艺术不朽的产生地——拜占廷。

20 世纪 30 年代初，叶芝日益感到体力和精神的衰退，常年来对身体、青春活力与年老智慧的思考，使诗人决定于 1934 年接受回春手术。这件在常人看来纯属无稽之谈的事情却给诗人带来了新的创造力。在 1934 年至 1935 年间，诗人诗兴勃发，一气创作近 20 首诗作，而其中，又以组诗“超自然的歌”最具艺术性与哲思。

“超自然的歌”共有 12 首诗，大都以一个虚拟人物瑞夫（Ribh）为线索[③]。组诗的第一首《瑞夫在波伊拉和艾琳之墓畔》借传说为叙述线索。根据传说，大约在 12 世纪，波伊拉是古代伦斯特（意即东部地区）国王与北爱尔兰女神之子，他能说会道，赢得“蜜嘴波伊拉”

---

① 叶芝：《叶芝诗集》，傅浩译，石家庄：河北教育出版社，2003，第 603 页注释②。

② 可能指日本能剧中少女在想象之火中跳舞的场景。参见叶芝：《叶芝诗集》，傅浩译，石家庄：河北教育出版社，2003，第 603 页注释③。

③ 瑞夫是诗人虚构的一个角色，是圣帕特里克的批评者。根据叶芝对这一组诗所做的注，可以知道瑞夫是一个年老的隐修士，其基督教信仰与圣帕特里克不同，更接近基督教正式传入之前的思想，这一前基督信仰很有可能来自埃及。参见《叶芝诗集》第 691 页，注释①，以及 A. N. Jeffares, *A New Commentary on the Poems of W. B. Yeats*, London: Macmillan, 1984, p. 351.

的称号。艾琳是其爱人。叶芝曾写过一首叙事诗《波伊拉与艾琳》，可以视为《瑞夫》一诗的背景。波伊拉和艾琳相恋，仙境的爱神安格斯（又是青春之神）希望他们能在自己的仙境里相爱（即在逝者的国度里），那样就能永享幸福。安格斯分别给波伊拉和艾琳讲了一个对方去世的故事，一对恋人不堪忍受伤痛，双双心碎而逝。这位恋人去世后，在他们的墓畔分别长出一棵苹果树（the apple）和一棵紫杉树（the yew）。而根据传说，他们相恋的故事就是被书写在苹果和紫杉木板上。《瑞夫》一诗就是以瑞夫在殉情恋人的墓畔的一番思考为背景。诗歌开头“瑞夫”回答另外一个人的提问，说自己在校对和整理传说，给那些没有听过恋人故事的人讲述这传奇。在第二段，“瑞夫”认为无须太过纠结于恋人去世的细节，只需明了如今他们的筋骨（身体）已经变成“纯粹的物质”（灵魂），而这样的灵魂交合时，是全体与全体的结合，是一团光的样子，“闪耀之际二者都仿佛迷失、消融于其中”[①]。与恋人在世时的恋爱相比，这是一种神圣性征（holy sexuality, or divine sexuality）[②]。“瑞夫”在最后一段感慨：

那对被悲剧净化了的恋人
急急扑入彼此的怀抱；我这双
被清水、药草和孤独的祈祷锻炼得
像鹰眼般犀利的眼睛都不堪那亮光的炫耀。[③]

① 叶芝曾于 1934 年 7 月写信给奥莉维亚·莎士比亚，说自己头脑中一直有一首诗，关于一个隐修士半夜在一对恋人（波伊拉与艾琳）的墓畔读祈祷书，当夜乃恋人逝世的周年忌日，恋人的灵魂在空中交合，全身发光（瑞典神秘主义大师思韦登堡认为天使或灵魂的交合是一团光，叶芝曾受到思韦登堡的影响），瑞夫就借着光亮继续阅读。参见《叶芝诗集》第 691 页，注释①和 A. N. Jeffares, *A New Commentary on the Poems of W. B. Yeats*, London: Macmillan, 1984, p. 352.

② 语出珊德拉·吉尔伯特，见氏著 S. Gilbert, *The Poetry of William Butler Yeats*, New York: Monarch Press, 1965, p. 86.

③ 叶芝：《叶芝诗集》，傅浩译，石家庄：河北教育出版社，2003，第 693 页。

与其说是瑞夫在自言自语，不如说这也是诗人的“夫子自道”。“清水、药草和孤独的祈祷”都可以视为秘术试验的工具代表，叶芝的秘术试验（从少年时与舅父试验的冥想术、到“金色黎明秘术社”的实践，到参加降神会，再到晚年的“自动写作”）从未间断，即使在构思《幻象》这样系统、理性的哲学著作时，神秘思想依然是其最主要的来源之一。

第二首诗《瑞夫驳斥帕垂克》进一步探讨第一首诗中的主题。如上所述，“瑞夫”代表的是圣帕特里克将罗马天主教传入之前的基督教信仰，而这一信仰据说又主要受埃及神秘主义思想的影响。瑞夫以那“伟大的绿宝石书板”的学说来反驳帕特里克的三位一体说[1]。瑞夫开端就说，是一个古希腊的谬论使帕特里克发了疯。他认为，帕特里克所说的三位一体是“所有自然或超自然的故事流传的方式”，以完全相同的环接连在一起，比如男人、女人和孩子[2]。但赫尔姆斯认为，一切不过是对复制品的复制，种类的繁衍不过是复制的一种形式。只要能爱，一切就能生育（复制）它们自身。有研究者指出，之前诗人在将现世的物质世界与精神世界（或灵魂世界）相对立时，物质世界充满动荡、嘈杂，但永恒的精神世界是一种静态的状态（static）。但在写作《塔堡》中一些诗歌之后，诗人笔下的永恒世界也与现世世界一样，充满动态的性征（dynamic sexuality）[3]。产生这一变化的原因并

---

① “伟大的绿宝石书板”（the Great Smaragdine Tablet），指的是1541年出版的一本关于炼金术的中古拉丁文著作，据说是古埃及神秘主义者（或一群神秘主义者）赫尔姆斯·垂斯梅吉斯图斯（Hermes Trismegistus）所作，内容主要是一种名为“对应学说”（correspondence）的观点。其核心思想是“如上而下”（as above, so below），即下界的事物（即自然世界里的事物），不过是上界的复制，那个上界是一种非自然状态，是一个形式的永恒世界（non-physical reality of the eternal world of forms）。赫尔姆斯的这一学说不仅在前基督时期影响较大，而且对文艺复兴时期新柏拉图主义有深远影响。叶芝熟知各种秘术形式和理论，也熟知新柏拉图主义的观点，因此叶芝对这一套“赫尔姆斯式系统”自然有所理解。参见叶芝：《叶芝诗集》，傅浩译，石家庄：河北教育出版社，2003，第691页注释①、同书第694页注释②以及 S. Gilbert, *The Poetry of William Butler Yeats*, New York: Monarch Press, 1965, p. 86。

② “瑞夫”认为三位一体观点来自古希腊思想的影响。

③ S. Gilbert, *The Poetry of William Butler Yeats*, New York: Monarch Press, 1965, p. 86.

不难理解。叶芝思想中前基督教文明（pre-Christian tradition）本来就是很重要的一个方面，例如他对古代爱尔兰神话、民间传说故事的搜集和整理，他在早期诗歌中对这些神话传说的创造性改编。除凯尔特文化外，赫尔姆斯系统是叶芝新近发现，但又与其神秘喜好一致的一套思想体系。这套体系的核心思想就是“复制”（copy），如果说下界中的事物是上界的复制，那么动荡、嘈杂也应该是上界的“题中应有之义”。

《瑞夫在出神状态》则继续探讨上首诗中对神圣性征的探讨，诗人声称自己的灵魂已经找到了“有其自身原因或依据的一切快乐”，因为神灵与神灵的交合是一种痉挛，从中生出神灵。与历史的循环一样，日子也需要正常的循环，这种循环也必定会重新运行[①]。

组诗的第四首诗《那里》（“There”）虽然是一首短诗，但含义丰富：

那里，所有的桶箍都紧紧衔接，
那里，所有的蛇尾都遭到咬啮，
那里，所有旋锥体都交汇合一，
那里，所有行星都坠入太阳里。[②]

“桶箍都紧紧衔接”是圆满，“蛇尾遭到咬啮”指蛇头咬着蛇尾的形象[③]，都是循环的表现。“旋锥体”（gyres）指的是《幻象》中的圆锥体（cones），诗题“那里”指的是第 13 个圆锥体，是完美自足的一个球体（a sphere sufficient to itself）。从人的角度来观察它，它会有更

① 诗题中的 ecstasy 既指一种“出神状态”，也指狂喜。从诗歌本身来看，诗人无疑惊喜自己在回春术后力量的勃发，导致对生命力量轮回的一种希望。

② 叶芝：《叶芝诗集》，傅浩译，石家庄：河北教育出版社，2003，第 697 页。

③ 在不同的古代文化中都出现过蛇咬自己尾巴（或称环形蛇）的形象，在古埃及文化中象征宇宙四神的统一，古印度文化中象征生命的轮回循环，现代精神分析家荣格将其视为一种集体无意识的原型，象征秘密的原初母性。

多的自我意识，就像某些伟大的舞蹈家或现代文化的完美之花一样。普罗提诺将这个球体（即第 13 个锥体）称为神圣球体，称“那里”的太阳是所有的星星，而每颗星又都是所有星星和太阳。柏梅则称在“那里”生命像螺旋那样向内缠绕往太阳聚集[①]。旋锥体的交汇合一和行星的坠入太阳无疑是普罗提诺和柏梅观点的综合，也是诗人想要表达的观点，即在神秘的维度上与上帝合一。有研究还认为诗人最后写“行星都坠入太阳”是突出了太阳的神圣，这一点也许是受了小说家劳伦斯的影响。因为在劳伦斯那里，太阳是神圣的象征，太阳象征关键的性力（vital sexual energy），而性力是拯救的关键因素，也是使宇宙有生气的关键因素。叶芝曾饶有兴趣地阅读过劳伦斯的作品[②]。关于这点，我们无须过多深挖，因为叶芝的特点就是融会贯通，他并不完全彻底相信哪一家学说，而是采取其中符合其需要的部分，来构建自己的思想体系（以《幻象》为代表）。

第五首诗《瑞夫认为基督教之爱不足》延续上述讨论。与《瑞夫驳斥帕垂克》一样，“瑞夫”认为基督教宣称的爱是不足够的（insufficient），因为还有一种“更黑暗的知识”（仇恨），即使是在灵魂阶段，也应该有“思想”，因为：

思想是一件衣服而灵魂是一位新娘，
她无法在那破烂和花饰之中隐藏：
对上帝的仇恨可以把灵魂引向上帝。[③]

而什么才是足够的（sufficient）呢？就是“那里”，就是“神圣球

① 参见叶芝：《叶芝诗集》，傅浩译，石家庄：河北教育出版社，2003，第 697 页注释①和 A. N. Jeffares, *A New Commentary on the Poems of W. B. Yeats*, London: Macmillan, 1984, p. 354-355.

② S. Gilbert, *The Poetry of William Butler Yeats*, New York: Monarch Press, 1965, p. 86.

③ 叶芝：《叶芝诗集》，傅浩译，石家庄：河北教育出版社，2003，第 698-699 页。

体”，也就是诗人在《幻象》中论述的“第 13 个旋锥体”。此诗的最后几行颇为费解：

在她的主人给予之前她能得到什么！
在他展示之前她能看到哪里！
在他让她知道之前她能有何知识！
在他活在她血液里之前她怎能生活！[①]

“他”显然指上帝，“她”可能指灵魂（上文中新娘的比喻），也可能指宇宙。有研究认为这一段说的是上帝诞生宇宙，又从宇宙中诞生，因此与宇宙几乎一致[②]。笔者以为这一点仍然与赫尔姆斯系统有关，如果将上帝视为上界（the higher），宇宙是下界事物（the lower），那么宇宙是上帝的复制，因此两者几乎一致，但复制品毕竟不是母体或原型，因此只能是几乎一致。

第六首诗《他和她》依然以《幻象》中描述月相变化的不同阶段来描述灵魂的不断变化：

随着月亮悄然升起
她必悄然升起，
随着惊惶的月亮逃逸
她也必然逃逸：
……[③]

“她”指灵魂，也可以指人性，灵魂和人性随着月相（“他”）的变

① 叶芝：《叶芝诗集》，傅浩译，石家庄：河北教育出版社，2003，第 699 页。
② S. Gilbert, *The Poetry of William Butler Yeats*, New York: Monarch Press, 1965, p. 87.
③ 叶芝：《叶芝诗集》，傅浩译，石家庄：河北教育出版社，2003，第 700 页。

化而变化是叶芝这一时期的“中心神话”[①]。

第七首诗《何等神异的鼓翼声？》写的是神人交合的场景，其中的语句如“原始母性”（Primordial Motherhood）[②]、“偎依在他的胸脯上”“神异的鼓翼声”令人想到《丽达与天鹅》一诗，丽达与宙斯（人与神）的结合开启了2000年的古典文明，是一个历史循环。此诗的最后一句：“什么曾来自森林？什么野兽把它的幼崽已舔舐成形？”令人再次想起叶芝所受的布莱克的影响[③]。

第八首诗《它们从何处来？》与上述论述中“永恒也是一种动态”的观点有关。在诗歌开头诗人就宣称“永恒即情欲”（Eternity is passion）。与大的历史循环不同，在此诗中诗人探讨的是具体的历史事件。诗人以戏剧中场景的再现提出一个问题：

它们从何处来，
那打倒了冷淡的罗马帝国的手和鞭子？
什么神圣戏剧通过她的身体开幕，
当改变世界的查理曼投胎的时候？[④]

诗人试图找到具体历史事件发生背后的决定力量，而诗人寻找的途径则一如既往，是神秘主义式的。

第九首诗《人的四个时期》则完全依据《幻象》中的哲学体系而来。全诗如下：

---

① “中心神话”出自叶芝写给奥莉维亚·莎士比亚的一封信，参见叶芝：《叶芝诗集》，傅浩译，石家庄：河北教育出版社，2003，第700页注释①。

② 参见叶芝常用的Primary 和Antithetical对立的概念，以及“原始记忆”或“世界记忆”概念。

③ 叶芝此句风格接近布莱克《老虎》（Tiger, Tiger!）一诗的如下几句：什么样铁链？什么样铁锤？什么样熔炉里炼你的脑髓？什么样铁砧？什么样猛劲 一下子掐住了骇人的雷霆？（卞之琳译）

④ 叶芝：《叶芝诗集》，傅浩译，石家庄：河北教育出版社，2003，第702页。

他曾经与肉体战斗过一场，
但肉体赢了；它趾高气扬。

于是，他又与心较量抗拒；
纯真与和平遂都弃他而去。

然后，他与头脑较量争斗；
他把骄傲的心抛在了身后。

现在，他对上帝之战开始；
夜半钟响时，上帝将胜利。[①]

关于人（人格、个性）的发展的四个阶段，叶芝在《幻象》中有过论述，并曾在1934年7-8月写给奥莉维亚·莎士比亚的两封信中有过进一步的解释。在7月的那封信的最后，叶芝解释说：

地=每一个早期由自然统领的文明（本能）
水=武装的性别时代，骑士时期，傅华萨的《编年史》[②]（情欲）
风=从文艺复兴到19世纪末（理智）
火=由我们的仇恨涤除我们的文明的时代[③]（灵魂）

在8月的那封信中，叶芝又进一步解释说，第一个阶段（地）是

---

① 叶芝：《叶芝诗集》，傅浩译，石家庄：河北教育出版社，2003，第703页。

② 傅华萨（Jean Froissart c. 1337 - c. 1405），法国中世纪著名的编年史家、神父，其名著《编年史》（*Chronicles*）多描述骑士风度和事迹以及当时西欧的制度、人情。

③ A. N. Jeffares, *A New Commentary on the Poems of W. B. Yeats*, London: Macmillan, 1984, p. 357.

负面功能，第二个阶段（水）是血和性，第三个阶段（风）是呼吸和智力，第四个阶段（火）是灵魂即其他。在前两个阶段，月亮达到圆满的阶段，也就是基督和狄俄尼索斯的复生。人类变得理智，不再受上界或下界的力量所驱使[①]。

因此，上述四个阶段就对应诗歌中的四段诗。第一段中的“肉体”即本能，即“地”的阶段；第二段中的“与心较量”指的是骑士风度，即“水”的阶段；第三段中“与头脑较量”指的是理智，即“风”的阶段；第四段中“对上帝之战”指的是仇恨，即“火”的阶段。《人的四个时期》可以说是一首“应制诗”，即诗人为了阐释自己的哲学体系而专门写的诗。

组诗中的第十首诗《会合》是诗人哲学体系中星相学观点的一种展示：

假如朱庇特与萨图恩相逢，
木乃伊小麦会有何等收成！

剑是一具十字架；他死于其上：
那女神叹息，在马尔斯的胸上。[②]

叶芝把木星（朱庇特）和土星（萨图恩）的相逢认为是一种相对立或主观的（antithetical or subjective）天命观，而金星（维纳斯）和

① 以上论述参见《叶芝诗集》第 703 页,注释①，以及 A. N. Jeffares, *A New Commentary on the Poems of W. B. Yeats*, London: Macmillan, 1984, pp. 356-357.叶芝的“整合”观以及人的四个阶段的观点显然与基督教文明、希腊神话、古埃及神秘主义有关。

② 叶芝：《叶芝诗集》，傅浩译，石家庄：河北教育出版社，2003，第 704 页。

火星（马尔斯）的相逢是一种基督教式或客观的天命观[①]。因此在诗歌中，朱庇特和萨图恩的会合会使小麦丰收，而金星和火星的会合产生的是悲剧性结果。

第十一首诗《针眼》也以较为形象的方式来叙述循环的观点。诗人想象从一个针眼里，流出“咆哮而过的流泉”，而那些“未出世的事物，已逝去的事物”都要从针眼里不停地涌出。针眼好比循环的顶点，泉水和事物（文明的表征）从中发展而出，循环往复。诗歌也表达了一种探索驱使泉水或事物涌出的那种神秘力量的愿望，到底是什么让它们源源不断地涌出呢？

“超自然的歌”组诗的最后一首诗《须弥山》探讨的是文明交替的规律。此诗可能写于 1933 年至 1934 年间，当时诗人正阅读印度宗教及相关书籍，准备为印度僧人师利·普罗希大师（Shri Purohit Swami）所著的《圣山》（*The Holy Mountain*, 1934）作序。叶芝曾在 1934 年 6 月写给奥莉维亚·莎士比亚的一封信中提到过这本著作，称其为“罕见的基础之作”[②]。叶芝也曾在剧作《大钟楼之王》的序言中声称当时自己脑海中自发地浮现一首关于须弥山的诗，但旋即表示“哲学是个危险的主题”[③]。须弥山是梵语之音译，即金山，在印度教神话中被认为是神山，这一观点也被后来的佛教所认可。印度教认为此山位于天堂的中心，因此也是世界的轴心。在诗歌开头，诗人感慨文明是

---

① 朱庇特（Jupiter），木星，也是罗马神话中的主神（对应希腊神话中的宙斯），萨图恩（Saturn），土星，罗马神话中的农神（对应希腊神话中的克罗诺斯），维纳斯（Venus），金星，罗马神话中的爱神（对应希腊神话中的阿佛洛狄忒），马尔斯（Mars），火星，罗马神话中的战神（对应希腊神话中的俄瑞斯）。叶芝不仅在作品里探讨星相学，还把这一探讨带入对自己儿女的性格分析当中。在 1934 年 8 月 25 日致奥莉维亚·莎士比亚的信中，他声称自己的两个孩子将是火星会金星，土星会木星，即女儿安妮（Anne）是火星会金星的性格，儿子麦克尔是土星会木星的性格。叶芝甚至声称会随着子女的成长来进一步观察其性格的发展是否符合自己的星相学观点。参见 A. N. Jeffares, *A New Commentary on the Poems of W. B. Yeats*, London: Macmillan, 1984, p. 357.

② A. N. Jeffares, *A New Commentary on the Poems of W. B. Yeats*, London: Macmillan, 1984, p. 358.

③ 叶芝：《叶芝诗集》，傅浩译，石家庄：河北教育出版社，2003，第 706 页注释①。

在多重幻象（manifold illusion）的基础上构成，并被一条规则“箍起”（hooped together）。但人类生而思考，无法停止一个又一个世纪的劫掠、狂暴和灭绝，从而文明堕落到一个“现实的荒凉”（desolation of reality）。埃及、希腊、罗马、印度教、佛教（以须弥山和埃菲尔士山为代表）都趋于消亡：

在积雪之下的洞穴里过夜，
或在那大雪和严冬的厉风
抽打其裸体之处的隐士们了解
白昼周而复始带来黑夜，黎明前
他的荣耀和碑铭都消逝不见。①

“裸体之处的隐士们”也指诗人自己，诗人有感于文明的趋于消亡，决意抛弃身体和意念（精神）的一切束缚，在午夜时（“黎明前”）站在上帝面前，接受上帝的指引或审判，直至黎明。

《螺旋》和《天青石雕》是诗集《新诗》中关于历史循环的两首代表作。《螺旋》探讨的依然是文明循环或更替时的那种动荡和嘈杂：

古老的轮廓线已被消蚀而漫灭。
非理性的鲜血溪流污染着大地；
恩培多克勒把万物四处抛撒；
赫克托尔已死，特洛伊现有灯光照耀；
我们旁观者只有在悲剧的欢乐中大笑。②

---

① 叶芝：《叶芝诗集》，傅浩译，石家庄：河北教育出版社，2003，第 707 页。

② 叶芝：《叶芝诗集》，傅浩译，石家庄：河北教育出版社，2003，第 711 页。恩培多克勒（Empedocles c. 490 B. C. – c. 430 B. C.），古希腊哲学家，提出万物由土、水、火、气四大经典元素组成的宇宙论（cosmogenic theory of four classical elements）。参见叶芝在《人的四个阶段》中的论述。赫克托尔（Hector），特洛伊城王子，是特洛伊战争中特洛伊一方的主将，在同阿基里斯的搏斗中被杀死。

与之前在《再度降临》等诗歌中的描写不同的是，之前诗人对战争历史循环或螺旋中的动荡和嘈杂是害怕和恐惧（“何等样的恶兽？”），如今诗人是以一种平静、和解的心态来对待。诗人说尽管有“麻木的噩梦骑在头顶”，鲜血和淤泥污染了身体，但“又有什么要紧？”诗人接着说虽然一个更伟大、更高雅的时代已经逝去，自己也曾经叹息过，但现在已不再伤心。诗人称自己的心所知的一切只是一个词“欢欣”（Rejoice）。“欢欣”对应了上述引文中的“欢乐”（joy）一词，但诗人也明了这是一种“悲剧式的欢欣”（tragic joy）。在最后一段，诗人重申，即使行为和工作变得粗糙，即使灵魂也变得粗糙，那“有什么要紧？”从这些动荡和嘈杂中一切都平等（包括大众和贵族），是万物都将在螺旋中继续运行：

从一座坍塌的陵墓的断石残碣
或鸡貂与猫头鹰之间的黑暗
或任何富有、黑暗的空无中发掘
工人、贵族和圣徒；万物重新
在那过时的螺旋锥体之上运行。[①]

“工人、贵族和圣徒”显然包括大众和贵族等所有群体，这样的态度显然与之前叶芝多次表明赞赏贵族、谴责大众的态度截然不同。如上所述，诗人已经与世间万物和解，自然对之前的观念有所修正（如果说之前的观念是一种偏见）。

《天青石雕》进一步阐述诗人与万物和解，以“悲剧式欣悦”的态度来接受历史循环中的动荡、痛苦的观点。在第三段，诗人以世界不同的文明的毁灭与重生来阐释历史的螺旋形循环：

① 叶芝：《叶芝诗集》，傅浩译，石家庄：河北教育出版社，2003，第 712 页。

他们来过：或徒步，或驾船，
或骑马，或骑骡，或骑驴，或骑骆驼，
古老的文明遂面临刀剑。
于是他们和他们的智慧走向毁灭：
伽里玛科斯刻石如刻铜，
他雕琢的衣纹，当海风吹袭
这角落之时，仿佛飘飘飞动，
如今他的作品没有一件完好矗立；
他那棕榈树形的细长灯罩
也仅仅矗立了一昼夜；
一切都倾覆又被重造，
重造一切的人们是快乐的。[①]

“或徒步，或驾船”等显然指的是各种古代文明，包括古埃及文明、基督教文明，以及伊斯兰文明等。“伽里玛科斯”代表的是古希腊文明[②]，但古希腊文明也走向毁灭（2000年的古典文明终结）。虽然如此，但诗人觉得“是快乐的”。在诗歌最后，诗人再次申明主题，虽然天青石雕上的人物似乎注视的是“一切悲剧的场景”，甚至有一位人物在演奏着“悲悼的曲子”，他们的眼角布满皱纹，但他们“古老的、炯炯的眼里，充满快乐”。

“悲剧式的欣悦”成为叶芝最后两部诗集（《新诗》和《最后的诗》）中一个最为突出的主题。虽然接受了回春手术，诗人感觉自己的创作力再次喷发。但毕竟年已古稀，身体和精神即使再次经历“重生”也无法拗过自然的规律。到此阶段，诗人如佛教所讲，已经能看开一切，

① 叶芝：《叶芝诗集》，傅浩译，石家庄：河北教育出版社，2003，第715-716页。

② 伽里玛科斯（Callimachus），活跃在公元前5世纪下半叶的古希腊建筑家和雕刻家，曾发明以旋凿的技法来雕刻衣服的纹饰，他的作品据说包括为雅典卫城内殿的一盏金灯以及一个棕榈树形的青铜长灯罩，据说金灯一年只需换一次油，棕榈树形的灯罩能吸住任何升起的油烟。

放下一切，与一切和解。《驯兽的逃逸》就是这么一首代表作。在第一部分，诗人感叹自己年老才艺枯竭，寻找了六七个星期还没有找到一个主题。突然，自己曾经写过的主题还是浮现了出来，就像马戏场的驯兽一样一一出来。在第二部分诗人回忆自己曾经最重要的一些主题，首先是早年的幻梦：

首先是那海上骑士乌辛被牵着鼻子
穿越了三座魔岛，寓言的幻梦，
虚幻的欢乐，虚幻的战斗，虚幻的休憩，
心灵受苦的主题，或仿佛如此的类型。①

显然早年的幻梦以“乌辛漫游记”为代表，都是虚幻的，都是梦境，诗人早年的焦虑犹如心灵的受苦，极力构建艺术和主体的身份，极力构筑一个梦境，使自己远离人世的喧嚷和灵魂的苦闷。

之后是无望的爱（毛德·冈）和政治活动（包括剧院事务）：

我想我的爱人定会毁掉自己的灵魂，
同样狂热和仇恨也把它奴役蹂躏，
这便产生出一个幻梦，一转瞬
这梦本身占据了我全部思想和爱情。
……
人物性格被一种事业与世隔离
而专注于目前且把记忆掌握。
占据我全部爱情的是演员和舞台
而不是他们所象征的那些东西。②

① 叶芝：《叶芝诗集》，傅浩译，石家庄：河北教育出版社，2003，第 848 页。
② 叶芝：《叶芝诗集》，傅浩译，石家庄：河北教育出版社，2003，第 848-849 页。

即使被无望的爱和无尽的剧院事务所羁绊，诗人还是声称使他着迷的还有对神秘事物的探究，换言之，即构建自己独特哲学体系的兴趣。这种体系构建的成果就是《幻象》。诗人在最后宣称对艺术和生命的信念：

既然我的梯子已丢失，
我只得躺倒在所有梯子起始之处，
……[①]

诗人相信，即使才艺暂时枯竭，回到艺术的起点重新开始依然能够有所成就。与《航往拜占廷》一样，艺术的世界是永恒的，艺术能够超越那些荒凉的现实（desolation of reality）。与《天青石雕》一样，诗人带着这种“悲剧式的欢欣”来接受这一切。

《布尔本山下》一般被排在叶芝诗集的最后，作为诗人思想的总结[②]。诗歌的第一部分诗人回忆了对自己思想形成影响较大的两个方面：一个是以古埃及神秘主义为代表的秘术思想，另一个是以布尔本山为代表的爱尔兰民间故事和传说。神秘主义思想中有阿特拉斯女巫，此名出自雪莱的诗歌《阿特拉斯的女巫》，也可见出雪莱对叶芝的重大影响。“骑者和女人”指的是爱尔兰民间传说中的仙军（Sidhe）和仙女（参看《凯尔特的薄暮》），他们带着一种不朽的神情在寒冬的黎明驰过布尔本山下。第二部分从凯尔特文化中灵魂转世的角度来阐述历史循环论：

多少回人死而复生，

① 叶芝：《叶芝诗集》，傅浩译，石家庄：河北教育出版社，2003，第850页。

② 当代通行做法则是按时间顺序将其作为诗集《最后的诗》的第一首。在分析上将其作为叶芝一生思想的总结则更为恰当。布尔本山是斯莱戈北边的一座山，从镇上即可望见，山里有飞泉流瀑，山下有湖，是叶芝少年时候常去之地。叶芝1939年在意大利去世，1948年遗体运回爱尔兰，并遵照其在《布尔本山下》表达的意愿葬于斯莱戈鼓崖墓园。

在种族和灵魂的永恒
这两极之间轮回；
古老的爱尔兰早已如此。[①]

轮回的观念，诗人更多地是得自印度教和佛教的影响，但灵魂转世复生的概念在凯尔特文化中本身就存在。笔者以为，诗人认为灵魂通过转世（reincarnation）而得永恒，这种观念更多地来自凯尔特文化传统（“古老的爱尔兰”，具体分析请看本章第二节）。第三部分阐述的是以暴力为代表的仇恨的矛盾力量。一方面，仇恨使一个人陷入“疯狂战斗”，但另一方面，仇恨似乎又有一种“完善”的功能：

当一个人疯狂战斗之时，
久瞎的眼中有物坠落，
他完善了残缺的心魄，
悠然伫立一时片刻，
放声大笑，心气平和。[②]

“仇恨”的这种矛盾状态其实是诗人哲学体系中二元观的体现。叶芝的二元观是二元对立统一观，即两个事物既是互相对立的，但又是互相依存、互相转化的。这是叶芝思想中的一个重要方面。第四部分是关于艺术的探讨。正如诗人在《幻象》中一再提示的历史循环论那样，公元前 2000 年内是古典文明（以希腊文明为代表）的循环，公元元年后 2000 年是基督教文明的循环，为此，就历史循环中的艺术而论，古希腊艺术和文艺复兴艺术无疑是艺术中的巅峰。古希腊艺术方面，诗人提到了古希腊哲学家普罗提诺，古希腊雕刻家菲狄亚斯。在文艺复兴艺术方面，诗人则以米开朗琪罗在西斯廷教堂穹顶的壁画为代表。

① 叶芝：《叶芝诗集》，傅浩译，石家庄：河北教育出版社，2003，第 794 页。
② 叶芝：《叶芝诗集》，傅浩译，石家庄：河北教育出版社，2003，第 795 页。

诗人认为这两者艺术在某种程度上可以融合（当然是以一种神秘的方式）：

诗人和雕塑家，请努力，
也勿让时髦的画家偏离
他的伟大祖先们的业绩；
把人类的灵魂引向上帝，
让他把摇篮填充得恰当。[①]

诗歌的第五部分则是对爱尔兰的一份告诫和嘱托。诗人在开端告诫爱尔兰诗人，要把“艺业”学好，歌唱一切美好的创造，而要鄙弃那种过分抽象的“全然不成形状的怪物”。诗人嘱托他们应该歌唱田间劳作的农民、四处奔波的乡绅、虔诚高贵的僧侣，也要歌唱放肆欢笑的酒徒和快乐的王公贵族。也就是说要歌颂具体的“有形状”的事物。诗人在这一部分的最后寄予了对爱尔兰未来的殷切希望：

把你们的心思抛向往昔，
以使我们在未来岁月里可能
依然是不可征服的爱尔兰人。[②]

诗歌的最后部分是一份嘱托，也是诗人对自己一生的总结：

冷眼一瞥
生与死
骑者，去也！[③]

① 叶芝：《叶芝诗集》，傅浩译，石家庄：河北教育出版社，2003，第 796 页。
② 叶芝：《叶芝诗集》，傅浩译，石家庄：河北教育出版社，2003，第 799 页。
③ 叶芝：《叶芝诗集》，傅浩译，石家庄：河北教育出版社，2003，第 800 页。

正如第三章中所言,"骑士"是叶芝中后期诗歌中非常重要的意象之一。骑士的勇气、力量,骑士所受训练的教养,以及骑士所附属的贵族阶层[①],都是诗人向往和欣赏的品格。在这里,骑士就是诗人自己,也就是诗人的灵魂,这种灵魂超越生死,超越一切。

第二节　叶芝历史循环论的思想来源

一、叶芝诗学思想来源综述

对于叶芝哲学思想和其诗歌之间的关系,叶芝本人曾这样表示:(尽管《幻象》一书乃其哲学思想集大成之作)《幻象》的写成并不是为了使读者更好地理解他的诗歌,"而是写给几个校友看的"[②]。言下之意就是虽然《幻象》是其一生哲学思想的总结,但并不能跟他的诗歌划等号。叶芝也曾说:"我总是确定这一点,即艺术中使读者感动的是个人生命的强度,是表达这种强度的语调,是一个人一生中重要时刻的那种力量。"[③]换言之,诗歌中那种感动人的情感才是最重要的。学者斯多克也说:

> 一首诗的伟大并不在于其阐释的信仰。但是当读者阅读一首诗觉得它是一首好诗的时候,这首诗肯定不可能是从错误的或琐屑的思想中得来。诗中的意象必须以其诗意的恰当来打动读者。

① 在那时的爱尔兰,只有贵族家里才养得起马(不是指用来驮物或干重活的马)。

② E. Malins and J. Purkis, *A Preface to Yeats*, New York: Longman Publishing, 1994, p. 45.

③ E. Malins and J. Purkis, *A Preface to Yeats*, New York: Longman Publishing, 1994, p. 45.

诗中的象征如果不能让读者感同身受，那就毫无意义了。[①]

“感同身受”才是一首诗的灵魂所在，只有读者与诗人在诗歌这个媒介中找到了共通的情感，诗歌才算是成功的。

虽然如此，但是显然叶芝高估了自己理想中的读者。固然《幻象》所展示的神秘象征、月相阶段等只有叶芝艺术学校时期的朋友能明白其来龙去脉，但如果一般读者不接触《幻象》，就很难对叶芝诗歌中表达的哲学思想有较好的理解。换言之，事情或许没有叶芝想象的那么绝对。虽然不能将哲学思想和诗歌划等号，但只要粗略理解《幻象》的基本内容，也就能更好地欣赏叶芝的诗歌。

《幻象》一共分为四卷，分别是“哈里发所学的”“哈里发所拒绝学的”“鸽子或者天鹅”“普鲁托之门”。第一卷主要内容是月相的 28 个阶段，以及相对应的 28 种人类类型。第二卷主要介绍螺旋与锥体以及与月相的对应关系。第三卷主要内容是历史循环论。第四卷内容较杂，主要涉及生与死、灵魂和转世、神话等。如前面几章所述，《幻象》能够写成，其主要导火索是叶芝夫人的“自动写作”。“自动写作”之后留下的符号在常人看来是荒诞不经的，但在多年来一直在思考哲学（主要与神秘主义哲学以及灵魂有关）的叶芝看来，那些符号无异于天启的象征。也正如上文所言，叶芝是一个“拿来主义者”，只要是符合自己思考的观点，他都取为己用，力图构建出自己的一个体系。遇到观点中某一部分与自己观点相异的地方，叶芝就想方设法或是只及一点不及其余，或是绕过去，从而自圆其说。《幻象》虽然是一部天书般的著作，但是核心观点还是可以归纳总结出来，那就是历史循环论，其内容已经在本章第一节对诗歌的分析中有所论述。重要的是，叶芝这一思想的来源有哪些？这是更值得思考的问题。

关于叶芝思想的来源，一般认为有布莱克、印度教与佛教、卡巴拉神秘主义、新柏拉图主义（包括柏拉图）、日本能剧、中世纪神秘哲

① E. Malins and J. Purkis, *A Preface to Yeats*, New York: Longman Publishing, 1994, p. 45.

学、维科、贝克莱、伯克，以及叶芝晚年才开始接触的尼采[①]。而就历史循环论而言，主要来源是印度教和佛教、新柏拉图主义、维科、贝克莱与布莱克。

布莱克是对叶芝影响最早的思想来源[②]。叶芝曾在自传中回忆，在十五六岁的时候，父亲就给他讲罗塞蒂和布莱克，朗读他们的诗歌。长大后叶芝还与父亲好友艾里斯一起编辑布莱克的诗集。因此叶芝对布莱克的诗艺和思想是较为熟悉的。叶芝晚年曾在一首诗中这样写道：

一颗老年人雄鹰似的心灵，
直到我成为泰门和李尔
或那位击打墙壁，
直到真理听从召唤的
威廉·布雷克（按：即布莱克），
否则就会被人类忘却。[③]

叶芝是在1936年11月写作此诗的，距离他第一次接触布莱克的诗歌已有55年之久。在上述段落之前，诗人叙述自己“体力衰耗”，住在一幢老房子里，夜半时分什么也没有，除了一只老鼠。诗人感觉自己已经接近生命的尽头，只有“松弛的想象力”，头脑像一块破布一样，“不能使真理传播”。因此诗人呼吁，请赐予他老年人的狂热（old man's frenzy），这样才能为自己重铸一颗能穿透重重云雾的心灵。只有拥有了这种狂热，才能像布莱克那样，真理听从他的召唤。可见诗人最希望得到的是一种激情和狂热，这种激情和狂热不仅在年轻人那

① 关于这一方面，权威的论著有《叶芝评传》《叶芝：诗歌与思想》（*W. B. Yeats: His Poetry and Thought*）及《叶芝序言》（*A Preface to Yeats*）。

② 布莱克主要在诗歌风格和思想上影响叶芝，关于诗歌风格的影响，参看第一章中的相关论述。

③ 叶芝：《叶芝诗集》，傅浩译，石家庄：河北教育出版社，2003，第734页。布莱克的英文原名为William Blake，选文译者按照发音相近的原则将其译为布雷克。

里有，而且在老年人也应该有。到底是布莱克什么样的狂热让叶芝为之神往呢？笔者以为，是想象（imagination）。

叶芝曾写过一篇文章名为《布莱克和想象》，淡布莱克对想象的重视。布莱克对想象的重视与贝克莱对精神的肯定在叶芝那里不谋而合[①]。贝克莱的主要观点有三点："物是观念的集合""存在就是被感知""对象和感觉原是一种东西"[②]。其中最重要的是第二点。贝克莱说"存在就是被感知"是针对洛克的学说而言的。洛克曾经说过：思维之中的一切都是感觉而来的[③]。贝克莱认为，物体的存在取决于他们被思想感知，比如说写字的桌子，它之所以存在，是因为它被眼睛看到了，被手触摸到了。因此，贝克莱将一切存在分为两个世界：物质世界（被感知的存在世界）和精神世界（感知的主体世界）[④]。精神世界又分为两层：有限感知的主体，即人的存在；永恒感知的主体，即无限的精神世界（或神）。显然，精神世界是感知的本原，是最重要的。贝克莱以此来反驳洛克的抽象思维和牛顿的机械思维。叶芝曾在诗歌《血与月》谈到自己所受的爱尔兰作家或思想家的影响，其中就有贝克莱：

这架似盘旋、转圈、螺旋的踏车般的楼梯是我祖传的楼梯；
哥尔斯密和那主教，贝克莱和柏克曾经旅行到那里。
……
以及证明万事万物都是一场梦，尘世这头务实
而愚蠢的猪猡，及其看起来十分结实的幼崽，

① 贝克莱（George Berkeley），18世纪英国哲学家。

② 《西方哲学史（上册）》，全增嘏主编，上海：上海人民出版社，1983，第618-622页。

③ 洛克（John Locke），英国经验主义哲学家，也被认为是英国实证主义创始人。叶芝不喜欢洛克的思想，曾经在日记中写道：笛卡尔、洛克和牛顿拿走了世界，而把它的粪便给了我们。（《叶芝诗集》，第513页，注释①）叶芝还写了一首诗来表达自己对洛克思想的不喜欢，即《断章》（"Fragments"）（一）：洛克晕倒过去；乐园死去；上帝从他的肋下取出珍妮纺纱机。（叶芝：《叶芝诗集》，傅浩译，石家庄：河北教育出版社，2003，第513页）叶芝反对以牛顿和洛克为代表的机械论，所以他倾向于认同贝克莱的哲学，以及布莱克的思想。

④ 傅伟勋：《西洋哲学史》，台北：三民书局，1970，第353页。

只要心灵一变换主题就必定立即消亡的、上帝任命的贝克莱；
……[①]

“祖传的楼梯”比喻的是诗人所受的爱尔兰先辈的影响，“主教”和“上帝任命的”指的是贝克莱的主教身份[②]。在叶芝看来，贝克莱重视的是“梦”和“心灵”，而尘世（物质世界）是无足轻重的，只要“心灵”一变，尘世就立即消亡了。而“心灵”和“梦”就是精神世界。

叶芝发展了布莱克的“想象”和贝克莱的“精神”，并将其与新柏拉图主义相联系。柏拉图在《理想国》里用“洞穴”比喻区分两个世界：可感世界和理念世界。普通人只能在可感世界里。创造宇宙（包括可感世界）的是“得穆革”（Demiurgos，神或父亲），它首先创造的便是“世界灵魂”，“它弥漫于世界并在内部推动形体运动的力量，由同和异两个部分构成，按相反方向做圆周运动”[③]。叶芝曾在数首诗中谈及“世界灵魂”（如《再度降临》《塔堡》）。而“同异两部分按相反方向做圆周运动”与叶芝接触到的印度教、佛教中的轮回转世观念相近，最终构成了如本章第一节所示的那两个螺旋的图形。叶芝又将“世界灵魂”称为“大记忆”，其概念又类似于荣格所说的“集体无意识”（collective unconsciousness），它是所有原型的仓库。从这个“大记忆”或“集体无意识”里面，某种原型会生发出许多变体，这些变体就是象征符号。诗人要做的就是将这些象征符号捕捉。

公元3世纪的罗马哲学家普罗提诺发展了柏拉图的学说，成为新柏拉图主义的鼻祖。普罗提诺的思想主要集中在其著作《九章集》（Enneads），由其弟子波菲利整理。普罗提诺认为万物都从“太一”（the One）中流溢而出，“太一”是一种无所不包的统一性。从“太一”出

① 叶芝：《叶芝诗集》，傅浩译，石家庄：河北教育出版社，2003，第569-570页。
② 贝克莱亦被称作“贝克莱主教”（Bishop Berkeley）。
③ 张志伟：《西方哲学十五讲》，北京：北京大学出版社，2004，第88-89页。

"理智"，从"理智"中流溢出"灵魂"，这三者是不同的三个本体，但同时又是一个"最高的神"。普罗提诺认为人生活在到处是灵魂的可感世界，人的灵魂可以与周围的灵魂相通。同时，人的灵魂既可以上升到"太一"本体，又可以下降到物质世界，人可以通过朝向本体的上升来摆脱肉体。普罗提诺又把哲学与宗教相结合，认为最高的本体就是神，人通过"德性的修养，净化灵魂，经过对神的沉思"，就能达到"观照神的最高境界"[①]。也就是说，在普罗提诺那里，神人是可以合一的。那么人的灵魂与"世界灵魂"相联系，也就具备了神圣性。显然这是一种神秘化的理解[②]，而神秘主义一直是叶芝的兴趣之所在[③]。

如第二章中所述，叶芝对印度教与佛教思想的兴趣主要是艺术学校毕业后几年的时间。当时东方思想，尤其是印度教思想，逐渐被引介到欧洲，这其中英国作为印度殖民地宗主国起了作用，可以说是"英国帝国主义的一个意外的结果"[④]。在历来的分析中，学者大多较为详细地论述印度教对叶芝的影响，这其中有一个方面被忽视了，那就是藏传佛教。19世纪中后期不仅印度成为英国的殖民地，中国西藏地区也成为殖民者觊觎的对象，殖民者挑起了几次战争，力图将西藏从中国版图中分离出去。由于地域相邻，印度教与藏传佛教之间有较为相近的观念，因此这两者被殖民者不加区分地一并带到欧美。印度教和藏传佛教都有关于圣人的观念，印度教中称为之"圣人或圣雄"

---

① 赵敦华：《西方哲学简史》，台北：五南图书出版有限公司，2002，第149页。

② 普罗提诺为了学习波斯哲学，曾参加过罗马对波斯的战争。也许是这次经历使他接触到了东方神秘主义，例如古代印度教吠檀多教派关于人内部神灵与外部绝对之神同一的观点。参见《西方哲学简史》第144、150页。

③ 叶芝在《战时冥想》一诗中这样提到普罗提诺：在被风吹折的老树荫中静坐在那古老的青石上之时，由于脉搏的猛一下跳动，我悟知太一是活生生的存在，人类则是无生命的幻影。（叶芝：《叶芝诗集》，傅浩译，石家庄：河北教育出版社，2003，第458页）由此可知，叶芝认同普罗提诺的看法，"太一"是最高的本体（"活生生的存在"），人类（包括灵魂）只不过是存在的"幻影"，即流溢出来的一个本体。

④ E. Malins and J. Purkis, *A Preface to Yeats*, New York: Longman Publishing, 1994, p. 46.

（Mahatmas）[①]，藏传佛教中称之为“古鲁或灵性大师”（Gurus）[②]。这两者都认为这类圣人是佛的体现者（embodiment of Buddha），他们可以通过神秘的启示来阐释神圣的本质，这一点在藏传佛教中更为明显，因此藏传佛教又被称为密宗。这种探求神圣本质的观念和方法渐渐被发展成一门学问，即神智学（Theosophy）[③]。神智学的内容是探求神圣本质，方法却带有神秘主义色彩，据说圣人或灵性大师都有一些秘术方法，弟子或信众得其法方能探得本质。如第一章中所述，在19世纪末基督教的衰落正好为这种充满神秘色彩的观念和方法进入欧美提供了契机。在英国，这种对神智学和其他东方神秘思想（包括老子的思想）的兴趣成为维多利亚中后期文化的一种“潜流”（underground culture）[④]。1885年，伦敦成立了一个名为秘术协会（Theosophical Society of London）的团体，创立者即布拉瓦茨基夫人。据说她曾巡游世界，并在一位印度教大师那里得到真传，希望将这种秘术方法播于世界。协会的宗旨不仅在于探索人的神圣本质，还研究一些难以解释的自然规律，尤其是精神世界的现象。据说布拉瓦茨基夫人亲自目睹过一个人的身体不由自主地被精神控制的场景，因此在创建伦敦秘术协会时，她更倾向于在协会仪式中增加神秘兮兮的内容。1877年布拉瓦茨基夫人出版了自己第一部代表性作品《揭开埃及女神的面纱》（*Isis Unveiled*）[⑤]，叶芝读到过这部作品，并开始对秘术感兴趣。

1885年叶芝在加入伦敦的秘术协会后在爱尔兰建立了都柏林秘术协会（Dublin Hermetic Society），试图在爱尔兰（至少在都柏林）

① 例如近代印度民族解放运动的领袖甘地就被尊称为“圣雄甘地”（Mahatma Gandhi）。

② “古鲁或灵性大师”的称呼不仅在藏传佛教（Vajrayana Buddhism）中有，在其他与印度教、佛教相关的宗教中也有。在藏传佛教中，古鲁被视为佛（Buddha）的体现者菩萨（Bodhisattva），是弟子或信众精神实现的根本。

③ theos是希腊语的拉丁化拼写法，意思是神（God），sophia在希腊语中即智慧（wisdom）。

④ E. Malins and J. Purkis, *A Preface to Yeats*, New York: Longman Publishing, 1994, p. 46.

⑤ 埃希斯（Isis）是古埃及神话中司生育和繁殖的女神，是完美母性的象征。对她的崇拜后来传播到欧洲各地。《揭开埃及女神的面纱》只是借埃及女神的名头而已，其主要内容就是以神智学为主的秘术观念和方法。

建立秘术思想的影响。之后他读到了爱尔兰同胞辛奈特所著的《秘术世界》(*The Occult World*)与《佛教密宗》。后来他又遇见摩希尼·查特基，这位婆罗门对其影响深远[①]，使叶芝确立了终生对轮回转世学说的信仰。后来叶芝将这一学说与新柏拉图主义相联系，认为事物不仅是对立轮回的状态，而且是再生的状态[②]。这之后叶芝在1890年加入一个名为“金色黎明秘术协会”(Hermetic Order of the Golden Dawn)的组织，这也是一个与秘术有关的团体，当时的领导者是麦克格雷格·梅瑟斯。“金色黎明秘术协会”以玫瑰十字会教义(Rosicrucian)为核心内容，宗旨是探求过去古代的神秘真理。这个协会的入会仪式相当复杂，有十项内容之多。梅瑟斯重在通过对象征符号的冥想而进入幻象的状态，以及发现那些古老的秘术仪式。叶芝将幻象与秘术与之前受到影响的思想相结合，从而确立了自己以神秘方式来探讨哲学思想的路径。

至此，叶芝吸收诸家思想，经过多年的构思，已逐渐形成了一套关于事物之间相互对立、轮回、事物从“世界灵魂”流溢而出的观念。但真正促成叶芝很快写出《幻象》(即叶芝哲学思想初稿)的是对维科作品的阅读[③]。叶芝本人不懂意大利语，他读到的作品是由叶芝夫人

---

① 1885年叶芝初次遇见查特基，40余年后(1929年)诗人专门写诗《摩希尼·查特基》以纪念这位婆罗门对自己的影响。诗中表现查特基轮回转世思想的诗句有：

我曾经是一个国王，
我曾经是一个奴隶，
傻瓜、无赖、流氓，
诸如此类的东西
我无不曾经当过，
……(叶芝：《叶芝诗集》，傅浩译，石家庄：河北教育出版社，2003，第599页。)

② 柏拉图和新柏拉图主义者认为有“世界灵魂”，万物是这个灵魂的重生，或者说是从其中流溢出来的。

③ 基阿姆巴蒂斯塔·维科(Giambattista Vico)，意大利哲学家，历史学家，法学家。维科反对理性主义，为古典哲学辩护；反对理性，重视想象和精神，与布莱克和贝克莱有相似之处，也可见出叶芝选择阅读维科作品的一个理由。维科的代表作是《新科学》(*Scienza Nuova*, 1725，一般英译为 *New Science*)。

整理的一些篇章，时间在 1925 年，是年叶芝和家人在意大利度假。其实，在前一年，叶芝已经接触到意大利思想家的作品。那年在伦敦，叶芝参加了克罗齐研究讲座，并阅读了克罗齐所著《维科的哲学》[①]。维科对叶芝影响最大的是宗教和历史活动的循环论（cyclic theory）。维科认为，宗教起始于统一（unity），之后便走向异端（heresy），然后是无神论（atheism），之后一起消亡，循环再次开始。国家制度也是这样，一开始是君主制，之后君主制衰落，或者进入民主制，在一番嘈杂或者混乱后又回到君主制。文明也是这样，文明从神开始（Gods），之后进入英雄（Heroes）阶段，这一阶段由贵族政府统治，然后是人治的阶段，即普通人的阶段，之后进入到野蛮时期（Barbarism），经过一阵嘈杂又回到统一的君主制（unified monarchy）[②]。在维科那里，宗教、历史、政治、文明的循环彼此依赖，又以一个中心为出发点。这种说法成为叶芝历史循环论的主要来源，只不过诗人将其“拿来”之后做了修改，以符合自己的需要。叶芝结合“世界灵魂”“大记忆”和循环论，认为公元前 2000 年至公元元年前是古典时代，是一个循环，之后文明崩散，另一个文明基督教文明开始，其循环是从公元元年至公元 2000 年。因此在《再度降临》《航往拜占廷》《塔堡》《驯兽的逃逸》等诗歌中表达了这种历史循环的观点。

二、一个被忽视的角度：凯尔特文化

在分析叶芝历史循环论的思想来源时，笔者以为，历来研究这忽视了一个重要的概念及其成因，即“螺旋”（gyre）。在本章第一节的图形及其描述中，我们知道，叶芝的历史循环论指的是从一个文明的顶点出发，螺旋式的旋转而扩大、扩大，最后至于崩散的阶段。除 gyre

① E. Malins and J. Purkis, *A Preface to Yeats*, New York: Longman Publishing, 1994, p. 53. 本尼迪托·克罗齐（Benedetto Croce），意大利哲学家、美学家，以提倡自由政治学而著名。

② 此处对维科循环论的论述转引自 E. Malins and J. Purkis, *A Preface to Yeats*, New York: Longman Publishing, 1994, p.54.

一词外，叶芝在诗歌多处还使用 turning（旋转）、whirling（漩涡式旋转）、widening（旋转中扩大）等词汇来表达螺旋的概念。而且，叶芝对这个“旋转”概念的喜爱是终其一生的，因此有必要弄清这一概念的成因。从时间上看，叶芝形成对这一概念（或者说是形象、符号）的偏好应该是在青少年时期就形成了，因此我们可以从叶芝青少年的经历来探讨。叶芝在斯莱戈海边看到的漩涡式的海流，听到的民间故事和传说，应该是这一概念的主要来源之一。

此外，叶芝后期诗歌中常用“复生”或“重生”的概念、意象、象征来表示循环。现有研究一般认为复生就是轮回转世（reincarnation），但笔者认为，仔细分析如《一个傻子的两支歌》《驯兽的逃逸》等诗作，可以发现，这种转世的循环更接近凯尔特文化中的灵魂转世或化形（transfiguration）。与爱尔兰民间故事传说一样，同属于凯尔特文化的转世思想成为分析叶芝哲学思想时一个被忽视的角度。

叶芝很早就在诗歌中经常使用“旋转”这个概念。在《快乐的牧人之歌》第二段第九行，诗人将天空中掠过的星星的轨迹描述为“弧旋形”（the whirling ways of stars that pass）。《悲哀的牧人》第 11 行描写汹涌的大海带着睡梦“翻滚过”一个又一个山峦（rolling along in dreams from hill to hill），最后一行描写海边居民听到的“她”用海螺吹出迷人的“螺旋歌声”（among her wildering whirls）。在《印度人论上帝》中，“我”看见一群水鸡在湿淋淋的草坡上踱步，又突然停下来“彼此绕圈嬉逐”（each other round in circles）。在《郭尔王之癫狂》第三段第四行“郭尔王”回忆自己在激战中来回奔走，突然感到在自己的灵魂深处突然生发出一团“盘旋、飘荡的火焰”（a whirling and a wandering fire），在诗歌末尾诗人重复这一团“盘旋、飘荡的火焰”。《乌辛漫游记》里“旋转”的意象就使用得更多。第一卷第 143 行写的是乌辛到第一个仙境时看到仙女手中不断“转”着一只金苹果（with an apple of gold in her tossing hand）[①]，第 221 行描写露珠滴落的样态好比层层堆积如金字塔形（drops of dew in myriads fall），第 267 行写万物绕着太阳“转”（and rolls along the unwieldy sun），第 304 行写的是“缠绕螺旋的”树丛（in the winding thicket）。第二卷第二行诗人描写乌辛骑马在仙境飞奔好比“旋转的火焰”（like whirling flames）。第三卷第一行就描写“旋转的海浪和飘旋的烟雾”（foam, a wandering and milky smoke）。

《玫瑰》诗集中的《两棵树》不仅富含“螺旋”概念，而且已经将“螺旋”概念与哲学相联系：

在那里爱神们绕圈翩翩起舞，
把我们的如火的青春环绕，
旋转着，缠绕着，反反复复，
沿着树叶覆盖的无知大道；[②]

“绕圈”“环绕”“旋转”“缠绕”都表达了一种“旋转”的概念。值得注意的是，叶芝已经注意到了螺旋（gyre）这个词，之后这个词成为其整个历史循环理论的核心。之后在叶芝中期诗歌中“旋转”概念的词汇时有出现，在后期诗歌中诗人的哲学体系已日渐成熟，因此出现得最多的就是“gyre”这个词汇。

那么，叶芝在青少年时期是怎么对这个概念发生兴趣的呢？

首先，这跟诗人的“海边经历”有关。叶芝在青少年时期对海印象深刻，离他出生地不远的地方就是海湾，诗人去过名为厚斯（Howth）的渔村，在那里观察过海浪和云气。当然最重要的地方是斯莱戈，这是一个名副其实的海港，不仅有供轮船、渔船进出的优良港口，还有

① 此处的行数采用的是费纳然的做法，即将每一首诗都以卷数或章节来分行，按照 5 及其倍数来表示。

② 叶芝：《叶芝诗集》，傅浩译，石家庄：河北教育出版社，2003，第 101-102 页。

适合散步的细沙海滩。少年时候的叶芝对捕鱼很感兴趣，经常到布尔本山间的小溪里，用虫子钓鳟鱼，晚上则出去捕鲱鱼。有一次听外祖母说“英国人爱吃鱼”，叶芝从罗西斯角步行六英里，带了一条鳐鱼给外祖父吃，但外祖父没有吃[①]。乔治·波莱克斯芬是叶芝最喜欢的一个舅舅，这位舅舅受一位女仆的影响，对灵异学说感兴趣。这位女仆还会讲述各种各样的“古老故事和怪诞的想法”，叶芝后来写《凯尔特的薄暮》不少素材即来自这位女仆[②]。乔治舅舅对灵异事物的兴趣与少年时追求梦幻的叶芝一拍即合，舅舅不时给叶芝讲述通灵的某些方法。有一次，两人还专门跑到斯莱戈海边，去试验一种冥想方法。在叶芝 8、9 岁的时候，每次到斯莱戈度假，父亲还会把叶芝带到斯莱戈镇和罗西斯岬角之间一个深入海中、长蛮苇草的舌头性质的海滩上，给他朗读《古罗马诗选》[③]。而在罗西斯岬角的海湾里，经常会出现螺旋形或漩涡形的海水。此外，海滩上多海螺，海螺外壳就是一种螺旋形。因此，经常徒步去海边的少年叶芝会随手捡起一片海螺，像伤心的牧人一样，对着“温润的螺唇”轻轻歌唱，歌唱少年的迷茫和幻梦。除漩涡形海水和海螺外，蒸汽船上的蒸汽也曾让叶芝痴迷过。叶芝还曾自己驾船出海，看蒸汽的袅袅升空。

此外，虽然这些“螺旋”形状的事物在少年叶芝的心灵里留下了深刻的印象，“螺旋”概念能够在诗人心中生根还与诗人少年时的“梦幻”观念有关。如第二章中所述，少年叶芝在努力追求一种自身的艺术身份和个体身份。这种对身份的追求一方面是想得到一种肯定，另一方面也是希望营造一个自己的“梦幻世界”，诗人曾在一首名为《梦想仙境的人》这样描述自己梦想的“仙境”：

在那里人们相爱在纷乱的海边；

---

① 叶芝：《帷幕的颤抖》，徐天辰、潘攀译，南京：江苏文艺出版社，2010，第 35 页。
② 叶芝：《帷幕的颤抖》，徐天辰、潘攀译，南京：江苏文艺出版社，2010，第 49 页。
③ 傅浩：《叶芝评传》，杭州：浙江文艺出版社，1999，第 10 页。

在那树枝编结的不变的屋顶下
时光永远无法毁坏恋人的誓约：
……
那里深夜将像羊毛把他们围裹，
那里恋人偎着恋人将共享安乐。[①]

诗人梦想的仙境显然是在斯莱戈的基础上构建的[②]。少年叶芝沉迷于梦境的营造，在他的早期诗歌里“dreaming”是和“whirling”出现频率一样高的词汇。而一般对于梦境、梦幻的理解，都会与旋转、螺旋有关。

分析完“螺旋”概念的成因，我们来看与之相关的“灵魂转世”概念。如上文所言，“转世”有两种说法：一种叫“reincarnation”，即轮回转世；另一种叫“transfiguration”或“metamorphosis”，即灵魂转世。轮回转世主要是印度教与佛教概念，指的是生物肉体消亡后，灵魂在一个新的机体里开始新的生命。因此就有“前世”和“今生”的概念，比如叶芝在《摩希尼·查特基》中所写，有可能前世是国王，今生却是乞丐。轮回转世看重的是灵魂的延续，而不是机体的作用。虽然“transfiguration”或“metamorphosis”也指灵魂的转世，但更看重转世的机体的作用。如果说叶芝早期受轮回转世影响较深，那么叶芝在中后期诗歌中表现的循环或轮回更接近凯尔特文化中的灵魂转世。例如，在《猫和月》中诗人写道：

那猫儿这儿走走，那儿走走，

① 叶芝：《叶芝诗集》，傅浩译，石家庄：河北教育出版社，2003，第 90-92 页。

② 《梦想仙境的人》分四段，每一段都以斯莱戈或与斯莱戈相近的一个地名为开始，如与斯莱戈相近的竺玛海尔乡村（Drumahair）、利萨代尔庄园（Lissadell）、斯卡纳文小镇（Scanavan），卢格纳郭尔山丘（hill of Lugnagall）。

那月亮像陀螺旋转，
匍匐的猫，抬头仰望，
它是月亮最近的亲眷。[①]

显然，月亮的旋转指的是月亮的圆缺循环，而“猫是月亮最近的亲眷”可以理解为猫是月亮的化形转世。月相的变化也会带来猫的性格的变化，一会儿它随意地漫游啼叫，一会儿它那兽性的血气被搅扰，会抬起那纤巧的爪子。一会儿猫从一处有月照的地方潜行到另一处有月照的地方时，天空中那圣洁的月亮“已变换了新的形象”。猫就像月亮一样，自负而聪明，它朝着变化的月亮抬起它变化的眼睛。

《再度降临》历来被认为是叶芝阐释历史循环论的经典之作。有研究这认为这首诗的深度超过其他诗歌，原因是诗人通过对各种令人不安的意象的不断叠加（渐渐开阔的螺旋、猎鹰、血污的潮水、巨大形象、狮身人面的形体、沙漠野禽等），以及诗人对基督教教义的大胆改编，使得这首诗成为诗人独创性神话创作的范本[②]。如本章第一节所述，此诗虽然以基督重临为背景，但是加入了诗人自己的看法，是一种叶芝独有的天启观（apocalypse）。也有研究认为此诗之所以受欢迎，是因为诗中沙漠中狮身人面的形体挪动迟钝的腿股走向伯利恒所形成的张力感（神秘的野兽般的力量与伯利恒代表的纯真之间的张力）[③]。值得注意的是，在对本诗的解读中，一个突出的意象不能被忽略，那就是猎鹰（falcon），这个意象是此首诗中唯一一个具体的意象（当然整首诗是诗人的一个幻象，但是就这个幻象里面的意象而言，猎鹰是

① 叶芝：《叶芝诗集》，傅浩译，石家庄：河北教育出版社，2003，第403页。

② D. A. Ross, *Critical Companion to William Butler Yeats*, New York: Facts On File, Inc., 2009, p. 219.

③ D. Holdeman, *The Cambridge Introduction to W. B. Yeats*, Shanghai: Shanghai Foreign Language Education Press, 2008, p. 77.

唯一具体的意象）[①]。诗歌的第一、二行明确表明是猎鹰盘旋、盘旋在渐渐开阔的螺旋中，因为越转越远，所以听不见驯鹰人的呼声。此外，第二段写狮身人面形体的周围“处处旋舞着愤怒的沙漠野禽的阴影”，虽然诗人没有明确指出是什么样的沙漠野禽，但根据常识判断，在沙漠里的野禽无非是鹰隼或者秃鹫之类，也就是说与猎鹰一样，同属于有力量甚至是勇猛的鹰一类。那么诗人为什么在这么一个幻象的场景中选择猎鹰这样一个具体的意象呢？

首先，猎鹰是力量的象征。在各古代文明中，猎鹰都能代表力量和勇猛。在凯尔特文化中，猎鹰是一种捕食类的猛禽，速度快，力量强劲，因此成为猎人用于捕猎的好助手。在凯尔特初民部落中，能够拥有一支猎鹰是一种至高无上的荣誉的象征。古代凯尔特部落的勇士喜欢将猎鹰作为战斗时头盔上的饰物，因此猎鹰不仅是力量的象征，也是权威与进取的象征[②]。而“力量”正是叶芝在描写历史循环时的核心元素之一，换言之，在叶芝看来，历史循环交替时必定有勇猛有力的事件出现。例如丽达和宙斯的交合开启了公元前 2000 年至公元元年这样一个古典时代的循环，在《丽达和天鹅》中作者是这样描写的：

突然一下猛击：那巨翼依然拍动
在蹒跚的少女头顶，黝黑的蹼掌
摸着她大腿，硬喙衔着她的背颈，
他把她无助的胸紧贴在自己胸上。[③]

---

① 其他意象如“世界上一片狼藉”暗指世界各地发生的战争，“血污的潮水”则暗指第一次世界大战、俄国革命和爱尔兰 1919 年至 1922 年的“黑褐战争”。“世界灵魂”当然是抽象的，“狮身人面的形体”也是模糊茫然的，“沙漠野禽”也是旋舞着的，不知其具体形状。

② S. Heizn, *Celtic Symbols*, New York: Sterling Publishing Company, Inc., 1999, pp. 103-104.

③ 叶芝：《叶芝诗集》，傅浩译，石家庄：河北教育出版社，2003，第 515 页。

显然，虽然化身为天鹅，但宙斯代表的勇力、巨大的形状（对比《再度降临》中巨大形象）显露无遗。丽达的柔弱又进一步强化了天鹅象征的力量感，以致诗人在此诗的最后将其称为“空中兽性的生灵”。在《人与回声》的最后，诗人写自己的一场梦忆被搅扰：

在那高处，一只鹰或枭自天际
或崖顶俯冲而下，搏击；
一只受伤的兔子发出惨叫；
它的叫声把我的思绪搅扰。[①]

由此可知，鹰作为力量（勇力或蛮力，甚至恶力）的代表，在叶芝诗歌中有着重要的地位[②]。

其次，在凯尔特文化中，鹰还是三种最古老的神圣禽类之一，为了能在进入到“另外的世界”（the Otherworld）之后继续生活，凯尔特人都愿意转世为猎鹰或灰鹰[③]。在凯尔特文化中，转世化形是普遍

---

① 叶芝：《叶芝诗集》，傅浩译，石家庄：河北教育出版社，2003，第 846 页。

② 叶芝还专门写有一首名为《鹰》（*The Hawk*）的诗，其中表现鹰的力量和威严的诗句是：
既然我已学会骄傲地
在森林的上空，
在破碎的薄雾里
或翻腾的浓云中翱翔。
（叶芝：《叶芝诗集》，傅浩译，石家庄：河北教育出版社，2003，第 354 页。）

③ S. Heizn, *Celtic Symbols*, New York: Sterling Publishing Company, Inc., 1999, p. 107. “另外的世界”凯尔特语的拉丁文拼法为 Mag Mell，意思是“愉悦之园”。爱尔兰神话中达努神族被继起的米利都人打败，而沉入海底，开创了“另外的世界”。一般认为，这个世界的入口是洞穴和湖泊，爱尔兰各地的史前坟墓就被认为是仙冢，是入口。在不同的版本中，“另外的世界”有不同的描述，但一般被认为是仙境，例如乌辛历经的三个国度就是典型的“另外的世界”，那里没有疾病苦痛，不会衰老，没有死亡的威胁。有的版本说乐园里生长有魔法的苹果树，吃了能够长生不老。

流行的观念。古代爱尔兰神话里就有许多转世化形的故事[1]。因此，在《再度降临》中，诗人选择将猎鹰的意象作为历史循环论的核心因素也就可以理解了。

不仅是《再度降临》，在理解叶芝整个的诗学思想时，凯尔特文化的角度不应该被忽略，尤其是灵魂转世或化形说，兹再举一例以说明。

"库胡林"是诗人最喜欢的古代神话中的角色，经常成为叶芝诗歌或戏剧的主角。在叶芝诗歌中，库胡林的形象贯穿了诗人创作的全部阶段，库胡林与大海作战的场景是诗人吟诵不衰的主题之一。例如早期诗歌《库胡林与大海之战》写红枝英雄库胡林无意中杀子，明白真相后发疯与大海搏斗：

库胡林动了起来，
凝视着大海奔腾的群马，耳中听见
战车的隆隆声和呼唤他的名字的呐喊：
于是向那不可损伤的浪潮开战。[2]

之后如诗歌《〈大钟楼之王〉中被砍掉的头颅选唱曲》中写到：

① 其中最有名的当属"追求依婵"故事（Tochmarc Étaíne, 即 The Wooing of Étaín）。米迪尔是达努神族的国王（即"另外的世界"的统领），一次他拜访青春之神安格斯，言明要寻找爱尔兰最美的姑娘。当时爱尔兰人都知道，最美的姑娘是依婵。为取悦国王，安格斯带依婵见国王，国王一见钟情，将之带回仙境。国王原配伏安姆那赫妒之，施起魔法，变依婵为苍蝇。米迪尔归来认出依婵，将其藏于披风的褶皱，随身携带。王后得知，兴起大风将依婵吹向远方。安格斯大怒，取王后之首。依婵漂泊千年，终于达到阿尔斯特王宫，在一次飨宴中落入王后酒杯，王后不觉照饮如常。十月怀胎生公主，取名依婵。此为依婵转世也。转眼千年又过，依婵嫁国君伊恩凯伊德，被王弟艾里尔觊觎，对之相思不舍，终至卧床不起。御医识破机关，声称只有依婵回报相思方可解脱。依婵进退两难，既不愿背叛夫君，亦不愿王弟因此而逝。犹豫之间，米迪尔化身艾里尔与依婵相见，艾里尔病情好转，渐至痊愈。米迪尔于是带依婵回仙境。另一说认为国君伊恩凯伊德带领勇士，救回依婵，再至人间。参见 P. B. Ellis, *Dictionary of Celtic Mythology*, Oxford: Oxford University Press, 1992, p. 93. 有版本将依婵的第二次转世亦称为"再度降临"（the second coming），当然与基督教"再度降临"说法无关。

② 叶芝：《叶芝诗集》，傅浩译，石家庄：河北教育出版社，2003，第 64-65 页。

是什么把他们带到那里远离家庭，
那彻夜与海浪搏斗的库胡林，
那大钟楼里的钟表说什么？[①]

在后期诗歌《驯兽的逃逸》中，诗人再次回忆那与大海搏斗的英雄：

还有，当傻子和瞎子窃取面包时，
库胡林却在与无羁的大海拼搏；
……[②]

在逝世前几个月，叶芝还写了一首诗《得到安慰的库胡林》。如果说《库胡林与大海之战》表达的是不屈服于命运的不公而奋勇战斗的精神，而《得到安慰的库胡林》则是对命运的妥协和坦然接受：

一个身负六处致命伤的汉子，一个
威名赫赫的汉子，大步走在死人堆里；
一双双眼睛自树枝间凝望，然后隐没。[③]

有研究认为，库胡林就是叶芝心目中古爱尔兰英雄的化形（transfiguration）[④]。毋庸置疑，库胡林是叶芝最喜爱的古代英雄，因为与乌辛比较，乌辛似乎更容易受到诱惑。库胡林无疑也是爱尔兰文化的一个代表性符号，如果将其象征爱尔兰，那么那无情、无羁的大海就是英国的象征。从上述引文中也可看出，年轻时的叶芝表达的是

---

① 叶芝：《叶芝诗集》，傅浩译，石家庄：河北教育出版社，2003，第 683 页。
② 叶芝：《叶芝诗集》，傅浩译，石家庄：河北教育出版社，2003，第 849 页。
③ 叶芝：《叶芝诗集》，傅浩译，石家庄：河北教育出版社，2003，第 810 页。
④ S. Gilbert, *The Poetry of William Butler Yeats*, New York: Monarch Press, 1965, p. 102.

一种即使无法战胜，也要奋力一搏的观点，而到了写作《得到安慰的库胡林》时，爱尔兰已经成为自由邦，诗人思考的是来世（afterlife）的情景。无论是在世还是来世的化形，库胡林都代表的是那种伟大的力量（即使结局是悲剧），不屈的斗争精神。对于这样一个极富爱尔兰特性符号的理解，有助于理解叶芝的整个诗学思想。

第三节　叶芝诗学思想的独特身份

1933 年 2 月 18 日，《爱尔兰时报》（*Irish Times*）报道了叶芝在皇家都柏林学会（Royal Dublin Society）讲座的内容，其中有这么一段：

> 爱尔兰诞生了三位世界人物……乔治·贝克莱，一位哲学家（根据柏格森的说法，还是现代哲学的创始人）；约翰森·斯威夫特，第一个抗拒生命价值的伟大思想家；埃德蒙·柏克，法国大革命无政府主义的坚决还击者，甚至可以说他拯救了欧洲。①

确实，这三位人物是叶芝敬仰的爱尔兰先辈。贝克莱对叶芝的影响主要在哲学方面（如本章第二节中所述），斯威夫特对时代的义愤与讽刺得到叶芝的崇敬②，柏克的政治观点与人性中非理性存在的主张

---

① 转引自 E. Malins and J. Purkis, *A Preface to Yeats*, New York: Longman Publishing, 1994, p. 57.

② 叶芝 1929 年写成《斯威夫特的墓志铭》初稿，1930 年完成。此诗是根据都柏林圣帕特里克大教堂中斯威夫特的拉丁文墓志铭翻译，并增补字句而成。诗人表达了对这位先辈的敬仰：

斯威夫特已驶入安息；
在那里狂暴的义愤
无法撕裂他的胸臆。
沉迷于尘世的旅人，
有胆量你就模仿他；他
曾经为人类解放服务。（叶芝：《叶芝诗集》，傅浩译，石家庄：河北教育出版社，2003，第 595 页。）

使叶芝感觉莫逆于心[①]。

其实，从诗歌艺术是否达到一定高度以及是否构建出一套哲学思想这两个标准来看，叶芝才是一位真正的爱尔兰诞生的"世界性人物"。叶芝诗歌艺术达到的高度自不待言[②]，但就哲学思想而论，叶芝构建的以历史循环论为核心的哲学体系在爱尔兰文学史中也是独一无二的。

如第一章中所述，11 世纪之后的爱尔兰文学史可以说就是一部被殖民的文学史。在叶芝之前，虽然说英爱文学和盖尔语文学取得了一定的成就，但鲜有影响较大的作家。由于历史原因，目前关于爱尔兰文学史的编纂都是凤毛麟角。以国内而言，爱尔兰文学一般被归入英国文学史的范畴，有名的爱尔兰作家如康格里夫、斯威夫特等都被列入相应的英国文学史各时期，即便是通史，也没有专章介绍爱尔兰文学。到目前为止，国内仅有陈恕著《爱尔兰文学》[③]（*Irish Literature*）、

① 叶芝曾经在《塔堡》的第三部分、《血与月》的第二部分和《七圣贤》中提到柏克。柏克认为应该重视人的直觉，应该允许人性中非理性的存在，意即承认人性的复杂。这一点与贝克莱、布莱克对想象和精神的重视相近，因此为叶芝所接受。此外，柏克坚定地反对雅各宾派（法国大革命中的激进派别），认为他们破坏了社会秩序，因此，在必要的时候，可以用武力来反对雅各宾派。这一观点主要体现在柏克的著作《新辉格党对旧辉格党的诉求》（*An Appeal from the New Whigs to the Old Whigs*），叶芝读过此书后，为书中观点折服。（参见 E. Malins and J. Purkis, *A Preface to Yeats*, New York: Longman Publishing, 1994, p. 57.）历经 20 世纪 10 年代至 20 年代的战乱、民族纷争后，晚年的叶芝曾思考期待强人政治的出现，以恢复社会秩序。柏克的思想无疑符合叶芝这一时期的思考。另外，就是尼采的"强人意志"观。值得注意的是，叶芝将这三位人物作为爱尔兰诞生的世界人物是将其置于英爱新教传统当中的（Protestant Anglo-Irish Tradition），而实际上柏克本人很可能就是土生土长的爱尔兰人。（参见 E. Malins and J. Purkis, *A Preface to Yeats*, New York: Longman Publishing, 1994, p. 57.）反而斯威夫特经常被列为英国文学史中的大作家（参看 Liu Yiqing and Liu Jiong, *A Brief History of English Literature*, Beijing: Foreign Language Teaching and Research Press, 2008.），而贝克莱则经常被认为是英国哲学中经验主义的代表（参看赵敦华《西方哲学简史》；傅伟勋《西洋哲学史》）。

② T. S. 艾略特称之为"20 世纪最伟大的英语诗人"，庞德认为叶芝"是唯一值得认真研究的当代诗人"。1923 年叶芝击败另一位大名鼎鼎的作家哈代（Thomas Hardy），成为当年的诺贝尔文学奖获得者。瑞典皇家学院诺贝尔奖评审委员会的评语是：他那永远富有灵感的诗歌，以一种高度艺术的形式表达了一整个民族的精神。参见《叶芝精选集》，"编选者序"第 1 页。

③ 2000 年作为北京外国语大学外国文学史丛书系列之一出版；2011 年云南人民出版社出版此书的修订本。

陈恕编著《爱尔兰文学作品选读》[①]。在国外的英语文学研究领域，爱尔兰文学史或选读也屈指可数，较为有名的是麦克基罗普所著《爱尔兰文学读本：诗歌、散文、戏剧》（*An Irish Literature Reader: Poetry, Prose, Drama*）[②]，韦尔奇和司徒瓦特主编《牛津爱尔兰文学指南》（*The Oxford Companion to Irish Literature*）[③]，以及蒂尼所著《爱尔兰文学简史》（*Irish Literature: A Short History*）[④]。究其原因，除爱尔兰在历史上长期被殖民外，还有一个重要的方面是：在爱尔兰文学史上，艺术得到较大范围的认可、具有鲜明的爱尔兰特征、有自己独特思想体系的作家不多。叶芝却是这样的一个艺术家。

艺术得到认可，在本书第一章和本节开始已经有所论述。在具有鲜明的爱尔兰特征方面，叶芝是当仁不让的爱尔兰作家。除去盖尔文学不谈，就英爱文学而言，也没有哪一个爱尔兰作家像叶芝这样具有鲜明的爱尔兰特色。17 世纪复辟时期，法夸尔、康格里夫等虽然以戏剧而闻名，但他们的戏剧多数在伦敦上演，戏剧内容也延续英国文学传统。之后的哥尔德斯密斯和谢里丹也是如此，他们戏剧的背景一般都设置在英国乡村。斯威夫特之所以受叶芝推崇，固然由于其直面问题的胆识和高超的讽刺艺术，还有斯威夫特第一个将爱尔兰问题（尤其是都柏林穷苦儿童问题）呈现给世人[⑤]。但不容否认的是，斯威夫特的大部分主要作品讽刺的是英国社会的群相百态，如议会、学术等。而且斯威夫特身上的爱尔兰特征也并不明显。后来的王尔德和萧伯纳在声誉上并不弱于叶芝，但两人的主要作品都谈论英国问题，而且两人大部分时间居于英国，爱尔兰身份只能说是他们出生时的身份。相

① 1989 年湖南教育出版社第一版；此书在 2004 年出版增订本，改名为《爱尔兰文学名篇选注》，由外语教学与研究出版社出版。

② 此书由雪城大学出版社于 2006 年 6 月出版第二版。

③ 此书由牛津大学出版社于 1996 年出版第一版。

④ 此书由圣母大学出版社于 1994 年 6 月出版第一版。

⑤ 主要是《一个温和的建议》。

反，叶芝一生以身为爱尔兰作家而自豪（虽然其祖先是英格兰新教移民），其作品无论在主题还是思想方面，都渗透着浓厚的爱尔兰特色。叶芝积极参与爱尔兰文艺复兴，希望以文艺复兴来推进民族独立和民族复兴。爱尔兰成为自由邦后，叶芝当选参议员，积极参与公共事务。从这些角度来观照，叶芝是当之无愧的爱尔兰民族艺术家。

更重要的是，叶芝构建的哲学体系在爱尔兰文学史上是独一无二的，在英国文学史上也占据一席重要之地。有意思的是，爱尔兰诞生了几位西欧哲学史上有重要影响的思想家，如贝克莱、柏克，而且贝克莱在西欧哲学史上是和洛克齐名的经验主义哲学家。但需要注意的是，他们依然是在英国哲学的环境中发展出各自哲学思想的。换言之，他们的哲学思想完全是英国哲学思想中的一部分，并不具备鲜明的爱尔兰特征。叶芝吸收先贤思想，将其与其他哲学思想融会贯通，更汲取古代爱尔兰文化中的因素，从而构建了自己的哲学体系。这一点不仅上述文学家如斯威夫特、王尔德、萧伯纳等望尘莫及，连在当代英语文学研究中炙手可热的乔伊斯也没有做到。

就文学成就而言，乔伊斯的《尤利西斯》《芬尼根守灵夜》《青年艺术家画像》都是技巧高超、含义丰富的佳作，尤其是《尤利西斯》更是具备世界声誉的作品。就爱尔兰特性而言，乔伊斯也是具有强烈爱尔兰特点的作家。他的作品以爱尔兰（主要是都柏林）为背景，描写爱尔兰城市人的生活百态和心理意识[①]。乔伊斯胜在叙事技巧（“意识流”）、语言文字（甚至是文字游戏），他和伍尔芙一起创建了较有影响的文学叙事技巧，但他并没有构建一种哲学体系。而且 20 世纪 20 年代之后乔伊斯一直侨居欧洲大陆，其爱尔兰作家身份的特点较叶芝就逊色不少。

---

① 在描写爱尔兰城市人生活方面，乔伊斯可谓天才型人物，无论是生活细节还是心理态度，都描绘得栩栩如生，代表作有《尤利西斯》和短篇小说集《都柏林人》。

在爱尔兰文学史上，诗人一直占据着主要的地位[①]，优秀诗人总是代有人出。当代最重要的爱尔兰诗人非希摩斯·希尼莫属。希尼1995 年获诺贝尔文学奖，诺贝尔奖评审委员会的颁奖词是“(希尼)以极富抒情美和伦理深度的艺术作品，化日常生活为奇迹，化过去为现在”。希尼的作品大多以爱尔兰北部乡村或北部的沼泽地位背景，如代表作《一位自然主义者之死》《黑暗之门》，政治上主张爱尔兰南北局势和解，曾拒绝过英国女王册封的“桂冠诗人”称号，并且拒绝将自己的诗歌选入《企鹅当代英国诗歌集》。但希尼出生于北爱尔兰，而且成年后的生活几乎全部在英国和美国的大学度过[②]，因此也许称其为英爱作家更为恰当。就文学成就看，希尼可以称得上是叶芝之后最伟大的爱尔兰作家。但以诗歌与哲思的关系而言，叶芝的独特在于他不仅在诗歌中思考人生、宇宙、精神、历史，更将其上升到哲理的层次，构建出一套系统的哲学体系。在这个方面，希尼也不能与之相比，

此节从爱尔兰文学史的角度，将叶芝与爱尔兰文学史上重要的作家进行比较，申明叶芝独特的诗学思想身份。笔者无意于以某位作家的长处来比较其他作家的短处，或者说无意于以有比无，而是着眼于身份这个概念，认为就文学家而言，叶芝在诗歌中构建的哲学体系是爱尔兰文学史上，甚至是爱尔兰思想史上，是独一无二的。

---

① 这也许跟凯尔特传统中的德鲁伊文化有关。德鲁伊不仅是部落的祭司，掌管各类仪式，还是法官和判决者。他们懂医术，发预言，传播历史，臧否人物。在古代凯尔特部落里，德鲁伊也是诗人。诗人又被称为“视者”(威尔士语为 derwydd，后转为英语 druid，有些意译为 seer)。他们需要经过严格的训练才能称为“视者”，例如要熟记 350 部神话传说及每一位神祇和英雄的家世、功业，还要在每年一度的诗歌大赛中，用 150 种格律中的任何一种来即兴对歌，从修辞和韵律上战胜对手。他们还要全心全意歌颂众神之母，以求她能不断赐予诗歌和可视的灵感(awen)。(参见冯象：《玻璃岛：亚瑟与我三千年》，北京：生活·读书·新知三联书店，2003，第 41 页。)凯尔特文化中最典型的德鲁伊就是帮助亚瑟王成功登位、统治的梅林(Merlin)。笔者认为叶芝在某种程度上就像是一位德鲁伊，他能看见幻象(vision)，能发预言(《幻象》)，他似乎具备那神赐的诗歌和可视的灵感。古代凯尔特的这种视者传统在爱尔兰历史上产生了重要影响。在爱尔兰文学史上，诗人是占最大比例的一群，诗歌成就也最大。戏剧次之，著名作家如叶芝、王尔德、萧伯纳、辛格、奥凯西等。小说成就又次之，有名的小说家主要是乔伊斯。

② 希尼曾长期担任牛津大学的文学教授和哈佛大学的诗歌教授以及驻校诗人。

第五章 “奔向乐园”——叶芝的爱尔兰身份

第一节 叶芝各阶段诗歌主题身份综括

从发表第一首诗歌到写作最后一首诗歌，叶芝的诗歌创作长达 54 年，贯穿了他文学创作的全部生涯。不同时期的诗歌有不同的特色，反映诗人不同时期的生活和思考。本书以诗人的生活经历和时代背景为考量维度，将叶芝的诗歌分为三个阶段，即早期诗歌、中期诗歌和后期诗歌，并总结出三个阶段的主题特点：梦想、爱情和政治、哲学体系。并以这三类主题为依据，以具体的诗歌为文本分析的对象，探讨这三类主题表现出的诗人身份：艺术和主体身份、爱情和政治身份、哲学身份。

叶芝的第一部诗集《十字路口》(包括《乌辛漫游记》有较强的模仿痕迹。在主题上模仿田园诗，描写遥远的异域题材如古希腊和印度等，如《快乐的牧人之歌》《悲哀的牧人》《阿娜殊雅与维迦亚》《印度人论上帝》《印度人致所爱》。“少年不识愁滋味，为赋新词强说愁”，刚刚接触写作的叶芝也写了一些少年感怀类的作品，如《叶落》与《蜉蝣》。自从接触到欧李尔瑞，以及后者向他推荐的一些爱尔兰爱国诗人的作品，叶芝对古代爱尔兰神话和民间故事和传说产生了兴趣，并积极从中寻找题材和灵感。这一类的作品包括《郭尔王之癫狂》《被拐走的孩子》《去那水中一小岛》《经柳园而下》《老渔夫的幽思》《欧哈特神父谣曲》《茉儿·梅吉谣曲》《猎狐人谣曲》。除题材外，叶芝在最后几首谣曲的写作上还借鉴了民间谣曲的形式和风格。这一时段诗歌的代表作应该是《乌辛漫游记》。诗作以古代神话为题材，风格上则借鉴浪漫主义和先拉斐尔主义居多（参看本书第二章）。总的来说，第一部诗集反映了诗人身份的焦虑，以及急于摆脱焦虑寻求自身艺术身份的渴望。

第二部诗集《玫瑰》延续第一部诗集以爱尔兰本土题材为主题的做法，以神话和传说为主题的代表作有《佛格斯与祭司》《库胡林与大海之战》《谁跟佛格斯同去》《女伯爵凯瑟琳在天堂》《吉里根神父谣曲》等，以故乡风土人情为主题的有《仙谣》《湖岛因尼斯弗里》《摇篮曲》《梦想仙境的人》《退休老人的哀伤》。这一阶段，爱情也慢慢成为诗人思考的一个主题，与浪漫主义诗人一样，诗人用玫瑰来象征自己的恋人[①]。玫瑰组诗、《爱的叹惋》《爱的悲伤》《当你年老时》《白鸟》则属于这一类诗。当然，19 世纪 80 年代末，叶芝已经开始对神秘事物和秘术感兴趣，诗歌中的玫瑰意象往往也有多重象征，甚至是神秘的象征，例如诗歌《致时光十字架上的玫瑰》。这一时期诗人也表达了对爱尔兰时事的关注，代表性诗歌就是《致未来时代的爱尔兰》。风格上《玫瑰》延续了《十字路口》中的探索。

《苇丛中的风》是叶芝确立自己风格的一部作品（分析见本书第二章）。就主题而言，《苇丛中的风》延续了之前两部作品的主题，即爱尔兰本土题材主题，代表性诗作有《希神的出征》《空中的魔军》《到曙光里来》《漫游的安格斯之歌》等，以爱情为主题的诗歌其代表作有《恋人述说他心中的玫瑰》《恋人伤悼失恋》《诗人致所爱》《恋人因心绪无常而请求宽恕》等，以神秘或秘术思考为主题的诗有《隐秘的玫

① 可对比苏格兰民族诗人彭斯（Robert Burns）的名诗《一朵红红的玫瑰》和布莱克的名诗《病玫瑰》。

瑰》《诗人祈求四大之力》《他想起前世作为天上星宿之一的伟大》。《苇丛中的风》不仅代表着叶芝终于挣脱模仿前贤的艺术身份的焦虑，同时也标志着诗人力图挣脱父亲影响的个人主体身份的确立。从前贤和父亲那里挣脱，叶芝力图建构一个自己的世界。在这个世界里，诗人探索艺术，思考爱情，为神秘现象着迷。这是一个梦幻般的梦想世界，诗人积极营造、筑就这样一个梦境。

叶芝中期诗歌包括《在那七片树林里》《绿盔及其他》《责任》《库勒的野天鹅》《麦克尔·罗巴蒂斯与舞者》一共五部诗集。这五部诗集的主题则基本集中在爱情和政治两个方面。分析这五部诗集中的爱情和政治诗，可以发现都有一个在态度上转变的过程。如果粗略划分，从《在那七片树林里》到《责任》，诗人依然沉迷在爱情的梦幻中，作品多描写对毛德·冈无望的爱、对毛德·冈的期待以及对女性的看法（如不应参加智力和社会活动）。而从《库勒的野天鹅》到《麦克尔·罗巴蒂斯与舞者》，则明显的出现了爱情态度的转折，诗人仿佛从一场梦幻中惊醒。导致这场爱情“惊梦”的导火索是诗人的婚姻。自结婚以后，诗人极少再描写那无望的爱情，更多的是抒发自己能够给妻子以足够的爱的担忧，以及婚姻带来的满足感。在“惊梦”之前，描写爱情的代表诗作有《切勿把心全交出》《树枝的枯萎》《呵，别爱得太久》《荷马歌颂的女人》《和解》《青春的记忆》《朋友》《寒天》等。“惊梦”之后的代表作有《所罗门对示巴》《在圆塔下》《一个傻子的两支歌》《所罗门与女巫》《来自前世的一个影像》《为我女儿祈祷》等。

在政治诗方面，导致诗人态度转变的时间要稍早一些。在早年，诗人很少参与社会活动，后来在毛德·冈的影响下参加了一些活动（主要是为了取悦对方）。叶芝支持帕内尔为代表的自治运动，认为不应当以武力和暴力的方式来实现民族复兴，而应该以文艺复兴的方式来实现。第一次世界大战使叶芝对战争的认识发生了变化，但他还没有真正地要赞成暴力。直到1916年“复活节起义”，英国政府处理起义领袖的残酷使诗人改变了之前不赞成暴力的初衷，转而认为必要时应当使用武力。在态度转变之前，叶芝有名的政治类诗歌有《对困难之事的强烈爱好》《听说我们的新大学的学生参加了反对不道德文学的骚动》《致一位诗人，他想让我赞扬某些模仿他和我的坏诗人》、雷恩组诗（即与雷恩爵士捐助绘画等有关的诗作）、《论那些仇视〈西部浪子〉（1907）的人》、《现实主义者》等。态度转变之后的代表诗作有纪念罗伯特·格雷戈里组诗、《1916年复活节》《十六个死者》《玫瑰树》《关于一名政治犯》《战时冥想》等。自少年时期起，叶芝对神秘事物思考就从来没有停止过，而且诗人试图将这种思考上升为一种哲学体系。在中期诗歌的阶段，诗人就已经写了一些与哲学思考有关的诗歌，最有名的代表就是《再度降临》。

叶芝后期诗歌包括《塔堡》《旋梯及其他》《帕内尔的葬礼及其他》《新诗》《最后的诗》五部诗集。综括来看，叶芝后期诗歌的特点是以哲理思考为主[①]。1925年，经过多年思考和"自动写作"所起的催化剂作用，叶芝出版《幻象》，作为自己哲学体系的总结。叶芝哲学体系最重要的两大内容是历史循环论和月相理论，而在这两者中，诗人用心最多，构思更为成熟的是历史循环论[②]。当然如本书第四章中所言，我们不能将《幻象》当作解读叶芝诗歌的万能钥匙，叶芝本人也拒绝读者这样做。但从另一个角度讲，只有理解了《幻象》的内容才能有助于我们更好地理解诗人在诗歌中表达的哲思。叶芝将自己的哲学思考融进了自己的诗歌情感里，创作了一批堪称其代表作的优秀诗作，包括《再度降临》《航往拜占廷》《丽达与天鹅》《一出剧里的两支歌》《万灵节之夜》《疯狂的月亮》《拜占廷》、"超自然的歌组诗"、《螺旋》《天青石雕》《驯兽的逃逸》《布尔本山下》。

叶芝是个典型的"拿来主义者"，受父亲的影响，青少年时期的叶

① 就主题而言，并不是说叶芝后期诗歌中就没有写爱情、写政治的诗歌，只不过比较而言，哲理类的诗歌居多。

② 月相理论主要是用于分析人类类型，以月亮的不同阶段来对应人的不同类型，不仅神秘色彩浓厚，而且有论证薄弱之嫌。

芝就并不完全笃信某一种思想，而是将吸引自己的那些思想的“有用部分”拿来为己所用。叶芝的历史循环论融合了印度教与佛教中的轮回转世说、新柏拉图主义、贝克莱和维科的哲学等思想，在爱尔兰文学史上占据独一无二的一席之地。

1923 年叶芝获颁诺贝尔文学奖，获奖词中那句“以高超的诗歌艺术展现了一整个民族的精神”是对叶芝的高度概括和赞扬。值得注意的是，叶芝在早期探索自己艺术和个体身份的时候产生过犹豫，即如果使用英语创作，该选择什么样的题材进行创作。这种犹豫与一个他自己不能决定的身份有关，即英裔爱尔兰新教移民。正如评者指出的那样，作为英裔爱尔兰移民，叶芝对英国爱恨参半，他恨英国对爱尔兰的统治，但他又欣喜可以用英语阅读莎士比亚等大师的著作，而且借助英语自己的作品可以得到更广泛的流传。为此，“正是处于这样一种尴尬地位，才使他在从事文学创作伊始，就感到确定身份的迫切需要”[①]。从叶芝后来做出的选择看，无论是爱尔兰本土的题材，还是爱情和政治，或是哲学体系，都可以视为叶芝选择了构建一种爱尔兰身份。

第二节　叶芝诗歌中的爱尔兰身份

如第二章中所述，叶芝对爱尔兰题材的感兴趣与欧李尔瑞分不开，正是这位老芬尼亚运动代表人物的介绍，叶芝得以阅读当时一些爱尔兰爱国诗人的诗作。叶芝曾经在诺贝尔奖获奖词中说：“30 年前，一些爱尔兰作家聚集在各类团体里，开始无情地批判他们本国的文学”[②]。这里所说的各类团体，则指的是 19 世纪 90 年代初土改运动消歇后一

① 傅浩：《叶芝评传》，杭州：浙江文艺出版社，1999，第 28 页。

② 叶芝：《叶芝精选集》，傅浩编选，北京：北京燕山出版社，2008，第 529 页。

些知识分子掀起的文化运动。“无情地批判”也许言过其实，因为当时也有不少团体希望从爱尔兰古老的文化中汲取养分。叶芝本人所在的“诗人俱乐部”就是这么一个团体。“诗人俱乐部”里的成员被叶芝成为“悲剧的一代”（tragic generation），他们定期聚会，切磋诗艺。但他们对本国的文学持一种批判的态度，而且在艺术观点上互有龃龉，以致最后分裂的时候大家才意识到这一点。在同一份获奖词里，叶芝接着谈到了后来的爱尔兰文艺复兴运动，叶芝称之为“我们的运动”[①]。在这个运动里，叶芝是当之无愧的领袖。叶芝先是搜集爱尔兰民间故事，编成故事集。后来创立爱尔兰文学社，创立阿贝剧院，为辛格、奥凯西等作家的作品上演提供场所。当然，叶芝本人的文学创作也是文艺复兴运动中的重要部分。

叶芝在诗歌中不仅以爱尔兰本土题材为主题，有时还直接以爱尔兰为主题，抒发自己的观点，例如在早期叶芝就写过一首《致未来时代的爱尔兰》。诗歌分三段，在第一段，诗人就呼吁爱尔兰人一起努力，复兴爱尔兰古老的文化：

知道吧，我愿被视为
一个群体中的真兄弟，
为减轻爱尔兰的创痛，
大伙把谣曲民歌唱诵；
而不愿比他们差毫分，
因为她那红玫瑰镶边的长裙
拖曳过每一页文字：
她的历史早已开始
在上帝创造天使的家族之前。
在时光开始喧嚣愤怒的时候，

① 叶芝：《叶芝精选集》，傅浩编选，北京：北京燕山出版社，2008，第529页。

她的如飞舞步的律动
使爱尔兰的心脏开始跳动；
时光吩咐他所有的蜡烛
闪耀，处处照亮一个舞步；
但愿关于爱尔兰的思想
停在一片律动的宁静之上。[①]

“我愿被视为一个群体中的真兄弟”，既是实指，又是虚指。实指指的是叶芝本人受欧李尔瑞影响，曾一度加入爱尔兰共和兄弟会，虚指指的是诗人希望自己与其他爱尔兰人一样成为爱尔兰民族复兴的一部分。有研究指出，叶芝写作这首诗有三个目的，其一当然是为了表明自己的爱国态度。当年他读到“青年爱尔兰”党人的诗作时，一开始被其中的爱国情怀所吸引，后来他认为这些诗是一种辩论，他认为只有“当爱国心被生活事件转化成个人情感时”，才能成为好诗[②]。他的这个意见显然含有批评的成分，因此与当时许多人的意见相左。叶芝只好与他们进行辩论，并写作此诗以辩驳。叶芝认为，应该以从爱尔兰传统文化中汲取养分，来推动民族的独立，因此他提倡“把谣曲民歌唱诵”。“而不愿比他们差毫分”，显然指的是诗人自己以文艺复兴的方式来推动民族复兴，并不比那些激进的“青年爱尔兰”党人或爱尔兰共和兄弟会的人所做的贡献要小。穿着“红玫瑰镶边的长裙”的“她”显然指的是爱尔兰[③]，“拖曳过每一页文字”则指的是爱尔兰悠久的文化传统。接下来的两句叙述爱尔兰古老的历史，“在上帝创造天使的家族之前”显然指的是基督教传入之前的凯尔特文明，而其中又以凯尔特神话最为著名，叶芝本人就热衷于使用其中的角色作为诗歌

① 叶芝：《叶芝诗集》，傅浩译，石家庄：河北教育出版社，2003，第106–107页。

② 傅浩：《叶芝评传》，杭州：浙江文艺出版社，1999，第20–21页。

③ 也有研究认为“她”象征毛德·冈，这首诗也可以看作写给毛德·冈的情诗。参见 A. N. Jeffares, *A New Commentary on the Poems of W. B. Yeats*, London: Macmillan, 1984, p. 40.

的主题，例如库胡林、乌辛、佛格斯等。接下来的几句写的是基督教传入之后的历史，尤其是英国殖民之后的历史，在这段的结尾，诗人希望这种被殖民的历史能够以较为温和的方式结束、或者说争取爱兰独立的努力应该更多的从文化方面努力(“但愿关于爱尔兰的思想停在一片律动的宁静之上”)。

在第二段，诗人把自己和戴维斯等前辈爱国诗人相比较，认为自己的爱国情怀并不比他们少：

但愿我也不被看得不如
戴维斯、曼根、佛格森，
因为，对于善于深思者，
我的诗句比他们的韵文更多地
道出海洋深处发现的东西，
在那里静卧长眠的唯有尸体。
因为自然元素的创造物
在我桌子周围来来去去，
它们从混乱的脑海急急冲出
去洪水和大风中喧闹愤怒；
而那按着韵律跳舞踏步者
必定会以凝视换得凝视。
人类永远与它们一道前进，
追随着那红玫瑰镶边的长裙。
啊，在明月下舞蹈的仙女，
一个巫者的国土，巫者的乐曲！[①]

托马斯·戴维斯、詹姆斯·曼根、塞缪尔·佛格森都是19世纪初

① 叶芝：《叶芝诗集》，傅浩译，石家庄：河北教育出版社，2003，第107页。

爱尔兰有名的诗人或政治领袖。叶芝认为自己诗作表现的爱国热情不比他们少。而且诗人进一步认为，自己的作品比这些前辈的作品更加有深度。叶芝认为的比先辈更有深度，指的可能是其诗歌的象征性和神秘性更强，因为他能道出“海洋深处发现的东西”。“自然元素的创造物在我桌子周围来来去去”，指的是诗人能感受到通灵的事物，或者说他能进入幻境[①]。“按着韵律跳舞”指的是按照诗歌的节奏和韵律来安排诗歌。叶芝早期是非常重视诗歌的韵律、格律和修辞的（具体分析见本书第二章），这与他早期受浪漫主义诗歌的影响不无关系。“明月下舞蹈的仙女”容易使读者联想到《被拐走的孩子》里面描写的那些月下在沙滩上舞蹈的仙女，这些仙女或者是古代神话中的仙女，或者是民间故事和传说中的仙女。诗人最后称爱尔兰是个“巫者的国土”，指明爱尔兰古代的德鲁伊文化，因为这些巫者就是视者，就是诗人，因此可以说爱尔兰就是诗人的国度。

诗人在最后一段再度表明自己的态度，只要自己能够，就要为爱尔兰的复兴做出自己的贡献，当然是以文艺复兴来推动民族复兴：

只要还能够，我就为你抒写
我所体验的爱，我所知道的梦。
从我们出生，到我们死亡，
不过是一眨眼的时光；
而我们、我们的歌唱和爱情、
度量者“时光”在上方点亮的星星
和在我桌子周围来来去去，
在黑夜里来临的万物，
都在不断地流逝到那里：

① 进入幻境，得见幻象，是叶芝很自豪的一件事。叶芝回忆自己小时候就有过进入幻境的经历，当时他感觉有精灵在跟他说话，而事后他问其他在场的亲戚，说都没有听见。参见《叶芝评传》第6页。

在真理渐衰的狂喜里，
全无爱情和梦想容身之地；
因为上帝走过，留下白色足迹。
我把我的心铸入我的诗，
好让你，在渺茫的未来时代，
会了解我的心是如何曾与它们
一道追随那红玫瑰镶边的长裙。①

“我所体验的爱”可以指对恋人的爱（毛德·冈），也可以是对爱尔兰的爱②。“梦”则是早期叶芝最重要的一个经历，无论是逃避现实的梦幻，还是爱情的梦幻，它已经是早期叶芝一个重要的主题。“‘时光’在上方点亮的星星”可能跟叶芝少年时就接触的占星学有关，也有可能指的是叶芝已经开始进行的哲学思考。星星、宇宙、灵魂，是柏拉图和新柏拉图主义哲学家都关心的对象。“真理渐衰”指的是文明的衰退。正如后来叶芝在《幻象》和《再度降临》等作品里展示的那样，叶芝认为基督教文明在接近公元 2000 年的时候是处于一个“崩散”的状态。文明渐衰，那么爱情和梦想还能如何复兴？“把我的心铸入我的诗”是诗人想要突出的表达。无论体验多么丰富（诗歌的内容），也无论旋律如何按“韵”就“拍”（诗歌的形式），顶顶重要的是诗人的心灵和情感。只有这样，才能创作出与“巫者的国土”要求相匹配的优秀诗歌来。不管未来如何渺茫，但只要诗人的诗歌存在，后人就

① 叶芝：《叶芝诗集》，傅浩译，石家庄：河北教育出版社，2003，第 108 页。

② 有意思的是，叶芝很少写与父母或兄妹的亲情，倒是有个别诗提到自己的舅父与外祖一家。笔者以为，这跟叶芝少小对家庭的感觉有关。叶芝父亲弃法从画，不善生计，家产日削。母亲本以为能嫁到有稳定收入的家庭，不成想生计还得自己操持，因此每当经济拮据时便带孩子回斯莱戈度假。叶芝在自己家里感觉到焦虑和不安，只有在外祖家能感受到相对的稳定和富足。

会明了诗人曾经如何以自己的创作来推动了民族的复兴[①]。

如本书第四章中所言，叶芝的爱尔兰特性（或曰爱尔兰身份）在爱尔兰文学史上是独一无二的。也许在题材上他没有戴维斯、曼根、佛格森等人那样全面、广泛地使用爱尔兰本土题材，但叶芝的题材范围更广，不仅有爱尔兰本土题材，也有爱情、时事类题材，还有哲思类题材。而且与这几位前辈不同的是，叶芝是创造性地改编爱尔兰题材，其故事与传统故事并不完全一致。经过改编，叶芝将这些题材以诗歌的形式介绍给更广泛的读者。与其说是这些前辈诗人，还不如说是叶芝本人“把爱尔兰文学从地方主义的偏狭中解放出来，并得到欧洲的承认”[②]。库胡林就是叶芝创造性改编的一个典型形象（分析见第四章第三节）。此外，安格斯也是一个上佳的例子。

安格斯（Aengus）是爱尔兰神话中的爱、青春和诗歌之神[③]，是达努神族的一名重要成员，主管仙境中的“青春之国”（country of Youth）[④]，在流行的版本中说他的头顶四周有会唱歌的鸟儿相随。但在《漫游的安格斯之歌》（“The Song of Wandering Aengus”）一诗中，叶芝对这一形象进行了创造性改编。

诗歌第一段写安格斯出门，来到一片榛树林（hazel wood），因为头中“燃着一团火”，便砍下一段榛树枝，削成竿子，然后在竿子的一段挂上浆果（berry）。这时粉白色的蛾子展翅飞舞，像粉红蛾子似的星星闪烁，安格斯把浆果投到溪水里，钓起了一条小小的银鳟鱼（silver trout）。这一段就把神话和凯尔特文化融合在一起。榛树是凯尔特文化

① 此处也带有艺术使人不朽的概念。“艺术使人不朽”是文艺复兴时期很重要的一个艺术概念，莎士比亚在其第 18 首十四行诗、斯宾塞在其第 75 首十四行诗中都表达过类似的观点。

② 叶芝：《叶芝精选集》，傅浩编选，北京：北京燕山出版社，2008，第 529 页。

③ 安格斯作为爱神出现在依婢故事中，参看本书第四章第三节。

④ 爱尔兰神话中的仙境（the Otherworld），有多个国度，例如在《乌辛漫游记》里，乌辛追随妮阿芙就历经了三个神仙国度，在每一个国度度过的时间按人间推算是 100 年。

中的生命树（tree of life，或智慧树 tree of knowledge）[①]，是灵感和知识的来源。浆果则是神话中仙境最常见的仙果之一，而且经常与“诱惑”相联系[②]。飞舞的粉白蛾子（白天）和粉蛾似的星星（黑夜）同时出现，在仙境中并不奇怪，在仙境中是没有白昼黑夜的。而鳟鱼在神话中是与青春女神相联系的，同时也是灵魂的承受者[③]。安格斯用榛树枝做钓竿，显然有象征的意味。安格斯钓到鳟鱼（即青春之神恋上青春女神），也就象征着诗人自己对毛德·冈的期望。

第二段写鳟鱼变成少女的场景。安格斯把钓起的银鳟鱼放在地面上，准备生上一堆火。突然地面上沙沙作响，好像有谁在呼喊安格斯的名字。安格斯转头一看，银鳟鱼已经变成一个“晶莹少女”，鬓边还插着苹果花。叫完安格斯的名字，少女就跑开了，最后消失在逐渐明亮的空气里。显然这一段里就点明了诗人爱恋的对象，正如上文所论述，苹果花已经成为毛德·冈的一个象征。有意思的是，这一段也提到了凯尔特文化中的化形说。与依婵故事里的转世化形不同，此诗中所指的化形是指仙境中的神仙能化成各种形状（类似于中国古典神话小说《西游记》中的神妖变化）[④]。

最后一段是将诗歌主题升华的一段：

虽然走遍了深谷高山，

---

① A. N. Jeffares, *A New Commentary on the Poems of W. B. Yeats*, London: Macmillan, 1984, p. 53. 榛树在古代爱尔兰文化中还是天堂的象征（symbols of heavens）。

② 参见叶芝在《被拐走的孩子》中写仙女用浆果吸引孩子去仙境的描写：

在那里我们已藏好
盛满着浆果的魔桶，
还有偷来的樱桃红通通。（叶芝：《叶芝诗集》，傅浩译，石家庄：河北教育出版社，2003，第 30 页。）

③ S. Heizn, *Celtic Symbols*, New York: Sterling Publishing Company, Inc., 1999, pp. 137–145.

④ 叶芝曾对此诗做注，说达努神族（仙境）中的女神能化成各种形状，在水中的经常变成鱼。在其他时候，她们可以变成美貌女子。叶芝还曾经引用戈尔韦两位妇女的话来证明。参见 A. N. Jeffares, *A New Commentary on the Poems of W. B. Yeats*, London: Macmillan, 1984, p. 52.

我已经变得衰弱老朽，
但是我仍然要找到她，
吻她的嘴唇牵她的手；
走在斑驳的深草从中，
采撷太阳的金色苹果，
采撷月亮的银色苹果，
直到时光都不再流过。[①]

延续对之前两个段落的分析，这一段可以看作诗人对恋人的表白：诗人会走遍千山万水去找到恋人，与之相携至老。“太阳的金色苹果”和“月亮的银色苹果”是这一段里最富象征含义的意象。有研究认为，它们分别指“日光、月光透过树荫洒在地面上的圆形光斑”，采撷它们也就意味着去做不可能实现的事情[②]。因此在这两个意象中也就暗含着这样一层意思：这是一种无望的爱情。而事实上，诗人向毛德·冈数次求婚被拒，这一时期所写的诗歌也都是关于无望的爱这一主题。这样，诗人与恋人之间无望的爱情就与仙境中青春之神无所不能形成了鲜明的对比。还有研究认为，这两个意象分别象征太阳运动轨迹和月亮运动轨迹，如果两者相容，就好像炼金术中那样是完美的象征。这一点与叶芝受梅瑟斯的影响有关。梅瑟斯在主事“角色黎明秘术修道会”期间，对中世纪炼金术等秘术感兴趣，有一次，叶芝从他那里学会一种说法：太阳圆满、多才多艺，与金匠的手艺相似，而月亮简单，流行，传统，而且多情，两者结合会是一种完美、一种福佑(perfection and blessedness)[③]。这样诗人就将对象征、秘术等的思考融入诗歌，使得诗歌含义更为丰富，将其称为哲学性上升也不为过。

① 叶芝：《叶芝诗集》，傅浩译，石家庄：河北教育出版社，2003，第126页。

② 叶芝：《叶芝诗集》，傅浩译，石家庄：河北教育出版社，2003，第126页注释①。

③ A. N. Jeffares, *A New Commentary on the Poems of W. B. Yeats*, London: Macmillan, 1984, p. 35.

在诗中诗人将古代神话、凯尔特文化与自身经历相融合，创造性地对爱尔兰题材进行改编，成就了优美的诗作。

即使是爱情类诗歌，叶芝也往往能赋予诗歌多重含义，将对恋人的赞美与对爱尔兰的赞美融合在一起。《致时光十字架上的玫瑰》就是这么一首诗：

近前来，近前来，近前来——啊，还是给我
留下一小块空间，让那玫瑰的香气来充填！
……
而是独自寻求去倾听上帝对那些久已
死去者的明亮的心所宣说的奇异之事，
并学习念诵一种人们所不懂得的语言。
请近前来；在我逝去的时刻到来之前，我愿
歌唱古老的爱尔和那些古代的故事：

红玫瑰，骄傲的玫瑰，我一生的悲哀的玫瑰。[①]

叶芝曾自己对“明亮的心”做过注解，指的是精灵[②]，那么那些“奇异之事”就指的是基督教文明进入之前的凯尔特文明。“人们所不懂得的语言”既可以指盖尔语（因为盖尔语在基督教文明进入，尤其是英国入侵之后就已经式微了），也可以指诗歌（诗歌是诗人独特的语言）。“骄傲的玫瑰”既可以指毛德·冈，也可以指爱尔兰，“悲哀的玫瑰”可以指自己对毛德·冈无望的爱，也可以指诗人对爱尔兰文化式微（古代神话的湮没、盖尔语的式微）的哀叹。

在政治诗方面，叶芝往往是怀着复杂甚至矛盾的心情来看待自己的爱尔兰身份。一方面，他希望通过文艺复兴使得爱尔兰实现民族独

① 叶芝：《叶芝诗集》，傅浩译，石家庄：河北教育出版社，2003，第 54 页。
② 叶芝：《叶芝诗集》，傅浩译，石家庄：河北教育出版社，2003，第 54 页注释①。

立和复兴，另一方面，他又觉得爱尔兰大众庸俗不堪，甚至有暴民倾向。这一点在《论那些仇视〈西部浪子〉(1907)的人》(以下简称《论》)中体现得最明显：

从前，当午夜击败天空时，
阉人们跑过地狱，聚攒
在每一条拥挤的街道上凝视
骑马经过的伟大的胡安：
甚至像这些人一样又咒骂又淌汗，
一边盯着他肌肉发达的大腿看。①

1907年1月26日，辛格的剧作《西部浪子》在阿贝剧院上演。辛格曾经在叶芝的建议下到爱尔兰西部岛屿去采风，体察风俗、语言和民情。辛格根据自己的观察用"逼真的西部岛民语言"创作了《西部浪子》②。戏剧的情节是关于一个爱尔兰西部的浪子吹牛被识破的故事。这个浪子与父亲打架后逃到一个渔村，在酒馆里吹牛说自己杀死了父亲。村民们信以为真，将他看作英雄。不久浪子父亲现身渔村，谎言不攻自破。为保住面子，浪子竟然真要动手弑父。这出戏可说是栩栩如生地再现了西部岛屿的民俗风情，只不过加上虚构的故事情节。戏剧以贴近西部岛民生活的语言进行写作，其中有"(女用)汗衫"这么一个词。而观看这部戏剧的主要观众是都柏林的天主教徒（都柏林在爱尔兰东北部，而且是都市），他们认为这个词玷污了爱尔兰妇女，戏剧情节抹黑了以天主教徒为主的佃农阶层。激进的新芬党（前身即爱尔兰共和兄弟会）头领格里菲斯指责该剧"情节荒诞，是道德堕落的产物，在全欧洲面前侮辱了爱尔兰妇女"③。戏剧本来计划连续演

① 叶芝：《叶芝诗集》，傅浩译，石家庄：河北教育出版社，2003，第259页。
② 傅浩：《叶芝评传》，杭州：浙江文艺出版社，1999，第112页。
③ 傅浩：《叶芝评传》，杭州：浙江文艺出版社，1999，第112页。

出 7 场，但在第 2 场时就引起了骚动，叶芝对此有过回忆：

> 在《西部浪子》的第二场演出时，坐在戏台座位中间的 40 来人开始聒噪，弄得其他人根本听不见戏。这些人中有些手中拿着锡制的小号，幕布刚拉开，这些人就开始吹号。连续几天的报纸新闻也要求把戏撤下来，但我们坚持承诺，演满 7 场。到戏快演完时，舆论开始对我们有利。但是那几天晚上周边街道上经常有骚乱，以致最后一晚戏剧上演时大约有 500 个警察在剧院和周边维持治安。[①]

以格里菲斯为代表的爱尔兰民族主义者总是希望一切的文学都应该为政治服务，而叶芝坚持认为，文学应该通过个人情感和事件才能上升为好的文学，应该与政治内容有所区分。叶芝在思考这一问题时，见到自己的画家好友查尔斯·理查茨的一幅画作，画面是阉人沿路观看传奇人物唐璜走过地狱的场景[②]。根据这幅画作，诗人将格里菲斯等人比作阉人（eunuchs），认为他们自己没有艺术的天赋（就好比阉人没有常人的一些功能一样），就视他人的天赋为仇恨。这些人一面指责，却又在内心里羡慕辛格那样的天才，就好比那些阉人又咒骂又淌汗，却一边偷偷盯着唐璜肌肉发达的大腿看。叶芝指责这些人不懂欣赏艺术，只知道盲目地爱国。叶芝甚至将这些人缺乏创作动力和灵感

① A. N. Jeffares, *A New Commentary on the Poems of W. B. Yeats*, London: Macmillan, 1984, p. 115.

② 唐璜（Don Juan），西方文学中的传奇人物，一般被认为出生在西班牙或意大利（唐璜的意大利名字为 Don Giovanni）。西方文学和艺术中对唐璜的叙述不尽相同，一般认为唐璜是一名富有的青年，专门以引诱女子为乐。有一次，他引诱了一名少女，杀死了少女的父亲。有一天唐璜邀请少女父亲的雕像一起进晚餐，因拒绝上帝的拯救，而坠入地狱。唐璜的形象成为大量西方文学、绘画、音乐的题材。英语文学中较为有名的是拜伦的长诗《唐·璜》（故事没有结局），汉译本中以现代著名诗人、翻译家查良铮的译本为最佳。

与他们性能力的缺乏相联系[①]（阉人本身就是性能力缺乏者，而唐璜“肌肉发达的大腿”则是性能力强大的一种象征）。《西部浪子》事件之后，叶芝更加坚定要将艺术和政治分开的做法，并且在不同的场合里多次申明“在我们的剧院里，我们与政见毫无干系”[②]。但不久，叶芝又在别的场合表达了与之相反的观点。他否定了文学能马上为政治服务的观点，而认为文学有久远的价值：“为其自身目的或某种永恒的精神需求而造就的文学可以被政治家利用——据说但丁统一了意大利——但很少能被立即利用”[③]。从这也可以看出叶芝惯有的矛盾态度：一方面认为艺术与政治应该分离，另一方面又认为文学在长远看来又可以为政治服务。值得注意的是《西部浪子》事件反映的诗人的态度。他将格里菲斯等人比作阉人已经是比较刻薄的描写了，他认为爱尔兰民众缺乏欣赏艺术的能力，是庸俗的一大群。但他同时也明白，实现爱尔兰的复兴如果不能让大众参与，又不能实现真正的民族独立和复兴。也许叶芝理想中的方式是通过以格雷戈里夫人为代表的贵族文化来引导、教育大众，以文艺的形式来推动民族的独立。为此，也可以说叶芝对爱尔兰大众是“爱之深，恨之切”。

叶芝对爱尔兰大众的这种态度也体现在一组名为“雷恩组诗”的作品里。休·雷恩爵士愿意捐献自己的绘画，但前提是都柏林修建一座美术馆进行收藏。但由于民族主义者的反对而十余年没有结果，格

---

① A. N. Jeffares, *A New Commentary on the Poems of W. B. Yeats*, London: Macmillan, 1984, p. 115.

② 傅浩：《叶芝评传》，杭州：浙江文艺出版社，1999，第 112-113 页。1907 年 2 月 4 日，叶芝等人在阿贝剧院展开公开辩论，叶芝父亲也从外地赶回，为《西部浪子》辩护。后来叶芝在《美丽高尚的人物》中回忆过父亲辩论的场景，也表达了对辛格的敬意：

美丽高尚的人物；欧李尔瑞的高贵的头颅；

在艾贝舞台上的先父，他面前是狂热的群众。

“这国度辈出圣徒，”掌声停息后又说，

“石膏圣徒；”他美丽而顽皮的脑袋向后一甩。（叶芝：《叶芝诗集》，傅浩译，石家庄：河北教育出版社，2003，第 737 页。）

③ 傅浩：《叶芝评传》，杭州：浙江文艺出版社，1999，第 113 页。

雷戈里夫人还出面为此事奔波，反而被人攻击[①]。后来雷恩爵士曾一度被认为是都柏林国立博物馆馆长的合适人选，但爱尔兰政府最终没有聘任他担任此职。为此，叶芝写有《聘任》一诗表达对爱尔兰政府的失望：

对政府感到心灰意冷，
我捡起一块断树根抛向
那骄傲、任性的松鼠的去处，
看它跳跃起来以取乐；
……
驯顺的意志，羞怯的大脑，
眉头的紧锁都孕育不了
那强悍的牙齿和清洁的肢体，
无法把它攀上高枝去大笑；
没有政府把它聘任。[②]

写作此诗时的叶芝已经不同于写《致未来时代的爱尔兰》时的叶芝。那时候的诗人心里满怀爱国的热情，极力想证明自己对民族的贡献不少于前辈和同辈。到写作《聘任》的时候，诗人已经不再是充满盲目的热情，而是对现实看得更清楚，思考也更为成熟。

第一次世界大战拖延了爱尔兰实施自治的步伐，“复活节起义”使叶芝在政治态度上发生了转变。“复活节起义”在客观效果上也使得爱

① 参看第三章中的相关分析，具体诗歌是《致一位富人，他答应给都柏林市立美术馆第二次捐款，如果证明人民想要绘画的话》和《致一位徒劳无功的朋友》。

② 叶芝：《叶芝诗集》，傅浩译，石家庄：河北教育出版社，2003，第 295 页。

尔兰南北分裂成为事实[1]。之后爱尔兰发生内战，死伤枕藉，直至1922年战争暂停，爱尔兰成立自由邦。叶芝面对连年争斗的现实，往往身处宁静优美的环境也感觉到无奈，例如《库勒的野天鹅》一诗。叶芝1896年结识格雷戈里夫人，次年叶芝在库勒庄园盘桓达两月之久，并受格雷戈里夫人的影响与她一起搜集爱尔兰民间传说[2]。在库勒庄园的盘桓和对格雷戈里夫人的结识一方面使叶芝在流离颠簸的生活中得到了暂时的稳定，另一方面库勒庄园和其主人所代表的贵族文化成为诗人理想的精神家园。为此，诗人经常到庄园度假、写作。1916年10月，叶芝再次来到库勒庄园，再次看见那些优雅盘旋的天鹅。在诗歌开头，诗人看见的是一派宁静和优美：树木披上美丽的秋装，10月的暮霭徐徐笼罩，湖水映照着宁静的天空，乱石间溪水流溢，59只天鹅盘旋起飞。但很快诗人写自己悲酸的心情：

我曾观赏那些漂亮的生灵，
现在我中心悲酸。
一切都变了，自此我初次
在这湖滨，在暮色里听见
头顶上它们钟鸣般的翅声
而把脚步放轻。[3]

---

① 自19世纪末爱尔兰兴起民族运动以来，除自治和独立两派外，北爱尔兰一直存在一派"合并主义者"（Unionist），即不愿意脱离英国。1914年《爱尔兰自治法案》获得通过，但合并主义者一直扬言要组织真正的自治，因此当年英国议会已经在制定"修正案"，以缓解冲突，照顾各方利益。1916年复活节，主张爱尔兰全面独立的爱尔兰市民军和部分爱尔兰志愿军发动起义。这也给了合并主义者以口实。第一次世界大战结束后，爱尔兰很快陷入南北内战的局面，1922年停火，1923年爱尔兰成立自由邦，但北部6郡仍然留在英国。南北分离导致了后来多年的纷争，战火不断。

② 有意思的是，叶芝本人不懂盖尔语，也没有真正下过决心要学习。格雷戈里夫人懂盖尔语，因此将搜集到的民间故事和传说经常翻译给叶芝听。叶芝就将这些故事加以整理，并出版。这些民间故事对叶芝最大的影响在于给了叶芝丰富的创作题材。

③ 叶芝：《叶芝诗集》，傅浩译，石家庄：河北教育出版社，2003，第306页。

“一切都变了”，可以说是这一段诗歌的诗眼。在土地运动中格雷戈里夫人的地产（包括库勒大宅）遭到冲击。1914 年第一次世界大战爆发，爱尔兰作为英国的附属国参战，格雷戈里夫人的儿子也上了前线[①]。1916 年发生“复活节起义”，外患加之内乱，实在使诗人无法以愉悦的心情来享受这宁静优雅之美。诗人对国家、对民族的忧虑又带着对自身年老的忧虑，正如他在《序诗》中所写的尽管自己已将近 49 岁，却没有孩子，只有一本书。家国情怀与自身忧虑集于一身，诗人怎能不担心如果自己有一天醒来，发现天鹅已经飞走时，它们会在什么样的草丛里筑巢，会在什么样的湖边或池塘边使人悦目？但无论如何，在库勒庄园里，诗人感受到片刻的宁静，感受到理想中贵族文化的熏陶。库勒庄园为诗人提供的稳定与安宁感，使诗人渐渐将其当作爱尔兰的象征。

在《库勒庄园，1929》中，诗人回忆了庄园给自己以及其他艺术家如道格拉斯·海德、辛格等创造的安静环境和创作灵感：

> 我沉思默想一只燕子的飞翔；
> 默想一位年迈的女人和她的房屋；
> 尽管那西天的云彩依然明亮
> 却已消失在夜色里的枫树和椴树；
> 为我们之后的学者和诗人们
> 在那里无视自然而构思的杰作巨著；
> 久已被编结成一贯思想的纷杂思绪；
> 那些墙壁产生的舞蹈般的荣誉。[②]

---

① 罗伯特·格雷戈里以皇家空军成员的身份参加“一战”，于 1918 年在意大利前线阵亡。叶芝有《纪念罗伯特·格雷戈里少校》和《一位爱尔兰飞行员预见自己的死》两诗作为纪念，并且在其他诗歌中的段落或词句中提到。罗伯特与格雷戈里夫人一样，是叶芝心目中的典型贵族，罗伯特还是一位高超的骑手，因此成为叶芝理想中力量的代表。

② 叶芝：《叶芝诗集》，傅浩译，石家庄：河北教育出版社，2003，第 586 页。

“一位年迈的女人”当然指的就是格雷戈里夫人[1]。学者和诗人们(即广义的文学家)则包括爱尔兰民族运动领袖兼学者和翻译家道格拉斯·海德、叶芝自己、剧作家辛格、艺术收藏家兼评论家休·雷恩等。在库勒庄园里，他们构思完成“杰作巨著”，纷繁复杂的思绪也被编结成一贯的思想。

正如战争造成爱尔兰南北分裂一样，战争（包括第一次世界大战和爱尔兰内战）以及过激的土地改革运动使得库勒庄园受到影响。在《库勒和巴利里，1931》一诗中，诗人先是感慨庄园给艺术家创造的灵感：

我们是最后的浪漫主义者——曾选择
传统的圣洁和美好，诗人们
称之为人民之书中所写的
一切，最能祝福人类心灵
或提升一个诗韵的一切作为主题；
……[2]

如《库勒庄园，1929》中提到的，道格拉斯·海德、辛格等人都以“传统的圣洁和美好”为主题。海德还是一名圣三一学院（Trinity College）的学生时就结识了叶芝，在圣三一学院海德学会了盖尔语，并且以盖尔语改写民间故事和创作诗歌。1892 年海德出版《盖尔文学史》，次年成为盖尔语同盟（Gaelic League）的第一任主席。1899 年叶芝在库勒庄园盘桓时海德第一次来到库勒庄园，为其宁静所打动，之后海德也经常拜访庄园。海德与格雷戈里夫人都懂盖尔语，都对翻译盖尔文学感兴趣，海德后来翻译不少的盖尔语作品，并且有所研究，是叶芝诗中的“学者”。辛格则是诗人最亲密的朋友之一。19 世纪 90

① 格雷戈里夫人生于 1852 年，至 1929 年已将近 80 岁。

② 叶芝：《叶芝诗集》，傅浩译，石家庄：河北教育出版社，2003，第 591 页。

年代叶芝在巴黎与辛格初遇，他就鼓励辛格回到爱尔兰去创作，并且去西部的阿兰群岛（Aran Islands）去采风。辛格果然去了，从此改变了自己的风格。有研究认为，辛格实现了叶芝“面具”理论中的“反自我”（Anti-Self）：辛格本人温和、羞涩、多病，但这次西部之行使他创造出揭示生活中残忍和冷酷的深刻作品（life in its brutality and harshness），即辛格本人的性格与作品里的描写全然相反，就好比演员戴的面具展现不同的角色[①]。辛格也经常和叶芝一起在库勒庄园盘桓，在庄园里，与叶芝相同，对辛格启发较多的也是格雷戈里夫人。辛格戏剧的题材绝大多数以爱尔兰乡村为题材，因此在题材上，他和叶芝、海德都是以传统和本土题材为主，都是“传统的圣洁和美好”。正是有了库勒庄园的庇护，叶芝等作家才能写出“祝福人类心灵”的作品。但诗人接着写道：

> 但现在一切都变了，那高大的骏马没了骑手，
> 虽然荷马曾经跨上那鞍鞯驰骋在
> 如今那天鹅在渐黑的洪水上浮游之处。[②]

“高大的骏马”有两种含义。第一层含义是指此诗前面所写的庄园“一位最后的继承人”，也就是罗伯特·格雷戈里，他因为参加第一次世界大战而牺牲，因此，库勒庄园没有了主人也就好比高大的骏马没有了骑手[③]。第二层含义指的对诗人而言，“骏马”指希腊神话中的帕伽索斯，据说它脚踏过的地方泉水涌出，诗人饮之而得灵感。诗人感慨，庄园败落，诗人也失去了庇护之地，失去了创作的灵感。原来照

① E. Malins and J. Purkis, *A Preface to Yeats*, New York: Longman Publishing, 1994, pp. 155-156.

② 叶芝：《叶芝诗集》，傅浩译，石家庄：河北教育出版社，2003，第 592 页。

③ 罗伯特·格雷戈里是格雷戈里家族最后的男性继承人。他在“一战”中牺牲后，留下一个女儿安妮·格雷戈里，但库勒庄园后来终于被收归国有，且被夷为平地。

的出天空的明亮的湖水，如今变成了“渐黑的洪水”。

正如在本书第四章中所分析的那样，叶芝后期的诗歌多富哲思，尤其是关于历史循环的思考，更是具有警醒人心的力量。在《布尔本山下》一诗里，诗人就表达了对文明崩散的担忧：

螺旋转动不休；
那更伟大的梦幻逝去之后，
卡尔佛、威尔逊、布雷克和克劳德
为上帝的子民准备了安息之所，
帕尔莫的名言；但在那以后，
混乱降临在我们的思想上头。①

“螺旋转动不休”指的是文明的循环不休。正如上文的分析表明，叶芝认为人类文明以2000年为一个循环，以开始的一个顶点为核心，逐渐向外旋转，直至崩散（参看第四章的图示）。从公元元年到公元2000年，叶芝认为是基督教文明统治的时期，耶稣基督是这一文明的起点，到接近公元2000年的时候，文明开始崩散，因此诗人在《再度降临》等诗里表达了文明崩散时的动荡、混乱、嘈杂，以及下一个不可知文明文明到来时的恐惧（“何等样的恶兽”？）同时，叶芝还认为在基督教文明崩散的过程中，西欧文化有一个逐渐衰落的过程，即文艺复兴时期艺术最好（以莎士比亚为代表），浪漫主义艺术次之，到现代主义时期那就都是“拙劣的试验作品”了②。在《布尔本山下》一诗中，诗人也表达了同样的观点。诗人在此诗的第四部分历数文明的发展。诗人声称不要让现代那些“时髦的画家”偏离了伟大祖先们留下的业绩。这些祖先们及其业绩包括“一位古板的埃及人及其构思的

① 叶芝：《叶芝诗集》，傅浩译，石家庄：河北教育出版社，2003，第797-798页。

② 叶芝：《叶芝诗集》，傅浩译，石家庄：河北教育出版社，2003，第580页注释②。参看《十九世纪之后》《三次运动》等诗作。

形式”（古希腊哲学）[①]，“温文的菲狄亚斯造就的形式”[②]，还有在西斯廷教堂的穹顶留下证明的米开朗琪罗[③]，以及15世纪那些表现崇高宗教感情的画家[④]。这些都是传统艺术的代表，也就是诗人在《库勒庄园与巴利里，1931》里所说的“传统的圣洁与美好”。但是，到了近代，“螺旋转动不休”，即文明（即传统）不断衰落，传统艺术逐渐式微。诗人认为到了18—19世纪，只有在卡尔佛、威尔逊、布雷克、克劳德、帕尔莫等艺术家的作品里，人们还能找到传统艺术的影子，人们能够找到灵魂的“安息之所”[⑤]。诗人接着写道，但在这些祖先们

① “古板的埃及人”指的是普罗提诺，据说出生于埃及的吕科波利斯。他被认为是新柏拉图主义的代表，他虽然继承柏拉图的一些观点，但反对柏拉图认为艺术是对理念（idea）的第三重模仿说（即认为艺术是模仿之模仿）。他认为艺术“能直接回到万物之源”（即太一），“艺术作品具有独立性，能够补充自然美的不足”。（叶芝：《叶芝诗集》，傅浩译，石家庄：河北教育出版社，2003，第796页注释①。）关于对普罗提诺的分析，参看本书第四章中的相关内容。

② 菲狄亚斯（Phidias, c. 480-430 B. C.），古希腊雕刻家，画家和建筑家，被认为是古希腊最著名的雕刻家之一。据说由其雕刻的奥林匹亚宙斯雕像（Zeus Statue of Olympia），被认为是古代世界的七大奇迹之一(Seven Wonders of the Ancient World)。

③ 米开朗琪罗（Michelangelo di Lodovico Buonarroti Simoni，通称Michelangelo）。意大利文艺复兴时期著名画家、雕刻家。其代表性作品有梵蒂冈西斯廷教堂穹顶的“创世记”，里面画有裸体的亚当，即叶芝诗中所谓“半醒的亚当，能撩拨周游世界的女郎”。

④ 或许专指达·芬奇，这一派文艺复兴艺术家崇尚宗教美，与同时期另一派崇拜人体美不同（比如米开朗琪罗在画中对亚当身体的表现），这两种艺术风格形成对照，各代表传统艺术的一个方面。叶芝：《叶芝诗集》，傅浩译，石家庄：河北教育出版社，2003，第797页注释①。

⑤ 爱德华·卡尔佛（Edward Calvert），19世纪英国画家、版画复制家，其早期作品深受布莱克的影响，后期作品则多受希腊艺术影响。理查德·威尔逊（Richard Wilson），18世纪英国著名风景画家，他和乔治·兰伯特（George Lambert）被认为是英国本土色彩风景画的开拓者。威尔逊是英国皇家艺术学院（Royal Academy）的创始人之一，他被认为是威尔士最伟大的画家之一。布雷克即布莱克，画作多以版画、蚀刻画居多，画作风格与诗歌风格类似，充满神秘色彩，多以宗教故事和人物为主题。克劳德·洛兰（Claude Lorrain），在英语中一般就称其为克劳德，17世纪法国画家、制图师、雕刻师，以风景画闻名。塞缪尔·帕尔莫（Samuel Palmer），19世纪英国风景画家、蚀刻家、版画家，也是一位多产作家。帕尔莫是英国浪漫主义绘画艺术的代表人物，其田园风景画名噪一时。帕尔莫受布莱克影响较大，他的家成为与卡尔佛等画家经常聚会的场所。这些受布莱克影响的画家称自己为“古代派”（the Ancients）。帕尔莫曾经对布莱克为维吉尔诗歌的英译本所作插图进行评论，说这些插图“像那位卓越的艺术家的所有作品一样，拉开了肉体的帷幕，窥见了所有虔诚勤勉的圣徒享受过的、那留给上帝的选民的安息之处。”（叶芝：《叶芝诗集》，傅浩译，石家庄：河北教育出版社，2003，第798页注释②。）因此叶芝在诗里说这些画家的作品“为上帝的子民准备了安息之所”。

和伟大的传统之后，“混乱降临在我们的思想上头”，不仅是艺术上的混乱降临了，而且是艺术为代表的文明的大动荡、混乱来临。面对这种混乱，叶芝给爱尔兰诗人提出了建议：

爱尔兰诗人，把艺业学好，
歌唱一切优美的创造；
鄙弃时兴的那种从头至足
全然不成形状的怪物，
他们不善记忆的头和心
是龌龊床上卑贱的私生。①

“优美的创造”也就是诗人多次强调的传统，比如古希腊时期那种讲究形式美的艺术，比如文艺复兴时期那种讲究人体美或宗教美的艺术。诗人劝诫时人不要着迷于那种“拙劣的试验”，因为这些所谓的现代艺术家弄出来的是些“全然不成形状的怪物”。诗人告诫爱尔兰的艺术家应该善于记忆，即善于从传统艺术中寻找灵感，做传统艺术的继承者。诗人呼吁艺术家应该歌唱“一切优美的创造”，包括田间劳作的农民，四野奔波的乡绅，僧侣的虔诚和清高，甚至是酒徒的放肆欢笑，还有快乐的公侯贵族。诗人接着写道，自从爱尔兰被诺曼人征服，到20世纪已700余年，无数先贤的尸骨已化作尘泥。往事已逝，来者可追，诗人最后鼓励爱尔兰人：

把你们的心思抛向往昔，
以使我们在未来岁月里可能
依然是不可征服的爱尔兰人。②

---

① 叶芝：《叶芝诗集》，傅浩译，石家庄：河北教育出版社，2003，第798页。
② 叶芝：《叶芝诗集》，傅浩译，石家庄：河北教育出版社，2003，第799页。

“不可征服的爱尔兰人”（the indomitable Irishry）是诗人寄予爱尔兰的殷切希望，但也道出了爱尔兰曾经被侵略、被占领、被殖民的历史事实。诗人叮嘱爱尔兰诗人们“把你们的心思抛向往昔”，即从爱尔兰传统文化中去寻求继往开来的艺术灵感与素材，在这方面，诗人自己是当仁不让的典型。爱尔兰是诗人无时或忘的神圣国度，是诗人灵魂、诗才的渊源所自：

“我来自爱尔兰，
那神圣国土爱尔兰，
时间飞跑，”她喊，
“来，出于慈善，
来与我共舞在爱尔兰。”[①]

叶芝曾在一首诗中引孔子的话：“逝者如斯夫，不舍昼夜”。“时间”在乌辛那里，仙境的三天却是人间的三百年。在库胡林那里，时间存在于与看似不可战胜的大海的搏斗里。“人随年岁长进”，时间带来智慧，也带来身体的衰老。好在诗人认为，历史是循环的，一种文明的消亡不代表历史的终结，历史、灵魂会在另一个时代转世轮回。爱尔兰在古代创造过辉煌的文化，无论是神话，还是传说，都将那库胡林的英勇和乌辛的浪漫通过“视者”代代相传。基督教文明传入之后，凯尔特文化与之相融合，形成了独具特色的中世纪爱尔兰文化。而正是这没有被外族侵扰的中世纪爱尔兰在东、西罗马帝国相继动荡的时候拯救了基督教文明。近代以来，虽屡屡遭受诸如北欧海盗、英国的侵凌，爱尔兰人始终奋斗不息。即使爱尔兰文化遭受到殖民文化的侵凌而趋于式微，但盖尔语并未就此消亡，库胡林的国度并未就此沦落不存。反而，“古老的爱尔”在 20 世纪终于获得自由（虽然南北分裂，

① 叶芝：《叶芝诗集》，傅浩译，石家庄：河北教育出版社，2003，第 651 页。

但毕竟爱尔兰已成为自由邦，并于1948年成为共和国），古老的爱尔文化也在艺术家如叶芝笔下重新焕发出神韵和光彩。历史中的爱尔兰，是神圣国土，未来的爱尔兰，在诗人看来，必定与仙女妮阿芙居住的那个“乐园”（the Otherworld）一样，是天堂一般的乐园（paradise）。诗人感慨时间飞跑，因此情愿卸下一切的忧虑，看看行人，鼓励自己：

风已衰老但仍在嬉逐，
而我必须兼程赶路，
因为我正奔向乐园；
……①

① 叶芝：《叶芝诗集》，傅浩译，石家庄：河北教育出版社，2003，第269页。

参考文献

[1] 阿兰·德波顿:《身份的焦虑》,陈广兴,南治国译,上海:上海译文出版社,2007 年。

[2] 埃德蒙·威尔逊:《阿克瑟尔的城堡》,黄念欣译,南京:江苏教育出版社,2006 年。

[3] 艾勒克·博埃默:《殖民与后殖民文学》,盛宁、韩敏中译,沈阳:辽宁教育出版社,1998 年。

[4] 巴赫金:陀思妥耶夫斯基《诗学问题》,白春仁等译,石家庄:河北教育出版社,1998 年。

[5] 彼得·格雷:《爱尔兰大饥荒》,邵明,刘宇宁译,上海:上海人民出版社,2005 年。

[6] 布尔顿:《诗歌解剖》,傅浩译,北京:生活·读书·新知三联书店,1992 年。

[7] 陈丽:《时间十字架上的玫瑰——20 世纪爱尔兰大房子小说》,上海:复旦大学出版社,2009 年。

[8] 陈恕:《爱尔兰文学》,北京:外语教学与研究出版社,2000 年。

[9] 陈恕:《爱尔兰文学名篇选注》,北京:外语教学与研究出版社,2004 年。

[10] 丁秉伟:《记忆恢复与历史重建:浅析〈乌辛漫游记〉》,《世界文学评论》,2007 年第 2 期。

[11] 丁宏为:《叶芝与东方思想》,《北京大学学报(哲社版)》,1990

年第 2 期。

[12] 丁宏为:《叶芝“责任始于梦中”》,《外国文学评论》,2005 年第 4 期。

[13] 董桥:《旧日红》,北京:中华书局,2012 年。

[14] 杜平:《超越自我的二元对立——评叶芝对东方神秘主义的接受与误读》,《中国比较文学》,2003 年第 2 期。

[15] 冯象:《玻璃岛:亚瑟与我三千年》,北京:生活·读书·新知三联书店,2003 年。

[16] 傅浩:《窃火传薪:英语诗歌与翻译教学实录》,上海:上海外语教育出版社,2011 年。

[17] 傅浩:《说诗解译——中外诗歌与翻译论集》,北京:中国传媒大学出版社,2005 年。

[18] 傅浩:《叶芝》,成都:四川人民出版社,1999 年。

[19] 傅浩:《叶芝的神秘哲学及其对文学创作的影响》,《外国文学评论》,2000 年第 2 期。

[20] 傅浩:《叶芝评传》,杭州:浙江文艺出版社,1999 年。

[21] 傅浩:《叶芝诗中的东方因素》,《外国文学评论》,1996 年第 3 期。

[22] 傅浩:《叶芝在中国:译介与研究》,《外国文学》,2012 年第 4 期。

[23] 傅浩:《叶芝作品中的基督教元素》,《外国文学》,2008 年第 6 期。

[24] 傅浩:《〈当你年老时〉五种读法》,《外国文学》,2002 年第 5 期。

[25] 傅伟勋:《西洋哲学史》,台北:三民书局,1970 年。

[26] 哈罗德·布鲁姆:《影响的焦虑:一种诗歌理论》,徐文博译,南京:江苏教育出版社,2006 年。

[27] 海德格尔:《人,诗意地安居》,郜元宝译,上海:上海远东

出版社，2004 年。

[28] 何宁：《叶芝的现代性》，《外国文学评论》，2000 年第 3 期。

[29] 何树：《从本土走向世界——爱尔兰文艺复兴运动研究》，北京：军事谊文出版社，2002 年。

[30] 何树：《女性形象与民族特性——〈死者〉人物形象分析》，《外语研究》，2004 年第 6 期。

[31] 何树：《叶芝与民族主义》，《外语研究》，2002 年第 1 期。

[32] 何树：《英-爱文化认同形成初探》，《解放军外国语学院学报》，2002 年第 1 期。

[33] 胡则远：《叶芝的现代性再探》，《牡丹江师范学院学报（哲学社会科学版）》，2010 年第 3 期。

[34] 胡则远：《叶芝在中国的译介与接收》，《山东文学（半月刊）》，2009 年第 6 期。

[35] 金东雷：《英国文学史纲》，长春：吉林出版集团有限责任公司，2010 年。

[36] 克林斯 · 布鲁克斯：《精致的瓮》，郭乙瑶等译，上海：上海人民出版社，2008 年。

[37] 奎尼：《印度对叶芝的影响》，徐进夫译，台北：成文出版社，1997 年。

[38] 勒内 · 韦勒克、奥斯汀 · 沃伦：《文学理论》，刘象愚等译，南京：江苏教育出版社，2009 年。

[39] 雷蒙 · 威廉斯：《关键词：文化与社会的词汇》，刘建基译，北京：生活 · 读书 · 新知三联书店，2005 年。

[40] 李静：《叶芝诗歌：灵魂之舞》，上海：东方出版中心，2010 年。

[41] 连摩尔、伯蓝：《叶芝》，刘蕴芳译，上海：百家出版社，2004 年。

[42] 罗伯特 · 基：《爱尔兰史》，潘兴明译，上海：东方出版中心，

2010 年。

[43] 欧光安:《〈再次降临〉: 叶芝历史循环诗学再阐释》,《宁夏社会科学》, 2014 年第 4 期。

[44] 蒲度戎:《生命树上凤凰巢——叶芝诗歌象征美学研究》, 成都: 四川人民出版社, 2005 年。

[45] 蒲度戎:《叶芝的象征主义和文学传统》,《外语与外语教学》, 2007 年第 4 期。

[46] 钱乘旦、陈晓律:《英国文化模式溯源》, 上海: 上海社会科学院出版社, 2004 年。

[47] 全增嘏主编:《西方哲学史(上册)》, 上海: 上海人民出版社, 1983 年。

[48] 申富英:《论叶芝的 GYRE 理论及相关的艺术创作》,《四川外语学院学报》, 2005 年第 4 期。

[49] 盛宁:《现代主义·现代派·现代话语——对"现代主义"的再审视》, 北京: 北京大学出版社, 2011 年。

[50] 特里·伊格尔顿:《叶芝〈1916 年复活节〉里的历史和神话》, 马海良译,《外国文学》, 1999 年第 4 期。

[51] 托马斯·威廉·黑曾·罗尔斯顿:《凯尔特神话传说》, 西安外国语大学神话学翻译小组译, 西安: 陕西师范大学出版总社有限公司, 2013 年。

[52] 王振华、陈志瑞、李靖堃:《列国志·爱尔兰》, 北京: 社会科学文献出版社, 2007 年。

[53] 王佐良、周珏良:《英国 20 世纪文学史》, 北京: 外语教学与研究出版社, 2006 年。

[54] 吴潜诚:《航向爱尔兰: 叶芝与塞尔特想象》, 台北: 立绪文化事业有限公司, 1999 年。

[55] 谢默斯·希尼:《欢乐或黑夜: W. B. 叶芝与菲力浦·拉金诗歌的最终之物》, 姜涛译,《诗探索》, 1998 年第 4 期。

[56] 杨秋娟:《民族文化身份的建构——读叶芝的〈乌辛漫游记及其他〉》,《飞天》, 2010 年第 24 期。

[57] 叶芝:《幻象》, 西蒙译, 北京: 国际文化出版公司, 1989 年。

[58] 叶芝:《帷幕的颤抖》, 徐天辰、潘攀译, 南京: 江苏文艺出版社, 2010 年。

[59] 叶芝:《叶芝精选集》, 傅浩编选, 北京: 北京燕山出版社, 2008 年。

[60] 叶芝:《叶芝诗集》, 傅浩译, 石家庄: 河北教育出版社, 2003 年。

[61] 叶芝:《叶芝抒情诗全集》, 傅浩译, 北京: 中国工人出版社, 1994 年。

[62] 叶芝:《叶芝抒情诗选》, 傅浩选译, 昆明: 云南人民出版社, 2011 年。

[63] 袁可嘉:《欧美现代派文学概论》, 上海: 上海文艺出版社, 1993 年。

[64] 张志伟:《西方哲学十五讲》, 北京: 北京大学出版社, 2004 年。

[65] 赵敦华:《西方哲学简史》, 台北: 五南图书出版有限公司, 2002 年。

[66] 周惠民:《爱尔兰史: 诗人与歌者的国度》, 台北: 三民书局, 2009 年。

[67] Alspach.*The Variorum Edition of the Plays of W. B. Yeats*, London: Macmillan and Co. Ltd., 1989.

[68] Allt, Alspach. *The Variorum Edition of the Poems of W. B. Yeats*, London: Macmillan and Co. Ltd., 1971.

[69] Bell. *Yeats and the Logic of Formalism,* Columbia: University of Missouri Press, 2006.

[70] Bloom. *Yeats*, New York: Oxford University Press, 1970.

[71] Boyce. *Nationalism in Ireland*, London: Routledge, 1991.

[72] Bradford. *Yeats at Work*, Carbondale: Southern Illinois University Press, 1965.

[73] Brooks. *The Well Wrought Urn: Studies in the Structure of Poetry,* New York: Harcourt, Brace & World, 1947.

[74] Brooks, Warren. *Understanding Poetry*, Beijing: Foreign Language Teaching and Research Press, 2004.

[75] Brown. *The Life of W. B. Yeats: a Critical Biography*, Dublin: Gill & Macmillan Ltd., 2001.

[76] Bushrui, Prentki. *An International Companion to the Poetry of W. B. Yeats*, Gerrards Cross: Colin Smythe Ltd., 1989.

[77] Cahill. *How the Irish Saved Civilization*, New York: Anchor Books, 1996.

[78] Castle. *Modernism and the Celtic Revival,* Cambridge: Cambridge University Press, 2001.

[79] Chapman. *Yeats and English Renaissance Literature,* Basingstoke: Macmillan Press Ltd., 1991.

[80] Connolly. *The Oxford Companion to Irish History,* Oxford: Oxford University Press, 1998.

[81] Cuddon. *Dictionary of Literary Terms & Literary Theory*, London: Penguin Books, 1999.

[82]Cullingford. *Yeats, Ireland and Fascism,* London & Basingstoke: The Macmillan Press Ltd., 1981.

[83] Deane. *A Short History of Irish Literature*, London: Hutchinson, 1986.

[84] Donoghue. *Memoirs*, London: Macmillan and Co. Ltd., 1972.

[85] Drabble. *The Oxford Companion to English Literature*, Beijing: Foreign Language Teaching and Research Press; Oxford: Oxford

University Press, 2005.

[86] Eagleton, Jameson, Said. *Nationalism, Colonialism and Literature*, Minneapolis: University of Minnesota Press, 1990.

[87] Ellis. *Dictionary of Celtic Mythology*, Oxford: Oxford University Press, 1992.

[88] Ellmann. *Yeats: the Man and the Masks*, London: Faber and Faber, 1961.

[89] Fletcher. *W. B. Yeats and His Contemporaries*, Brighton: The Harvest Press, 1987.

[90] Foster. *W. B. Yeats: a Life, I: the Apprentice Mage*, Oxford: Oxford University Press, 1998.

[91] Frayne. *Uncollected Prose*, London: Macmillan and Co. Ltd., 1970.

[92] Gilbert. *The Poetry of William Butler Yeats*, New York: Monarch Press, 1965.

[93] Greenblatt. *The Norton Anthology of English Literature*, 8th Ed., New York: W. W. Norton & Company, 2006.

[94] Hall, Steinmann. *The Permanence of Yeats,* London: Macmillan and Co. Ltd., 1950.

[95]Heizn. *Celtic Symbols*, New York: Sterling Publishing Company, Inc., 1999.

[96] Henn. *The Lonely Tower: Studies in the Poetry of W. B. Yeats*, New York: Barnes & Noble, 1979.

[97] Holdeman. *The Cambridge Introduction to W. B. Yeats*, Shanghai: Shanghai Foreign Language Education Press, 2008.

[98] Holdeman, Levitas. *W. B. Yeats in Context*. New York: Cambridge University Press, 2010.

[99] Howes, Kelly. *The Cambridge Companion to W. B. Yeats*,

Cambridge: Cambridge University Press, 2006.

[100] Jeffares. *A New Commentary on the Poems of W. B. Yeats*, London: Macmillan and Co. Ltd., 1984.

[101] Jeffares. *The Poetry of W. B. Yeats*, London: Edward Arnold Ltd., 1961.

[102] Krans. *Preface: William Butler Yeats and the Irish Literary Revival*, New York: Haskell House, 1966.

[103] Liu Yiqing, Liu Jiong. *A Brief History of English Literature*, Beijing: Foreign Language Teaching and Research Press, 2008.

[104] MacKillop. *Dictionary of Celtic Mythology*, Oxford: Oxford University Press, 1998.

[105] MacNeice. *The Poetry of W. B. Yeats*, Oxford: Oxford University Press, 1941.

[106] Malins, Purkis. *A Preface to Yeats*, New York: Longman Publishing, 1994.

[107] Marcus. *Yeats and Artistic Power*, New York: New York University Press, 1992.

[108] Orel. *The Development of William Butler Yeats: 1885-1900,* Lawrence: University of Kansas Publications, 1968.

[109] Orr. *Yeats and Postmodernism*, New York: Syracuse University Press, 1991.

[110] Ross. *Critical Companion to William Butler Yeats*, New York: Facts on File, Inc., 2009.

[111] Sidnell. *Yeats's Poetry and Poetics*, London: Macmillan and Co. Ltd., 1996.

[112] Startup. *W. B. Yeats: a Biginner's Guide*, London: Hodder & Stoughton, 2002.

[113] Stead. *Pound, Yeats, Eliot and the Modernist Movement,*

London: Macmillan and Co. Ltd., 1986.

[114] Unterecker. *A Reader's Guide to William Butler Yeats,* London: Thames and Hudson, 1965.

[115] Vendler. *Our Secret Discipline: Yeats and Lyric Form,* Cambridge: Harvard University Press, 2007.

[116] Wilson. *Axel's Castle: a Study in the Imaginative Literature of 1870-1931*, New York: Charles Scriber's Sons, 1931.

[117] Wood. *Yeats and Violence*, Oxford: Oxford University Press, 2010.

[118] Yeats. *Autobiographies: Reveries over Childhood and Youth and the Trembling of the Veil*, London: Macmillan and Co. Ltd., 1926.

[119] Yeats. *The Collected Poems of W. B. Yeats*, ed. by R. J. Finneran, New York: Simon & Schuster Inc., 1996.

[120] Yeats. *The Collected Works of W. B. Yeats, volume IX: Early Article and Reviews*, New York: Scribner, 2004.

后　记

我以叶芝为研究选题，似乎早有预表。数年前结识的美国友人冯伟业（Reid Fritz）虽是理科出身，却爱读诗歌。有一天他手抄一首叶芝诗作与我分享，他抑扬顿挫的声调和随朗读而起伏波动的体态至今仍历历在目。如今在理解原文有困难时，我还时时向他请教。

感谢导师王立新教授的悉心指授。我本科和硕士阶段的学术训练是英语语言文学，博士期间转入世界文学和比较文学领域，于我而言差距最大的是系统文论的缺失。立新老师得知此一情况，立即指导我阅读相关书籍，使我尽快弥补上这一领域的不足。学术上立新老师影响我最深的是“有机文学观”，即从文本的内部和外部共同研求。20世纪的西方思想界，文论的发展可说是如雨后春笋，从语言学转向到形式主义，从精神分析到新批评，从结构主义到解构主义，层出不穷，此起彼伏。立新老师的绝招是“以不变应万变”，不变的是研究对象——就文学研究而言即文本，变化的是各种研究角度。既然研究对象是文本，那么文本的生成和意义的产出就有内外部因素，文本的内部因素就可以用形式批评、新批评等方法，外部因素就涉及历史、文化等诸多方面，立新师喜用“历史文化语境”一词概括之。在《古典时代与古代东方文学研究中的古典学品质与方法》一文中，立新老师这样概括“有机文学观”：通过对文本多层面的了解，达至对文学生成历史文化语境的整体把握，以审美的眼光进入对具体文本的探讨和分析，强调外部研究和内部研究的统一，坚持最终研究成果的诗学品质。[①]为

① 王立新：《古犹太历史文化语境下的希伯来圣经文学研究》，北京：商务印书馆，2014，第11页。

此，在分析叶芝诗歌中的主题时，我也力图将文本的内部分析和外部分析相结合。

在南开求学时，对西方文论的不熟悉一直是我的短板，好在王志耕老师的西方文论课为我打开了一扇了解西方文论源流与脉络的窗口，使我懂得文本细读与理论阐释的“相得益彰”。志耕老师对学生的爱护也是众口相传。有一次为了解决与我有关的一个燃眉之急，志耕老师不仅立刻答应帮助，还让我署名在前。诸种情谊，自难忘怀。同样是急人之难，周志强老师的教诲与帮助至今历历在目。志强老师的西方文艺思潮课，着重思辨与当代现实之间的连接，似乎更倾向文化研究。三个多小时的课堂讲授，幽默与博学相杂，理论与现实互证。

叶芝思想庞杂，行诸于诗文，时而令人应接不暇。为此我要特别感谢中国社会科学院的傅浩研究员。傅浩先生翻译了全部的叶芝抒情诗和部分小说、散文，其译文堪称典范，坊中各种叶芝作品的应景之译难望其项背。傅浩先生对学术、翻译的严格是众所周知的，刚开始向他请教时我内心战战兢兢，但傅浩先生很快回信，不仅为我释疑，还鼓励并提示我寻找相关信息。另一位未曾谋面、却极力提携后辈的是冯象先生。叶芝作品中涉及较多的古典爱尔兰神话传说，冯象先生的《玻璃岛》，尤其是书后的注释，是不可多得的材料。我按照书上的联系方式试着给冯象先生发电子邮件请教，很快便得回信，疑问迎刃而解。

在南开求学的最后一年，由立新老师牵线，我得以到香港汉语基督教文化研究所访学一学期。研究所总监杨熙楠先生给了我生活和学习中无微不至的关照，特意安排我入住安静舒适的开元居，我得以心无旁骛地撰写文章。研究所还特意为我办理香港中文大学的借书证，使我得以饱览极其丰富的叶芝国外研究著作藏书，如入宝山而废寝忘食。研究所的林子淳博士在学术上的指点给我启发甚多，胡美兰助理则在生活中提供了可贵的帮助，使我不仅在学术上丰富了自己，更建立了难得的友谊。

难忘南开求学期间几位师友、同窗的情谊。王旭峰老师亦师亦友，学术上经常指点，生活中时常帮助。张虎学长是所谓“学霸”，在崎岖不平、时而中断的人行路上我们经常讨论弗洛伊德和俄狄浦斯。祝昊是“睡在我对面床铺的兄弟”，他机敏的才思时常启人至深，困难时期对我的帮助正应了那句英语谚语：A friend in need is a friend indeed。王韵秋思维广阔，对女性主义颇为痴迷。白春苏功底扎实，行文绵密着实令人佩服。听课之余的羽毛球活动使我们不致成为书呆子，对学术问题的探讨也不拘形式，茶余饭后的吉光片羽往往成为思考一个星期之久的话题。我们三人还与张若一学弟一起编著了一本薄薄的小书《人类文明的彼岸世界》，算是同窗情谊的一个意外收获。郑淑娟与李丽波以她们独特的研究视角启发了我的某些思考，屈闻成兄对时事的洞见体现文科学子的悯人情怀。

感谢南开大学出版社的田睿与张肃两位编辑，她们认真细致的态度是拙著得以出版的重要保证。

特别感谢北京大学英语系刘意青教授。2005 年她应邀到石河子大学讲学，当时万人空巷的场景依然清晰。受刘老师的指点，我逐渐明确具体研究方向，并因她的举荐而得窥学术门径。10 余年来不知多少次的请教，刘意青老师总是细心地回答，耐心地解释。在担任石河子大学外国语学院挂职院长期间，她无时无刻不关注着学院发展和我们这批青年学子的成长，多方联系推荐导师。已逾古稀之年的她仍然坚持步行来回于办公室与住处，一个仲冬的下午刘老师走在稀薄冰面的人行道上，一个趔趄摔了骨裂，即便如此她仍然坚持给文学组教师在住处讲解《尤利西斯》。我以为，“师范”二字的最高涵义在刘老师这里得到了最好的体现。

如果学一回西方著作体例，将著作献给某位人士的话，这本著作我要献给妻子唐慧。没有她的全力支持与理解就不会有这本书的写作与出版。在准备攻读博士期间，恰逢犬子出生，她承担了家里几乎所有的家务和抚养孩子的重任。在读博期间，在物质上我无所匮乏，精神上也得她时时鼓励。古人所谓“举案齐眉”，以我的理解，便是如此。寸心不言，感激自在。岳父岳母的大力支持使我得以专心学习和写作，他们身上体现的传统家风和美德是我的榜样。“哀哀父母，生我劬劳”，但愿自己没有辜负父亲和母亲的期望。

T. S. 艾略特称叶芝为“20 世纪最伟大的英语诗人”，叶芝独特的诗艺和深刻的诗思好比一座冰山，这本书中的研究只是那冰山一角，或许连冰山一角的资格还够不上，但毕竟是个人心血所至，也许还有些用处。书中不足，敬请读者批评指正！